吉田小五郎随筆選

第二巻

立春大吉

CALAMVS GLADIO FORTIOR

慶應義塾大学出版会

編集委員
福原義春　高瀬弘一郎　近藤晋二　吉田直一郎

外函装画
駒井哲郎「岩礁にて」（福原コレクション　世田谷美術館蔵）
©Yoshiko Komai 2013/JAA1300121

カバー装画
駒井哲郎「Le soleil et un serpent（太陽と蛇）」（福原コレクション　世田谷美術館蔵）
©Yoshiko Komai 2013/JAA1300121

柏崎の海岸にて（写真提供　安東博子氏）

吉田小五郎随筆選　第二巻　立春大吉

目次

I

Ⅲ

凡例

一、本随筆選は吉田小五郎が執筆した随筆を三巻に集成し、編集したものである。初出は各編の文末に記した。単行本収録作品一覧は第三巻の末に記した。

一、初出時に旧字・旧かな遣いを使用している文章は、現代の読者の便宜のために新字・現代かな遣いにあらためた（ただし、引用文のかな遣いはそのままとした）。また、明らかな誤字・脱字は正した。

一、漢字使用は原文を尊重したが、現代の読者にとって分かりにくいと思われるものは編集部で改めるか、または振り仮名を付けたものもある。

一、人名等の固有名詞で、現代の読者にとって特に分かりにくいと思われるものは、編集部が本文中に（　）の形で注記した。

一、本文中に、今日の人権意識に照らして不適切に思われる表現箇所があるが、作品の作られた時代的背景、著者がすでに故人であることを考慮し、そのままとした。

I

八重一重

つい先頃、小泉先生から「新文明」の表紙の美しさには毎度目を見はらされる、花好きの君も同じ心だろうという意味のお便りをいただいた。それとあまり時をたがわず、やまと板画の棟方志功氏から、墨痕淋漓《ぼくこんりんり》、例の誰はばかるところのない字で「百花妙」とかいたまくりを一枚頂戴した。して見れば、私もひとかどの花好きと見られているらしい。

花好きというものも、なかなか多いようである。猫の額ほどのせまい庭で花をつくっていても、時に蝶のように蜂のように、見ず知らずの花好きと自称する人が、時折あらわれる。お世辞にも何かほめられたりすると、お人よしの本性をマルだしにして、出ながれの番茶をすすめたりする。とどのつまりが、一株分けてもらえないかとか、「花好きに悪人はありませんナ」とか、手ばなしで、自ら善人を主張するのだから、いい気なものである。

どうして、花好きにも隅におけないのが幾らもある。いわゆる変りものにいたっては相当なのがいる。その列伝を書いたら面白いであろう。昔の話をすれば、こんなのがあった。確か文政頃のものと覚えているが、「草木奇品かゞみ」という当時の植木屋某が編輯した美濃判の三冊本がある。めいめいの天狗が、珍花珍木を持ちよって、その面影を図にとどめ、それに少々出品者の逸話を書いたものである。某は斑《ふ》入りものが好きで、何でも斑入りでなければ夜があけない、ある曇った日、おもく雲のたれこめている処へ、いきなり日がさしてきた、時を移さず、天気の斑入りだといってよろこび、また多分、いわゆる白なまずというのであろうか、顔にぶちのある人を見て、これも斑入りだといって手を打ち、進んで交わりを求めたという。それは極端な例かも知れないが、そういった手あいは今も少なくないであろう。

大体、花好きと称する人達を見ると、その素直な美しさを愛《め》でる人はむしろまれで、何か珍奇な品を集める方に力をいれるというのが、十中の七八である。うす気味悪いとかグロテスクなのが、むしろ嬉しいらしいのである。殊に、それがどこにもなくてわが家にだけあることが無上のよろこびであるらしい。朝夕、目じりをさげてながめ、滅多に人に示さず、示す場合には、先ず一芽何千円とか何万円とかいって相手のド肝をぬく。そういうのが高じて商売気に走ると、いわゆる提鑑師《ていらんし》ということになる。雪駄をちゃらちゃらいわせ、もじりなどを一着におよんで、金文字で全盛稀品とか美術品とか何とか、馬鹿馬鹿しい文句を思いきり下品に刷りこんだ番付を懐にし、品物は藤蔓のバスケットに入れ、ぶらさげて歩くからである。商売とまでは行かないにしても、独占欲のやり場にこまって、ふえた分は人知れず焼きすてるとか、穴を掘ってうずめるという陰険なのもあるそうである。いやな奴のことを書くのは胸くそが悪い。一方花好きの中には、底ぬけの善人がいる。私のまわりにいる花好きは大方その部類である。

自ら土をいじって花をつくる人、そういう人々は、だいたい本当の花好きに思えるが、切花をかって花を生ける人の中には、果たして本当の花好きなのか、どうか疑わしい人々が少なくない。静物の材料につかう洋画家たちが、心から花を愛しているらしい様子は、その画面を見ればおのずから明らかである。ところが近頃のデパートで開かれる生花の展覧会を見ると、何故か多くの場合いたましい気分におそわれる。

生花といえば、近頃盛んなものだ。新しがった生花の展覧会のあの嬌態を見よ。アバン・ギャルドとは文学か油絵の畑のものかと思っていたら、生花のお師匠さんがそれをやっている。それもいい、文学や油絵のアバン・ギャルドは、哀れなるかな、その作者たちはいずれもパンをかじり水をのみ、食うや食わずの悲愴なものである。それにひきかえ、生花のアバン・ギャルドは、今も不思議な「家元」と称するチョン髷以上の搾取制度を堅持し、「ざアマス奥様」や毛皮の襟巻をした狐夫人にとりまかれ、ぬくぬくと肥えふとっているのである。それもよい、しかしあの広い会場をのたうちまわるペンキ塗りの材木や鉄の歯車や、ハワイから飛行機ではこんで来たというカトレアとか毒々しいアンスリュームなどながめていると、気の小さい花好きは、おどおどして、何か花のたたりがなければよいがと疑うのである。

花に対する愛情といえば、私のいつも念頭を去らない一事がある。それは、もれきく聖上陛下の雑草に対する御愛情のことである。皇居内には色々の雑草があり、それをひとしお愛でさせられ、人に踏まれそうな所には、御自ら棒をたてて目じるしとされ、一体に草とりの人々が雑草をとることをお好みにならないそうである。それよりさらに私の心を強くうつ話は、よく地方を旅行されて、何かお気に召した山草野草があると、それをお土産にお持ちかえりになる。但しどんな時にも、二本以上ある場合にかぎり、その一本をお持ちかえりになるのであって、僅かに一本の場合は決しておとりにならないという。何かの記事でそれを読んで、お育ちのよさというより、お生れつきのゆかしい御天性を限りなく、ことほぐのである。それにひきかえ、下々《しもじも》のいわゆる花好きの心なさは、見つかり次第根こそぎとりつくさねば已まない。その茎の一片でも他人の手にわたることをいとう、あさましい限りである。

雑草の話のついでに、私も雑草党の一人である。近頃、野草とか山草とか、その道のすき者なるものはなかなか多いが、これも少しこると、珍しい方に気がいって、ひたすら奇形や矮性を尊び、その作り棚を見ても、せっかくの野の花ののびのびしたところがない。どこか意地悪じいさんの養老院へでもいったような感じになるのである。私はただのタンポポやリンドウや、もう少しこってイチリンソウ、オキナグサ、カタクリ、ショウマ、ヒガンバナなど、どこにもある野の草山の草を庭一面にうえて楽しんでいる。別に植えたつもりはないが、「犬ノフグリ」や「地獄ノ釜ノ蓋」や「雀ノ鉄砲」というような名のおかしい雑草のはびこるのをただよろこんでいる。まことにキリストは詩人だった。「ソロモンの栄華も野のユリの装いに如かず」と。突飛な対照かも知れないが、その点、露伴翁はおっかない。「しぶとい奴ばら」とばかり、庭中の雑草を目の仇にしてむしりとっていたと文子《あや》さんが「あとみよそわか」に書いている。

雑草も好きだが、栽培植物も好きだ。私は中学生の頃、一時千葉の高等園芸学校に行きたいと思ったことがあるくらいだから、年少の頃から一通りいろんな花を作ってみた。チューリップ、ヒヤシンス、グラジオラス、ダリヤ、コスモス、これは先ず園芸に手を染めるものの誰でも一度はかかる麻疹《はしか》だろう。それから朝顔、シャボテン、菊、私はそんなところを割に早く飛びこえた。そしてお前は今、どんな花が好きなのかと訊かれたら、何と答えようか。桔梗、かるかや、女郎花、竜胆に、百日草に松虫草（それも野生の）、何だ小唄の文句そのままじゃないかといわれたら、恐れながらその通りと答えるより仕方がない。蔓草でテッセン（鉄線）、木の花として、先ず椿、沙羅、木瓜《ぼけ》、ヤマボウシに木蘭としておこう。サンシュユやウツギやサイフリボクのような極く地味なものも家にあるが、やめておこう。そうしてとどのつまりが東洋蘭、そうかといって、シップやカトレヤが嫌いという訳ではないが、どこか情趣に欠け風韻にとぼしい恨みは何としてもさけがたい。

八重《やえ》と一重《ひとえ》を空《くう》でいうのは、どうかと思うが、私はやはり一重党である。今の家に越してきて間もない頃、庭の一隅に八重咲きの山吹の大株があった。私はさっそくそれを人様にさし上げて、代りに一重の山吹を近所の百姓さんに捜してもらった。「先生は画かきさんのようなことをいう」とその人はいったが、この人、日本画家の堅山南風氏の家に出入りしていたのである。それはそれとして、一重のものを見た目に、八重はさすがに華やかで美しい。菊にしてもダリヤにしても一文字は淋しいが、八重咲は派手でにぎやかである。好きぎらいはあるとしても、いずれもそれぞれの美しさはある筈である。一重が美しい好きだからといって、八重咲きの存在を御存じないのではお話にならない。一重も見、八重も見た上で、一重が美しく好きだというのなら話は分るが、八重を知らないで、ただ一重が単純でよいと威ばっていたのでは始まらない。そんな手あいに八重を見せると忽ち飛びついて行く。我々が西洋文化に対する場合がそうだと思う。いって見れば、西洋文化は八重咲きで、東洋、否日本の文化は一重みたいなものだといえないこともない。西洋文化を見ず、見ようともしないで、日本文化を誇るなどは、これに似ているといえないだろうか。東洋画の水墨などは、油絵をさんざん見た上でこそ、むしろその良さがよく分るのである。赤いオーバーや青竹のジャケツを見た後で、初めて江戸時代に十分発達した日本人の色彩に対する心にくいほど洗練された感覚が分るのである。とんだところへ筆が滑った。八重も一重もそれぞれ所を得れば美しくまた面白い。

先に生花をやる人が、どうも花に対する愛情が薄いようだといったが、それというのも、私にこんな経験があるからである。私も物好きに、二年ばかり生花《いけばな》を習ったことがある。習うといっては言いすぎかも知れないが、とにかく、二年間つづけて、週に一回ずつお師匠さんが花を生けるのを見せてもらったのである。近頃はやる自由の生花なら、何もわざわざお師匠さんにつくこともないが、昔からある伝統の流儀、池ノ坊でも古流でも何でもよいと考えたが、偶然近所に古流のお師匠さんがおられたから、その方にお願いすることにした。週に一度ずつ来てもらった。ただし、我がままな私は、先に条件をつけた。それは、自分で好きなものなら買いもしましょうが、気にいらない花器など買わされるのはマッピラ御免蒙りたいということであった。分ったお師匠さんで、基本練習につかう便器と同質の白い水盤や竹のズンドウなどを自ら持ちこんで、教えてくださった。初め葉蘭の右葉左葉を覚えたり、水仙の袴をぬがせて、改めて挿しかえることから始めて、生け方の基本のような講義を拝聴した。きいていると、油絵の方の構図のとり方とよく似ている。殊にセザンヌの静物を例にとって中川一政氏が何かにかいておられたデッサンの論議とよく通ずると思った。そうしてお師匠さんが生けたのを拝見すると、成るほど一通り美しいのである。私は伝統の型というものに感心し、この型を守ると猿が生けても見られるものだとさとった。無論技術的なことになると、根元がぐらぐらしてしっかりしない、自分でやって見ると生やさしいことではない、それでも二回か三回、私も猿真似をした。
ところが、私は三回、四回と度かさなるにつれて、いやけがさしてきた。というのは、葉蘭であろうと、梅の枝であろうと、猫柳、そなれ、菊、等々品は変っても、形はいつも同じことだ。ただ違うのは五本に生けるか七本か九本かと数が違い、やや複雑になるだけで、とりすました形はいつも同じなのである。木にも草にもそれぞれ個性がある筈、しかしそんな理屈をいって見たところで始まらない。四五回目から、私はもう猿真似はやめた。「これからは、お師匠さんのお生けになるのをただ見せていただくことにします」といって、それからはただ見せてもらい、結局それが約二年つづいたという訳である。私もよく辛抱したが、お師匠さんも偉いと思った。しかし、私は決して損はしなかった。伝統芸術の一面をよく知ることが出来たからである。私が、茶の湯などにも私《ひそ》かに心をひかれながら、近づけない理由もそこにある。もう一つ感じたことは、生花のお師匠さんが、どうも花に対する愛情がうすいということであった。洋画家の静物にあつかわれた花を一目見ただけで、画家に愛されていると感じられるが、生花の展覧会に行って、どうも花が愛して生けられたと思えないのはどうしたことであろうか。

（「新文明」二―四　昭和二十七年四月）

五月の歌

五月の声をきくと、私はいつも与謝野晶子の「五月礼讃」を想いだす。むせるばかり烈しい詩《うた》だが、こんな風に始まっている。

五月は好い月、花の月
芽の月、香の月、花の色
ポプラ、マロニエ、プラタアヌ
つゝじ、芍薬、藤、蘇枋《すおう》
リラ、チュウリップ、罌粟《けし》の月
女の服のかろがろと
薄くなる月、恋の月

×

まだまだ長い。何故、私が特にこんな詩を覚えているかというと、田舎の兄の書斎に額に仕立ててかかっていたからだ。無論、晶子氏の肉筆で、白木の椽《ふち》に朱唐紙の表装が、その悩ましい内容とよく釣りあっていた。

春を待ちきれず、勇敢に土を割って鎌首をもたげる野草山草の芽が、幾度かさむ風に身ぶるいするが、四月に入って遽《にわ》かに咲きだす。みなみずみずしくて新鮮だ。星をいただいて咲くヒトリシズカ、下を向いてはずかしげに咲くカタクリ、マンチラをしてうぶうぶしく咲くエンレイソウ、かわいそうに愚鈍という花言葉を押しつけられたオダマキ、狭い我が家の庭にも、次々に咲きついで、やがて五月に入ると、いよいよ活気づく。罌粟《けし》や菖蒲や、コデマリやテッセンや、それに牡丹といいたいところだが、惜しくも牡丹は去年限りで縁がきれてしまった。

牡丹に唐獅子とは誰がいいだしたのか知らないが、恐らくけだものの王と花の王を取りあわせたのであろう。真に牡丹は百花の王の名に恥じない。近頃豪華なものとして洋蘭のカトレヤが挙げられるが、それとこれとは第一品格がちがう。カトレヤも華やかには違いないが、何か唇と爪を真赤に染めたはすっぱの感じをいかんともすることができない。そこへ行くと牡丹は豪華絢爛、それにおのずから備わった悠揚せまらざる気品がある。あるいは王者の風があるといおうか。

牡丹といえば、子供の時分、父が寒牡丹なるものを幾鉢かもっていた。父のはカタログで取りよせて荷がつくと、いきなり植木屋にあずけるのだ。愚かな話である。寒牡丹といっても、二月か三月か、まだ春浅い頃、花がつくと植木屋が蕾のふくらんだ鉢をかかえてもってくるのを、父はうれしげに眺めていた。しかし、雪国の季節はずれに無理に咲かせたのだから、どこか生気がなく、決してうれしいものではなかった。今のように技術が進歩しておれば、冷蔵庫や温室をつかって、もっと張りのある花が見られたであろう。しかし、一体に、花でも野菜でも果物でも、季節にはずれたものはつまらない。人間のあさはかさは、無闇に自然の季節を無視し、花や野菜をだまくらかして、その上に人を煙にまき、兼ねて利益を計ろうとする。成金の茶会などの様子をきくと、とかくそんなことがあるそうである。秋の桔梗を春の床に生けて得意がる。およそ茶の道にそむいた外道である。料理にも寒い頃、握りこぶしより小さな南瓜をつかって見たり、夏の中から一箇何千円とかする松茸を汁椀に浮かせて見たりして、いかに見えないところに金がかかっているかを回りくどく相手に誇示しようとする。悪趣味である。季節にはずれた花が果物が美しくうまい筈がない。そこへ行くと、我々貧乏人はむしろ仕合せである。二月に梅、三月に桃、四月に桜と順を追って眺めるより仕方なく、ありがたいことに自然はその時最も美しく装うのである。五月の苺、七月の西瓜は最も安く最もうまい。

閑話休題、私も十四五年前から、年に二株三株と、カタログによって牡丹をとりよせて、ついに何か意味ありそうな、三十三種三十三株になった。上方《かみがた》の牡丹は多く牡丹砧《だい》で、越後からきたのは芍薬砧である。年々近所の百姓さんに頼んで、馬糞をリヤカーに一ぱいずつ入れてもらい、肥料がきいて、豊かに花が咲いた。自分の心もおのずから豊かになって、つい「五月は好い月、花の月」と口吟《くちずさ》んだ。ところが、終戦と共に馬糞を分けてもらった世田谷の砲兵隊が解散になって手に入らなくなり、てきめんに牡丹の木はやせてしまった。花も小さくいじけて、何かおちぶれた感じでいやになった。二株三株と人様にあげ、去年の秋、最後にのこった十幾株をその道の人に引きとってもらい、せいせいした。

牡丹もなかなか種類が多いようである。先年、スミレにうつつをぬかしている若い友人が、方々のカタログによって牡丹の種類を整理し表につくって送ってくれた。二百何十種があったと思う。しかし考えて見ると、今日本で出る花屋のカタログにのる名前というものは、およそ自分勝手なものである。同じ品種が甲乙の店によって呼名の違うくらいは朝飯前だ。従って、これを整理して見たところで意味ないわけである。それに今の人のつける名前の何と仰々しく物欲しそうなことか。富貴殿だの金鶏閣だの五大洲だのと名付親のお里が知れるというものである。そこへ行くと貞享の「牡丹名寄《なよせ》」には三百種、宝永の「地錦抄」には約五百種の名が挙げてあるが、例えば「人丸」とか「二条」とか「藤四郎」とか、何でもない名前が、淡々としてこころよいではないか。

牡丹の原産地は支那だというが、石田幹之助先生の「長安の春」によると、千年の昔、大唐に春がきて薫風がさわやかに吹きわたり、満都に牡丹の花が咲きはじめると、城中の士女は家を空《むな》しうして花の跡を追って日を暮したという。「牡丹濃艶人心を乱し、一国狂うが如く金を惜まず」と歌われたそうである。玄宗や楊貴妃や、青眉豊頬の例の樹下美人を濃艶な牡丹の花の中において夢みるのは楽しい。しかし、我々には、支那牡丹はくどく好ましくない。銭舜挙えがくところの牡丹花は今は色さびて美しいが、あの盛りあがった毒々しい千重万重の重弁は現実には御免である。私も二三支那牡丹を作ったこともあるが、目にしみるだけで、どうしても好きになれなかった。

それに近頃、黄色の牡丹がある。フランスで作出されたものと聞くが、いずれ芍薬と通じてできた児であろう。多少赤味をおびたのと、全然黄色なのとある。どこかまだ牡丹になりきらないところがあって、首がしっかりしないのである。「牡丹花は咲きさだまりて静かなり　花の占めたる位置の確かさ」利玄（註：木下）のこの歌は少し理屈っぽくてどうかと思うが、短い言葉の中にとにかく牡丹の特質はとらえている。それが、黄牡丹となると、なかなか「咲きさだまらない」のである。いい加減のところで、高さを見計って支柱を立てると、蕾はろくろっ首のように、いくらでも伸びのびて、止まるところを知らないのである。

牡丹の花はよいが寿命の短いのをかこつ人がある。なるほど、せいぜい二三日というところであろうか、永年牡丹と取っくんで真剣勝負をしておられる国画会の椿貞雄氏などは、そのために同じカンバスを何年越しということもあるそうである。しかし、私は牡丹は寿命の短いところがよい、贅沢に咲いて束の間に散る、武士などを持ちださずとも、それでよいではないか。長持ちしてあの光った花びらに埃がたまっているなどとは考えてもいやなことだ。私でさえそう思うのだから、牡丹自身にして見れば、なおさら、これで沢山だというであろう。

牡丹は花もよいが、あのごつごつした木《ぼく》がまたよい。春浅く、あの木から赤い芽が燃えるようにのぼりたつ風情をガラス越しに眺めるたのしさ。それに牡丹作りの名人と自他ともに許す山中不二氏の説によると、牡丹の木を火にくべると、えもいわれぬ芳香がただよい、紫色の煙がたなびくという。いつか伺った時、その一束を蘭奢待《らんじゃたい》でもあるかのように、大切にしておられた。私も先年、枯枝を集めてたいて見たが、別に紫の煙はたなびかなかった。事実はどうあろうと、牡丹の木《ぼく》をたいて紫色の煙が立ちのぼる伝説はうれしいではないか。

牡丹の噂で意外に手間どった。牡丹にそれだけのことがあるといってしまえば、それまでであるが、私は五月の花として、もう一つ鉄線を推すことにしよう。まだ普及していないと見えて、私がよく好きな花ときかれてテッセンと答えると、人は怪訝な顔をする。昔からよく蒔絵などの模様につかわれている蔓草である。在来のものは径二寸にもたりない藤色の小さな花であるが、近年外国から輸入されたものの中には、輪は大きく、色も変化に富んで実に美しいのがある。まだ花屋に出ているのは、バン・ホーテンという白いのとプレジデントという濃紫の二種類くらいのものであるが、種類は千変万化である。アメリカ（ニューヨーク）には鉄線の専門屋がある。昨年秋、その花屋に手紙をかいて、日本まで送る送料と注文すべき時期を問い合せたら、普通便で送るには、日本は遠くて時間がかかりすぎ、飛行便で送るには費用がかかりすぎる、お気の毒さまと、日本の花屋ではいってくれそうもない親切な返事をくれた。

さて、鉄線とはどんな花かときかれたら、何と答えよう。ちょっと手がるにたとえる花がない。清方（註：鏑木）えがくところの「築地明石町」と題する美人画がある。ある夕方、橋のたもとで衿をかき合せふと見かえった年増の女が人待ち顔にたたずんでいる、美しく洒落て品《ひん》もある、マアそんなァところでしょうなというより仕方がない。効能書がえらくなったが、事実なのだからいたし方がない。このテッセンは必ず将来、流行を見るであろう。しかしテッセンは元来安い花である。洋蘭などと違って、アメリカのカタログで三ドルを越えるものはない。ところが日本ではもう徐々に種類をたくわえて、一儲けしようとたくらんでいる輩があるということである。一株何千円何万円と、ついこの間もそういう噂をきいた。花を作っていると、常に害虫はつきもので、その駆除を怠ってはならないが、悪智慧にたけた頭の黒い害虫は手の下しようがない。

（「新文明」二―五　昭和二十七年五月）

白い壺

私は庭の花をきって、さて生ける段になると、いつも何か白い壺にと思う。どうせ私ふぜいが、会心の壺など持てるはずもないが、それでも飾りけのない平凡でよい壺をと思うのである。白磁の壺といったら人は誰でも先ず李朝の壺を思うであろう。同じ白磁でも宋窯、殊に定窯ともなれば、壺はめったになく、またよしあったところで、値段もさることながら、どこか貴族臭があって、我々細民の陋屋には似合わない。一体に美術品とか工芸品の持ちかたはむずかしく、持主と品物がそぐわないと、全体から見て美しさを失ってしまう。下人《げにん》のくせに無闇と上物《じょうもの》ばかり側におくと、何かもぐりの骨董屋ではないかとつい思わせる。それは意地の悪い見方だとしても、元来工芸品は主人につかえて用をたすべき身であるから、主客転倒して、主人が物につかえているように見えても困るのである。早い話が、よく往来で犬を連れて散歩している風景を見る。立派な秋田犬をつれていて、その犬の主人らしく見える場合はめったにない。大抵犬の召使に見えるのである。いわんやボルゾイなどをつれて歩いて、その主人らしく見える人は、この世に幾人あろうか。

そこへ行くと、李朝はうれしい。セトモノ好きが猫も杓子も李朝李朝とさわぐのももっともなことである。李朝なら誰がもっても、主人らしく見えるからである。李朝といっても無論ピンからキリまであるが、不思議なことに、積極的にいやらしいものがない。それというのも生れが生れだからであろう。我々が息を殺してながめる壺も元をただせば、例外なしに、朝鮮の台所での塩壺であり、漬物壺なのだそうである。愛玩品、芸術品として作られたものではないのだそうである。もともと生れがそういう品であるから、万事ひかえめに人につかえるように作られている。従って、そもそもこれが貴人の床の間に飾られるというのが妙な話である。同じ育ちの井戸の茶碗が早くから、初期の茶人たちにみとめられたのは驚くべきことであるが、これが十重二十重の錦の衣を着、幾重の箱に納められているのも考えて見れば、おかしなことである。

それはそれとして何としても李朝はいい。皆が皆よい訳ではないが、少なくとも最初から風流をねらって作られた品とちがって、いや味というものがない。殊に白磁ときたら、李朝の独壇場といっても過言でない。乳白、灰白、卵白、青白、それぞれおもむきがある。形も瓜型、徳利、提灯、面取、とぼけていながら天衣無縫である。そこへ行くと、現代随一の陶匠富本憲吉氏の白磁は既に定評があり、感心するが、それは当然のことながら、すきまのない意識がはたらいていて、己れを空しうしてながめることが出来ない。美しいと思いながら、そのかげにかくれている富本憲吉と始終戦っていなければならない。何か気づまりである。

だいぶ御託《ごたく》をならべたが、それではお前はどんな壺に生ける気かといわれたら、忽ち閉口して引きさがるよりいたし方ない。私も安ものの李朝はすでに幾つか買いもとめたが、みんな人様に上げてしまった。今手もとにあるのは、大したものではない二三の壺と、私には過ぎた富本さんの径一尺ばかりの白い壺一箇くらいなものである。タッタ一つでよいから会心の壺をと永年心がけているが、なかなかそんなものにはぶつからないし、またよしぶつかったところで、懐がゆるさない。考えて見ると私のセトモノ好きもながいことだ。中学生の頃からセトモノを買った。上京して塾の学生となってからは、下宿の二階は下手物《げてもの》だらけであった。私のは眺めるというより、身近のもの悉《ことごと》く実用品で、ウガイ茶碗、灰皿、絵ノ具皿、ペン皿など手あたり次第つかうやり方で、従って妙な掘りだしの病気にとりつかれないですんで仕合せだった。

それにつけても、若げのいたりで、今考えると顔から火がでるような恥ずかしい思い出がある。それは塾の文科でいよいよ本科にすすみ、田中萃一郎先生に教わることになった。先生は人も知る東洋史の鬱然《うつぜん》たる大家で、その先生からセニョボスの史学研究法と、演習では支那できの歴代史略をつかって素読をさせられた。確か二年の終りになって、東洋史関係で題は自由でよいからリポートを出すように命じられた。何しろ大家の先生のもとへ出すリポートであって見れば、何をかいてもすぐ元が知れる。先生の目のとどかない死角をねらうつもりで、私は「明代の染附について」と題する一論篇を提出した。実物といって、当時博物館の飾棚はいたってさびしく、それで確かデイロンの「陶器とその蒐集」ともう一冊著者名は忘れたが、大きな「支那陶磁」とかいう洋書と日本のあんまり大した本でもなさそうなのを、ごちゃごちゃつき合せ、でっちあげて提出したものである。直接先生の手もとへ出すのがこわく、先生が御不在らしい時間を見はからって、我善坊《がぜんぼう》のお宅へとどけた。その反響を直接先生の口からきかなかったが、人伝《づて》に、「史学科にも芸術家がいる」といわれたとか、恐らく「困ったものだ」という意味だったに違いない。私どもは、当時学生の身で田中先生といえば、ただ講義がむやみに早く、よく出来ておっかない先生としか知らず、洒落も人情も人並以上によく解し、よく人の面倒を見、よく笑うという先生の半面を知らなかった。いよいよ卒業して、その先生の人間味に触れ得られようという矢先、先生は、越後の瀬波の海岸で突然おなくなりになった。それでも、私は先生のお世話で、支那のキリスト教史関係の書「燕京開教略」と「西教褒奉」の二部を手にいれることが出来た。今も座右にあるが、この上なき記念である。

白い壺のことから、とんだところへ筆がすべったが、また花の話へもどるとしよう。私の庭も六月をかぎりに、春の花は終りをつげる。七月にはいって、合歓《ねむ》があの乳くさい、童話的な花をつける。この家へこしてきた時、入口に六角堂とかいう小さなしだれ柳の苗を一本植えた。

近所の人は多少揶揄と軽蔑の意をふくめて「風流ですナ」といったが、間もなくその柳は鉄砲虫にやられて枯れてしまった。その後へ植えたのが合歓の木であった。成長の早い木で、せいぜいステッキほどの太さのを植えたのが十年の中に、忽ち目通り径七八寸にもなった。枝は横へ横へとのびひろがって日蔭をつくり、前をとおる人が、この下の石段にしばし腰をおろして休む。七月の初めから例の先の赤い小さな采配のような花を一面につける。あどけなく私の好きな花の一つである。近頃発見したのであるが、この花は天気のよい日の夕方下から見あげるのが最も美しい。私の家の奥に、小さな女学校がある。その女学生たちの行きかえりに、よく話題にのぼる仕合せな花である。たしか万葉集にもこの花の噂をする歌があったかと覚えている。それから八月へかけて、ウツボ草、唐糸草、山百合、藪ミョウガと野の草が咲きつぎ、鳳仙花、ノウゼンカツラがちかちかするような強い日光の中に咲く。しかしうだるような暑さの下では折角咲いてくれたこれ等の花を、ゆっくりながめる心のゆとりがない。花に対して申しわけない話である。

夏咲く花で私の特に好きなのは百日草である。とかく他の花を気品がないの何のかんのと文句をつけるくせに、およそ品《ひん》も風格もない百日草を愛するとはと、人は笑うであろう。ダリヤなどはパンパンだと悪口をいう私が、この山出しの娘のような花が好きなのである。紺絣の着物を着、簪《かんざし》をさした田舎娘もよいものである。あの岸田劉生だって、満艦飾の麗子像ばかりはかかなかった。村嬢お松が始終画題になっていたではないか。

それに夏の花として朝顔も決してわるくない。無闇に物差しをもって七寸とか八寸とかいってさわぐ趣味はないが、窓ぎわに糸をはってからませたのもいいし、たくましい木にして威勢よく毎朝ぽっかり鮮かに咲いた花を見ると本当に目がさめる。私は朝顔を熱心に作ったことはないが、この何年間、毎年十鉢ばかりずつ作っていた。それは近所のさる老人がよろこぶので、ただよろこんでもらうために作り、咲きだすと次ぎ次ぎに届けた。私は朝顔づくりの常道をふまず、我流の簡単な方法をあみだして作っていたが、割に大きな花が美事に咲いた。ただ昨年その老人が亡くなってから、作る気がしなくなって、ふっつり朝顔つくりをやめてしまった。

夏がおわると、後は菊であろうか。菊はいやというほどでもないが、好んでつくる気がしない。殊に大菊は端正すぎて面白くないのである。何かの本に、蓮は花の君子なるもの、菊は花の隠逸なるものとあったが、果して菊が隠逸の感じであろうか。気品の上からいって国花とするに異存はないが、どこか分別くさくて気づまりである。君が代をうたいながら直立不動の姿勢でながめなければならないような気がして、何となく窮屈である。なお菊の花は皇室の御紋章としてふさわしく、また代議士諸君が、バッチにこの花をかたどっている（近頃はどうか知らないが）のももっともらしく結構と思うが、曰く何々議員、曰く何とか会の会員が、無闇と代議士のそれにまぎらわしいバッチをつけているのは能のない話である。それはちょうど、某々私立大学の学生が、官立の大学の帽子にまぎらわしい角帽をかぶり、その徽章ににせた「大学」の徽章をつけているのと同様不見識である。

菊は菊でも小菊となると大いによろしい。孔雀のしっぽのような懸崖づくりや盆栽まがいの文人づくりはどうかと思うが、ただまがきの辺りに植えるともなく植えて乱れて咲いている風情はまことに捨てがたい。殊に田舎家の畠のふちなどにその花は食用に供するらしい黄菊白菊が雨に打たれ風にたおれて咲いている風景が、えもいわれぬこころよさである。

それかといって、小菊の特に吟味した花を一鉢一鉢仔細にながめると、これまた味わいは深い。私はついそんなことに無頓着であったが、四五年前、資生堂さんから、良種だといって十種ばかり挿芽をいただいたことがある。作って見ると、なるほど同じ種類のものが花屋にあるが、よく見るとまるで違う。実生《みしょう》して何千何万の中から、えりすぐったものだけあって、さすがである。今も心に残っているのは、えんじの濃い「椿姫」、黄色な心《しん》がバカ大きく、白い弁はあるかなきかの如き「鶴裳」、しゃれた鮭色の「故山の夢」、文字どおり黄色い「黄山《こうざん》」などで、今でもすぐ目の前にその姿を浮べることが出来る。

もう一つ花は中型だけれど、忘れがたい菊がある。それは朝鮮の野菊であった。辱知《じょくち》の田中豊太郎氏が、あの立派な図録「李朝陶磁譜」を編むため、写真の坂本万七氏を帯同して朝鮮を旅行されたことがあった。たまたま李朝の分院の窯跡をたずねた折、道馬里のあたり、道ばたで採集したといって何種かの雑草の種子を手紙のついでに封じて送ってくれられた。早速これを蒔いて見ると、その中から浜菊によく似た径一寸ばかりの白い花をつけ、葉型もすてがたく、うれしい菊が出てきた。初め白い花かと思っていると、終りに近く、花の裏側から少し浅黄色にかわってくる。私は李朝の花だといってよろこび、田中氏には勿論、広く知人にわけた。株分けをおこたっている中に、私のところでは既に消えてなくなったが、方々へ分けてあるから、欲しい時には分けてもらえるであろう。それにつけても、花を作る人が、とかく独占欲にかられて秘蔵し、つい断種にしてしまうことが多く、惜しいばかりではない、一種の罪悪といえよう。江戸時代に、桜草が流行した。当時秘蔵家の話が色々つたわっているが、某大名の御隠居と称する人は桜草の珍種を多く集め、花時になると客をよんでこれを見せ自慢にしていたが、それにも限度があって、特別のものはついに人にも示さす、死ぬ前に遺言して、死後は穴をほってうずめよ、とあったそうである。それをどうとかして難をまぬがれたのがこれだと、ある人に見せられたことがあるが、私には一向興味のない花であった。こういう話は昔にかぎったことでなく、この度の戦争中、これに似た話をいくつか聞いている。人に分けておけば、人に分けてもらえるものを、我々はこの意気で行きたいものである。

（「新文明」二―九　昭和二十七年九月）

朝の訪問

近頃、毎朝おきぬけに四郎の訪問をうける。いたって上機嫌で、ばたばた廊下をはしる足音がしたかと思うと、もう無遠慮に布団のうえを漕ぐようにしてやって来るか、いきなり枕元に攻めよせてきて、小さな前脚をそろえて私の顔に立てかけ、ぺろぺろ顔をなめるのである。ヒャア、気持が悪いなどと大声をあげるくせに、実はそれほどでもなさそうで、「やあお早う、シロリンタン」「いい子いい子」などと続けさまにいい、寝たまま四郎を抱きあげて、「高い高い」をする。四郎とは、今日が生後六十二日目のスピッツの仔犬の名である。彼は毎朝、私、甥君(弘二氏)、女中さんの部屋を次ぎ次ぎに「朝の訪問」をして歩くのである。

終戦後三四年目から急に犬がふえだした。近所の犬で、ちょくちょく私の家へ挨拶にやってくるのだけでも相当なものである。四つの島に閉じこめられ、はみだす人口をかかえながら、こうも犬がふえていくのは、さすがに瑞穂の国で、食料はわいてでると思われそうだが、後世の歴史家はそこのところをしっかりしないと解釈を誤るであろう。物資が豊かになったのではなく、お互いに乏しい物資を人にとられまいとして好きでもない犬を飼いだしたのである。早い話が、私の田舎の家だってそうだ。二度つづけて泥棒にしてやられ、柴犬を飼って効果があったと、今度は由緒正しい秋田犬を飼いだした。血統の正しい犬は弱くてこまる、人間の子供をそだてるより余程手数がかかるなどとこぼしてくるが、こぼすかたわら立派な犬だぞと誇らしげな様子はかくせない。

花好きの私は、また一面動物好きでもある。殊に小鳥と犬は飼いたいと思う。少年のころ、むくむくした茶色の樺太犬《からふとけん》を飼っていた。樺太犬などお珍しいと思われようが、種子をあかせばこうである。私の郷里柏崎につづいて荒浜という漁村がある。(今は市に併合されているが)例の三階節に「荒浜荒砂悪田の渡し《あらはまあらすな》」とある荒浜であるが、そこの漁夫たちは戦前、毎年遠く北海道、樺太にまで遠征し、時々あちらの犬をつれてかえってきた。その犬を二匹頂戴したという訳なのである。それ以来、犬が欲しいと思いながら、機会にめぐまれなかった。というより、花作りと、畜犬とは両立しないので、今日まで我慢してきたのである。何の悪意もなく、はしゃぎまわることが、即ち花園をあらすことになる。それで犬を叱らなければならないかと思うと、つい飼う気がにぶり今日におよんだ次第である。

偶々《たまたま》、私の教え子で田中稀一郎君、つい先日学童疎開で一年と何ヶ月同じ釜の飯をくったのがもう今では立派な大学生になっているが、スピッツの牝犬を飼っていて、子供が生れたら上げてもいいという。スピッツなら座敷でも飼える、花を荒らされる心配はない、どうか願いますといっておいた。それから約一年、去る六月の末に、田中君から便りがあって、実はこの二十七日に子供が二匹生まれた。二匹とも牡らしいが、その中どちらでもよい方を差上げたい、四十日たったら親から離せると思うから、その前に一度見にきて欲しいということであった。それで七月の末に田中君を訪ねて、おデコの方を貰いうけることに決めてかえり、今月の十日、生後四十六日目の四郎は稀一郎君によって送りとどけられた。小さなバスケットにいれられ、電車に揺られてきたせいか、取りだされると、のびて動こうともしない。このままになってしまうのではないかと気にしていると、やおら立ちあがって、のそのそ歩きだした。

四郎と命名したのは私である。もらいうける前から、ああでもないこうでもないと考えあぐんだ末に、白いから「シロ」「シロー」四郎と名づけ、我ながら平凡でよい名だと満足した。日ごろ懇意にしている家の黒犬で、これは極端に動物好きの奥さんのお仕こみで、人間の言葉が相当よくわかるらしい。「ジゲム」とはおかしな名で、区役所へとどけでた時、係りの人が「何ですか」と驚いたという。「ジゲム」の先代が「パイポ」であったから、そのくらいの洒落は通じそうなものだ。

四郎がきて、一日二日は、親をしたって夜中あわれな声で、なきとおすことであろう、二三日は家中眠れないだろう、それが気がかりで、最初の晩、私の寝床にもぐりこませた。何か安心したものと見えて、うんともすんともいわず、よく眠り、おかげでこちらもよく眠れた。

四郎は、きてから三日目に目方を計って見たら四百八十匁あった。専門家が見たら何というか知らないが、まるまる肥って、極端なおデコが誠にかわいい。もちろん耳はまだ垂れ胴はつまって、だいたい犬張子の形をしている。全身、兎のように真白なやわらかい毛でおおわれているが、両耳のあたりにかすかにビスケット色のさし毛がある。純粋とはいえないであろう。

四郎がきて第二の仕事は、蚤退治であった。母親に沢山いたせいか、四郎をあおむけにひっくりかえすと、忽ちぶよぶよした毛のないお腹のあたりを五匹六匹と大急ぎで蚤が横断する。それから首のあたり、尻尾のあたり、群をなしているか、手をやると忽ち散ってしまう。細い細い毛のジャングルの中を蚤はよく走りまわれたものだ。私は動作がにぶくて到底つかまえることができない。畳の上や敷布の上の蚤とちがって跳ぶことはないが、私がまごまごしている中に、蚤はさあッと退散する。多く女中さんがとってくれたが、捕れた蚤は四日間で約三百四五十四匹におよんだ。人はそれを本当にしないかも知れないが、私は四郎の日記をつくり、確かにとった蚤の数を記録したのである。小さい体の四郎はこれでさっぱりしたであろう。

次はオシッコである。人にもきき本でも読んで、場所をきめ砂箱をつくってオシッコをさせようとするが、どうしても注文どおりにしてくれないのである。それこそ噛んでふくめるように、何度いってきかせても一向通じない。「バカ」などと叱ると、顔をすこしななめにかしげ、心持涙ぐんだような顔をして、かえってこちらが閉口するが、すぐその後から、腰をさげて、もうやっている。近頃では昼は多く眠っているが、いっても目のさめ次第、庭におろすと、その時はどうにかするが、それでも、ちょっと目をはなすと、所きらわずすぐやってしまう。ただし、畳の上では滅多にしないで、多くは廊下その他板の間でやるのが、せめてもの心やりなのであろう。しかし、今でも日に何度か雑巾をもって走れば、四郎ははしゃいで逃げまわる。犬のオシッコにはよごれを去る性質があると見えて、板敷きをふくとそこだけ白くあとがのこる。おかげで、廊下の所々がぶちになった。四郎のオシッコはまだうまく行かないが、気ながにわかる日をまつより仕方がない。前にもいったとおり、四郎は生れてから今日でわずか六十二日目だ。人間の子だって生れてから十年たっても思うにまかせないのが幾らもある。私たち小学校の教師は子供の高原学校、海浜学校で、その例をいくらも見ている。予《あらかじ》め父兄からオシッコの近い子供の名をきいておき、教師は夜中にまわって、そういう子を起こしてあるく。死んだようによく眠っている子供は、ちっとやそっと呼んだくらいでは、なかなか起きてくれない。体をゆすぶったり、ぴちゃぴちゃかるく顔をたたいたり、それでも起きてくれなければ、棒のようになっている子供をかかえて、はばかりへ連れて行く。時にむっくり起きたかと思うと、いきなり飛んでもない方向へあるきだすのもある。私どもは年々歳々これを繰りかえしているが、こうでもしないと、ついもらしてしまうのである。それを考えたら、四郎のそれも生後六十何日目の仔犬を責めるわけにもゆくまいではないか。

四郎は人間の子と同じく動くものが大好きである。何というか、ゴム製の亜鈴のような形をした犬用の玩具がある。（ダンベルというそうな。）これを四郎に見せても、一向興味をひかぬ様子であった。そこでこれに紐をつけてゆっくりすりうごかすと、四郎はいきなりとびついてきてくわえ、猛烈に左右にふりまわす。またただの物指しでは注意がむかないようであったが、座布団の下に物指しをかくし、その先を出したり引っこましたりしていると、俄然興味がわくらしく、猫がおどるように代りばんこに前脚をあげてしずしずと近よってきて、物指しのでたところを見計らって、いきなりとびついてくる。それから同じ布でも白い布が好きなようで、色とりどりの洗濯物などを沢山おいておくと、きっと白い布のなかにくるまってはしゃいでいる。

ところで、四郎は、四郎と呼んでも尻尾をふってとんでこない。ちょっと振りむくが、自分勝手にあそんでいる。そこで、こちらも、つい「コロッポ」だの「シロリンタン」だの「小便小僧」だのと口から出まかせをいうのである。気がむけば、うるさくまつわりつき顔をなめるくせに、気がむかなければ、知らん顔である。また今まつわりついていたかと思うと、いきなり、すっとんですべりこんだまま、顎《あご》を床につけて、そのまま眠ってしまう、いたって気ままである。アプレゲールというか犬の封建制をどこかへおきわすれてきたのか、それとも元来が芸術家なのか、一向主人の鼻息なんかうかがう気がないのである。

それにつけても思いだすのは水木京太氏のことである。氏は演劇人として早世を惜しまれた人で、天下の猫好きとして有名であったが、氏から猫の御利益《ごりやく》についてこんこんと聞かされたことがある。氏が丸善で「学鐙」の編輯をしておられた頃であった。焼ける前の煉瓦づくりの喫茶店へつれこまれて、お茶をのみながら話は一時間にも及んだかと思う。そもそも猫の渡来、たしか三韓?の使が大切な巻物をもって日本の天子様に献上するについて、鼠がつくといけないとあって、猫を一緒につれてきた。それには確かな証拠があるということから、猫は犬とちがって、どんなに親切に飼いならしても、決して主人にこびるということがない。それ、そこが猫の芸術家たる所以《ゆえん》で、自分が猫びいきなのは、そのためでもある。また氏はひらきなおって自分は大の猫好きだが、猫にはそれがよく分り、私が町を歩くと、見ず知らずの猫がみんな自分に挨拶すると真顔でいわれるのである。気のせいか、水木氏の顔はどこか猫に似ているように思われた。しかし、水木氏は猫びいきであられたが、一方飼主に尻尾を振るようなところはないにしても、三日飼われたら三年恩を忘れないという、よい意味の犬の性質は十分もっておられたようである。

四郎が、ここへきてから覚えたのは、僅かに「お手」と「お坐り」だけ、但し「お手」の方は気がむかないと駄目のようで、手より先に噛みついてくることがある。むろん本気で噛みつくわけではないが、何でも噛むのが好きなのである。「そうっと」というと、初めの中はいくらか加減しているらしいが、ふざけている中に、つい力がはいり、時に歯のあとに血のにじむことがある。向こう気が強く、殊に近頃吠えることを覚え、知らない人を見ると無闇に吠えたてる。そのくせ音には臆病で、ゴムマリにかみつき、空気がぬけてスウッと音がすると、驚いて引きさがる。廊下で今遊んでいたかと思うと、飛行機の音におびえて彼の部屋へすっとんで行く。ひき退ったとたんに、もうすやすやと眠っているのである。彼の寝相は実にさまざまで、横ざまに長々とねていることがあり、時には人間のように口をあいたまま仰向けになっていることもある。

四郎は、私の家にきてから今日が十八日目、幸いまだ病気もせず、すくすくと育っている。十日目十日目に体重を計ることにしているが、大体一日に二三十匁ずつふえてゆくようである。耳はまだ立たないが、もう立つけはいが見える。四郎とあそんで時間をとられることおびただしいが、後悔はない。ただ早く何とか自分でオシッコの始末ができるようになってくれればよいがと思うのみ。

（「新文明」二―十　昭和二十七年十月）

蘭学事始

私が養蘭の楽しみを始めて知ったのは、判然している。——忘れもしない昭和九年の三月、春もまだ浅いころのことであった。銀座の伊東屋の六階で、いわゆる銘品と称する春蘭の展観があった。その時からである。ながい間、人の手に養われて、野にある春蘭の奔放さはないが、洗練された艶々しい細い葉の間からほのぼのと淡緑の花が立ち上がりにおっている。何の加減か、時々花を見ているそのかげから、むせるばかり、とろけんばかりの芳香が忽ちいたり通りすぎる。私は暫し去りかねて眺めていたが、結局、無銘の一鉢を求めてかえった。これが病みつきで、爾来、戦争中疎開していた一年二ヶ月をのぞき、蘭は私の座右の友となった。

教師の習いが性となったか、私は何かにつけてノートを作る癖がある。蘭を作りだすと間もなく、これもノートをつくり、その表紙に「蘭学事始」とかき、その一冊が終ると、次のは「蘭学楷梯」とかいた。しかし、この駄洒落には我ながら気が咎めているのである。「蘭学楷梯」が大槻氏の撰にかかり、蘭学入門の書であることは誰も知っている。さらに杉田玄白の

「蘭学事始」にいたっては近代における洋学の先駆者の嘗めた苦心が如実に語られ、福沢先生も「我々は之を読む毎に先人の苦心を察し、其剛勇に驚き其誠意誠心に感じ感極りて泣かざるはなし」と述べておられる程である。私も幾度かこれを読み、屢々《しばしば》若い人たちにも一読をすすめた。この厳粛な書物の題名をそのまま、かりそめにも道楽の楽書に利用してトンと恥じないとは、人にいわれない先に、既に自分でそう思っているのである。繰りかえしていうが罪の深い駄洒落である。

俗に蘭蕙《らんけい》という。蘭はまた一茎一花ともいい、その名の如く苞を冠った花芽が根本から抽出して一花を開く。日本の山野に沢山あるあの春蘭である。地方によっては、ホクリハクリ、ジジババなどともいっている。蕙は一茎に数箇から十数箇の花をつけ、為に一茎九華などともいう。これは日本の野山にない種類で、花の咲き方からいえば、駿河蘭や玉花がその類である。春蘭は大体二三月頃、蕙は四五月頃花をつける。この外に秋咲く素心、暮ちかく咲く寒蘭があり、その他にも色々あるが、それらをひっくるめて東洋蘭という。これに対して洋蘭がある。近頃、時折、新聞や雑誌の噂にのぼり、婦人の胸に飾られて絢爛たるのはこの洋蘭である。私がここで語ろうとするのは東洋蘭、殊に春蘭についてであるが、世間の人が往々にして東洋蘭と洋蘭を混同しているところがあるから、一言しておきたい。

洋蘭が派手で美しく目をうばうもののあること、若い人々がこれに心をひかれることに異存はない。但し洋蘭とはいいながら、多く南米や南洋原産のものが多く、西洋人が持ちかえって栽培し、改良をくわえたというだけで、厳密にいえば、多くは東洋蘭なのである。南方のものだから、思いきり派手である。普通の花屋のウィンドーには現われないが、形のはなはだ洒落た種類もある。それはそれとして洋蘭は特種のものの外は、匂いがないのである。舞踏会における貴婦人の胸にかざられるカトレヤや贈答用につかわれるシプリペデュームやデンドロビュームなどは匂いは全然ない筈である。然るに、新聞や雑誌にのる記事を見ると、その写真をのせて芳香馥郁《ほうかふくいく》というように書いてある。何とただ蘭という名前にとらわれて、無感覚の甚《はなは》だしきやといいたいのである。それとも、それが文章のあやというものであるかも知れぬ。芳香と蘭とを組みあわせた熟字は甚だ多いが、その熟字はいずれも支那製であり、その蘭も支那産なのである。この点、日本の春蘭にも多少の匂いはあり、これを強調するむきもあるが、惜しむらくは、日本の春蘭のそれは芳香ではない。なま臭いか、あお臭いだけである。

蘭など作っていると、園芸も何か高尚のように思う人がある。それはちょうど盆栽いじり石いじりなどと同じで、いじっている人自身が大抵そう思っているらしい。元来はそうあるべきものであるかも知れない。所が事実は大違いなのである。蘭や万年青《おもと》を作っている人達の社会をのぞくと、多く鼻もちならない人達である。（そうでない人に対しては甚だ申訳ない、率直にお詫びする、しかしそんな人は滅多にない）そういう人々の蘭を作る技術には毎度誠心させられても、鑑賞眼には信用がおけない。美しいものを見る眼は蘭にかぎらないのである。絵を見てもセトモノを見ても美しいものは美しく、醜いものは醜いのである。植木鉢を見ても同じ感覚がはたらかなければならない、蘭だけの美しさが分るという筈はないのである。

いわゆる蘭好きの人々のを見ると、何か奇とか高価とかに力がはいって、その上「趣味と実益」とかいって、翻訳すれば、実益の方が趣味となりそうな場合も少なくない。書画骨董、いずれの社会でもそうであろうが、要はその人の態度なのであって、私がついパンパンだなどと悪口をつくダリヤだってチューリップだって、朝顔だって、松葉牡丹だって、人を得れば高尚にもなり、聖草君子と仰がれる蘭も、あつかう人によってを乞食となりさがるのである。

世に斑物、柄物と称する東洋蘭の一スクールがある。日本産の春蘭で、覆輪とか斑入りで、花を見るより葉の芸《げい》を見る一派である。これにうつつをぬかしている人には美しいと見るのであろうが、山形や越後や信州の山の中から掘りだされ、何でも類い稀というのが、貴いのである。その意味では切手やバッチのペーパの趣味と似たところがある。どこにもないというのが自慢で、途方もない相場につりあげ、一芽何千円とか何万円とかいう。相手の品物を見せてもらう場合「幾らしますか」と訊くのがむしろ礼儀だそうである。しかしこういう人々、実益を趣味とする人々は真剣だから、その栽培技術にいたっては、驚嘆すべきものがある。シルクハットを倒さにしたような楽焼の鉢にうえて年柄年中お尻を日にあぶっている。子をふやす手段なのである。

大分悪たいをついたお前は、一体どんな蘭が好きなのかといわれたら、私は率直に答える。日本の野山のどこにもある、ただの春蘭、何のかけひきもない、その通りである。美しさの点において、これこそどんな蘭にも劣るものではない。私は狭い庭のあちこちにうえて、たのしんでいる。ただ惜しむらくは、花に匂いがない。これが玉にきずである。南画の四君子の第一は蘭蕙である。支那人のかいた蘭譜を見ると、私はいつも感心する。あまり佳い版とはいえないが、私の手許に「十竹斉書画譜」と「芥子園画伝」があり、その中の蘭譜をとりだして時々ながめている。名家の作例を示し、季節折々の姿を示しているが、支那版画の味と共に、支那人が自然を見る目の確かさに感服するのである。そこへ行くと、日本の南画人のかいた蘭は巧みに、達者に見えてもどこかデッサンがくずれている。察するところ、日本人は多く、身辺に幾らでもある蘭そのものを直《じか》に見ないで、多く粉本《ふんぽん》によるためではなかろうか。花や葉の実物を見れば狂う筈もないのに、粉本によって習ったものを字を覚えるように、記憶でかきなぐる為ではないであろうか。

日本の春蘭の姿からすれば、決して支那のそれに優るとも劣るものではない。ただ幾度もくりかえすように、匂いのないのが残念である。それであの好ましい匂いを求めれば、どうしても支那春蘭によらねばならない。私も昭和九年の春以来、銘品無銘品合せて、幾十鉢求めたか知れない。春蘭の四天王といわれる宋梅、万字《まんじ》、竜字《りゅうじ》、集円をはじめ、緑英《りょくえい》、西神梅、汪字《おうじ》、翠一品、文団素《ぶんだんそ》、如意素、張荷素《ちょうかそ》など素直なものを一通り持っていた。（大富貴《だいふっき》とか翠蓋《すいかい》は嫌いで持たなかった）しかしその多くは戦争中疎開一年有余の私の不在中にみな枯れてしまった。竜字や汪字や文団素のあのほのぼのとした夢のように咲く花と匂いを未だに忘れることが出来ない。恐らく永久に忘れないであろう。

終戦後、私の蘭も幾分回復したが、元のようにはなりっこない。近頃蘭は私の手には届きそうもない高嶺《たかね》の花となってしまったからである。

（「新文明」三―一　昭和二十八年一月）

冬の花

私が街をあるいて、つい素通りできないのは、本屋とそれに花屋の店である。本屋といっても、それは主に古本屋といわれる部類で、先ず店にはいって、刷毛でなでるように目で上下左右に本の背中をなでまわす。永年の修練で、すぐ本屋の主人の人柄が大よそ見当がつくのは不思議である。本屋での場合、衛生思想などいつの間にか、すりきれて、どんな人の手にあった本かなどと考えたこともなく、手にとり蚤とりまなこで頁をくって見る。我ながら、その時の私の顔は目は険しく厳しいであろう。

それに引きかえ、花屋の冷たいウィンドーに額をつける私はまるで違っている。私は花といわず、何にでも好き嫌いのはっきりしている方だが、どんなぶきりょうな娘も、年頃になれば、例外なしにみんな花のように美しくなる。その意味で、私は好きも嫌いもなく、ただウィンドーをのぞきこみ、見とれるのである。ある画家が私にいったことがある。「どんな花だってよく御覧なさい、かわいいですよ、美しいですよ」と。ダリヤをパンパンだなどと悪口つく私でも、その画家の言葉を素直にうけいれる雅量はもっている。気味の悪いウラシマソウ（浦島草）だって、いやな匂いのヘクソカツラだって、なるほどよく見れば美しいには違いない。それなればこそ、花屋の店が素通りできないのである。

それにしても、花屋のウィンドーには、近頃全く季節がない。カーネーションや百合や菊やバラや洋蘭は年柄年中ある。園芸の技術が進歩するにつれて、花は人間にうまうまとだまされて、全く季節感をうしなってしまった。コスモスや桔梗が春さき、菜種《なたね》や菖蒲が秋見られるというたぐいである。しかし、それは浅はかな人間のわる知恵というものであろう。春夏秋冬の季節感は神の与え給うたこの上なき恵みである。詩人ならずとも、この季節感あって、如何に我々は生きがいを感じることであろう。土の匂いとふくらみに春をおぼえ、雲のたたずまいに、ふと秋を感じる。木々花々の移りかわりが我々の生命におとす影を私はうれしく思うのである。

常春常夏の国に南洋ぼけのあるのは当然だといえよう。経典にいう四時金銀の花の絶えることなく、異香《いきょう》くんじ、迦陵頻伽《かりょうびんが》のみだれとぶという極楽だって魅力はない。冬は隙間もる風寒い寒いと愚痴をこぼしながら乏しい炭火に手をかざし、夏はまたむんむんする蒸し風呂のような陋屋に団扇ぱたぱた猿股一つで暮らすとしても、四季折々の風情あるこの娑婆は面白く生きがいありというものである。

それでは、冬の花として何を挙げたらよいであろう。私は先ず狭い我が家の庭にあるだけのもので語りたい。今は十一月の末、間もなく咲きだすものに、水仙と椿がある。水仙といっても、近頃豪華なものに西洋水仙があり、私も少しばかり作っているが、それが咲きだすのは四月初めのこと。今から間もなく花を見せるのは、在来種の日本水仙である。清楚というか清純というか、気品のある匂いと共に私の好きな花の一つである。私の教え子といっても、もうお嫁さんをむかえるほどの年になっているが、日本画家志望のK君が胸を病んで、長い間伊豆の南端で療養生活を送っていたことがある。房総にもあると聞くが、伊豆の山にも水仙が雑草のように自生しているところがあるそうである。K君はいつかそれを箱につめておくってくれた。私はよろこんで、それを家の庭にも植え、人にも分けてやった。それがだんだんふえて、今日相当のものになっている。南側の縁先に一かたまり植えたのが、秋になって特に炭俵で北側をかこい、夜毎に覆いをして寒さを防いでやると、十一月の末にはもう咲きだし、翌年三月まで、次々に咲きついで行く。葉丈は二尺にも達するのがある。私はそのままでも眺めるし、時々きりとって壺に生けることもある。お流儀の花を通りいっぺん習ったこともあるが、袴をぬぎかえるようなことは何となく不自然で、そのまま無造作に生ける。実は無造作ということが一番むつかしいのである。ああでもない、こうでもないで、とどのつまりが、何にも知らない女中さんに生けてもらう。私は側で見ていて、いい加減のところで「ああよかろう」と引きとる。知らぬが強味で時に見られることがある。しかし、ずるい話ではある。花は陽にあたるとよく匂う。何か正月が近づいた気がして楽しい。

玄関の前から裏庭にかけて、椿を一本二本と植えて行く中に、何時の間にかふえて、今は三十幾本になろうか。小さい苗で買ったのと、枝をもらって挿木したのとある。その中二本をのぞいて、外はみんな一重の椿、それも多く普通の山椿である。白玉《しらたま》とか侘介《わびすけ》とか、まだ咲かないが紺侘介、宗旦《そうたん》とかいうのもある筈であるが、まだ咲いてくれない。しかし何といっても一番好きなのは、何の変てつもないタダの山椿。その山椿というのがよく見ると、みんなそれぞれ違っている。花の色、形、枝へのつき方、葉形、葉の大きさ、花の咲く時期、よくも違うと思うくらいである。宅の庭にあるもので特に一本好きなのがある。十二三年前、裏の地主さんの屋敷にあったのを懇望して譲っていただいたのである。六尺くらいだったのが今は二間にもなっている。花は赤一重の不整形、やや紫がかったウス赤で、毎年十一月から翌年の三月までよく咲きとおす。それに白玉がよろしい。どこか茶の花を思わせるような厚ぼったい、心持黄味をおびた白花で、これは二月すぎでなければ咲かない。近頃椿は一種の流行で、色々種類をあつめる人があるそうである。日本の椿は種類の多いことで世界でも珍しいのだということである。私は終戦後間もなく、さる処で、あらゆる種類の椿をあらゆる飾り方で描いた椿屛風とでもいうべき洒落た屛風を見たことがある。時代ものだが少し下手《げて》で、なかなか味なものであった。椿といっても、それこそ牡丹のようなのがある。しかし、私は何でも椿はどこまでも椿らしくありたく、椿のくせに牡丹のようなのはごめんである。何花によらず、何のようだというのは面白くない。ダリヤのような菊、牡丹のような罌粟、みな面白くない。椿の八重には興味がないが、殊に乙女《おとめ》はこまる。咲きたての乙女らしさはさることながら、散りぎわが悪く、最後までしがみついて、味噌のように腐ってしまうのは何とも我慢ができない。

次に暮から咲きだす花に野木瓜《しどめ》がある。何時植えたのか忘れてしまったが、どこか山からとって来たのには違いない。今はよくいついて松の木の下に縦横にはびこっており、毎年よく花をつける。淡い緋色の花が地にはっている。野趣満々うれしい花である。近頃小泉（註：信三）先生の随筆に、どこかの野原で初めて野木瓜を見て知ったように書かれていたが、察するところ、先生はグンとお背が高いから気がつかれなかったのであろう。地をはい、人をはばかって咲く花である。

冬の花ではないが、事のついでに、我家の一つ自慢、大木瓜《おおぼけ》のことを言っておこう。一体木瓜にはそう大木というのはないようである。ところで我家のものは丈《たけ》二間に及び、その幹も太いのは優に径二寸はあろう。それが数十本、やぶのように茂っている。横浜の郊外のさる農家の庭にあったのを懇望して譲りうけたのである。この家を建てた年（昭和十五年）の秋のことであった。おやじさんが牛車に積んでがたんごとんと、はるばる運んできてくれたのである。毎年花時になると、べったり咲いて、ために辺り一面が明るくなる。私は合歓《ねむ》は夏の夕方下から見上げるのが一番美しいといったことがあるが、木瓜は雨後の晴れた日の午前に見るのが最も美しいように思う。一体木瓜ほど東洋的な花はない。梅もそうには違いないが、木瓜は花やかでありながら派手でなく、どこか隠逸の風がある。「心」の先生や「竹沢先生という人」や「真理先生」に見せたい花である。自慢の大木瓜の外に、白、紅、濃紅、四五本の木瓜が植えてある。

なお庭を見わたして、茶の花を見落してはなるまい。まだ木は大きくないが、これも十一月から暮にかけて咲く。黒ずんだしわのある葉のかげに、しおらしく下向きにはずかしげに咲く。しかし、心《しん》のどこかしっかりした花である。どう見てもモダーンな花ではない。例えば奥深い植込の中に丸窓が見え、臈たけた佳人が書見をしている、そんな風に思える花である。

狭い庭にも、冬の花はまだまだある。スミレ、イチゲ（黄花洋種）、雪割草、スノードロップ、等々がある。スミレを冬の花として挙げたのをいぶかしく思う人があるかも知れないが、スミレは事実、厳寒にもよく戸外で咲きとおすのである。舶来のラ・フランスもそうであるが、何という種類か、車前草《おおばこ》のように輪になった葉の中に沢山花をたてるスミレは、北をふさいだ日だまりなら元気に咲く。それに福寿草、人はすぐ暮の町を歩いて盆栽の梅の木の根元に筍のように行儀よく三芽四芽植えこまれた福寿草をおもうであろう。私のは地植にしてあるのである。もうそろそろ地を割って芽をだして来た。もう一月もしたら頂上に黄金の花をつけるであろう。しかし、私がたのしんでながめるのは、実はむしろその後である。最初の若芽の花のようなのがずんずんのびて、次々に花をつける。殊にそれが厳寒であるから驚嘆する。日の中に金色にかがやき、夜になると、さすがにまいって氷り地に伏すが、翌日はこれにめげず、またシャンと姿勢をただす、その健気さ、雪割草のかれんさ、いちげのシックさ、みなそれぞれ、極楽の花にまさると思うのである。

大体これで、宅の庭で咲く冬の花をあげつくしたが、事のついでに、裏の地主さんの庭を眺めることにしよう。そこには枇把《びわ》と梅がある。枇把の花咲く歳の暮と子供の時分、ならった唱歌で覚えているが、この地味で洒落て人目につかない花も、近頃ようやく、その真価を認められてきたようだ。アバン・ギャルドの生花にその一役を買っている。しかし近頃流行のアブストラクトの生花というものは、考えて見ると、少なくとも花々のためにデモクラティックのものでない。極端なデスポティズムである。一体美の神は嫉妬ぶかいというが、その美を表現するために、花々の個性など一向考えてやろうとしないのである。一つ片よった目的のために一切の花を犠牲にしようというのだ。花やペンキ塗りの枯枝をつまにして、歯車や瓦や瀬戸かけが、一人の妙な美の神に仕えているのだ。花のためにデモクラシイを希う私は、アブストラクトのデスポティズムをこころよしとしない。

もう一本、裏の家に、年来私の欲しがっている、梅の木がある。毎年二月の声をきくと、ちらほら綻びはじめ、盛りになると辺りが青白く光るように感じるほどである。白加賀とかいったと思うが、枝が青く、萼《がく》が青く、花弁が白い。そうしてぼうっと夢のように淡い。私にもし彩管がとれるならば、金冬心のように、あの梅によって佳人の夢をえがくであろう。私はたびたび、この梅の木を地主さんに所望してことわられた。もともと地主さんは決して、この梅の木を大切とも何とも思っていなかったのである。ただ私があまり執着するので、つい惜しくなったらしいのである。さる年その根元に生えたひこばえを分けてもらった。大切に育てて三尺ばかりになり、ぽっつり二つ三つ花が咲いた。見るとそれは白加賀でも何でもない。砧木《だいき》からでたただの梅の花であった。がっかりしたが、今はもう諦めている。イソップの狐のように、負けおしみから、自分にこういいきかせている。あの梅の木は自分の庭にあるよりも、隣の庭においてながめる方がより美しいと。

(「新文明」三―二　昭和二十八年二月)

青い花

早春にさく木の花は、何故か黄色なのが多い。サンシュユ、マンサク、ロウバイ、オウバイ、レンギョウ、トサミヅキ等々、いずれも俗受けはしないが、本場の八丈のように一部の人にはよろこばれているようである。もし仮にこの季節に桐の花がさき、アジサイの花がさいたとしたらどうであろう。いかに好きな花だといっても寒さにふるえるであろう。して見れば、こんなところにも深い自然の思いやりがひそんでいるのであろう。

日はながく水がぬるむ頃になると、青い花がだんだん世にでてくる。人の目に涼しさをおくろうというのである。一体に青というのは涼しげな色である。セトモノでも「青花《せいか》」といえば、染付《そめつけ》のことだそうであるが、白磁の膚に青い呉須《ごす》の色はいかにも涼しい。黄瀬戸は季節をえらばないかも知れないが、染付はどうしても夏のものにしたい。

私は寒がりやのせいか、冬より夏の方がすきだ。秋は落ちついてよい筈なのに、寒くなるという予感と脅威で、心からは楽しめない。それに引きかえ、春は静ごころなくとも、この先だんだん暖くなるという心持がうれしいのである。

さて、私は青い花が好きだ。青い花の中から、思いだすままに、多少藤色や紫系統の花をもふくめて語ることにしよう。

どういうものか、私は青い花というと、すぐ道端にさく朝露にぬれたツユクサの花を思いだす。蜻蛉《かげろう》の眼玉のような、多少ターコイズを交えた澄んだ花の色がせまってくる。時に一束つまんできて、生けて見ても、僅かに半日の命である。それは果《はか》ない。ただのツユクサを山出しとすれば、都の風にあわせて一皮むいたというようなのにダイボウシソウ（大帽子草）というのがある。花びらの青がコバルトでいささかパーマネントがかかっている。花も草もやや大ぶりである。ツユクサと名前の似たものにムラサキツユクサがある。茎と葉は白味をおび、三弁の花がかたまって毎日一つずつ咲きついでゆく。決して悪い花ではないが、ただのツユクサほどに野趣がない。

矢車菊のブルーもまた忘れがたい。（知ったかぶりをすれば、花屋で矢車草といっているのは、実は矢車菊なのである。矢車草は山草でその葉が五月幟の竿のてっぺんにつける矢車そっくりである）ラテン語の原名は「半人半獣の怪物」ということだが、いっこう怪物らしくもないしおらしい花だ。私はこの花を見るたびに、少年の日、一人で二時間ばかり汽車にゆられて叔母の家に泊りに行ったことを思いだす。夏かんかんと日の照りつける中に、この花が咲いていたからである。花の色は桃色、紫、白いろいろとある筈であるが、矢車菊といえばどういうものか、ブルーの花ばかりがおもいだされる。

青というより藍、それから紫の花で、いかにも涼しげなのはアヤメ、花菖蒲の類であろう。アヤメとカキツバタとハナショウブの区別は何度かきかされたのだが、臨床講義でないために、未だにはっきり分らない。背が低く単純なのがアヤメらしく、丈高く複雑で派手なのが、花菖蒲らしいが、それではカキツバタはといわれると、さて困る。なおそれに似たものに、イチハツがある。イチハツばかりは葉の重なりがおし葉のように平たくなっているから分りがいい。日本の花菖蒲は世界的なものらしく、西洋の花屋のカタログを見るとジャパニーズ・アイリスというのがよく出ており、最近見たアメリカのカタログには百何種とか手持ちありという風にかいてあった。江戸時代から明治へかけての江戸、東京の名所絵を見ると、下谷の朝顔、団子坂の菊人形と共に必ず堀切の花菖蒲がでている。今は明治神宮の御苑の花菖蒲を毎年公開される。私も一度拝見し美事だとは思ったが、私はそれより宅の庭にある、野性の花菖蒲をより好む。奥日光の戦場ヶ原で沢山見たが、宅のは青森県西津軽郡木造《きづくり》の田圃の畦道に生えていたのを持ちかえったのである。

そもそも青森県西津軽郡木造町とは、私どもが戦争中、学童と共に疎開していたところである。昭和十九年八月、私たちは三百何十人の子供達を引きつれて伊豆の修善寺に疎開した。やわらかい女性的な曲線をもつ伊豆の山の中で、都会の子供が縦横無尽にかけめぐったことは、生涯忘れることの出来ない思い出であるが、食糧の不足に日に日にやせて行く子供達のことを思うと今でもやりきれない気持になる。B29は毎日我々頭の上を遥かに高くきらりきらりと光を投げて真北の富士山を目がけて進行した。我々はその下で子供と共に蕨をつみ、甘藷の蔓と豆かすを食って命をつないでいた。

戦争が愈々《いよいよ》激しくなると、伊豆から青森へ再疎開を命じられた。昭和二十年の六月二十九日から七月一日にかけ、マル四十八時間かかって、二百何人の大世帯が大移動をした。たまたまその夏は異常な寒さで、八月というに稲が僅か二十センチほどしかなく、心はいらだち、身の細る思いをした。いらざること書いたが、見渡すかぎり田圃で平坦で退屈な風景の中にいたが、それでも私をよろこばすものがあった。それは北国の空の、いや雲の実に変化にとんだ美しさと花のみずみずしく美しいことであった。東京で見たら何でもない、オイラン草やナデシコや立葵《たちあおい》や、ジャノメソウがここでは、どうしてこう、新鮮で美しいのであろうか。殊に田の畦には雑草の花がびっしり咲き、小川には水草の種類が甚だ多い。どうして、こう普通ありふれた花が美しいのか、私はいつも考えていた。結局、気候が寒いせいだからではないだろうか。山の花が清澄の空気の中で美しく、里へ移すと、花は咲いても、ただの花にかえるのと同じ理屈ではないかと思う。

宅にあるのは、この青森の田圃にあった野性の花菖蒲である。丈は約一メートル、花は弁細く赤っぽい紫で、どことなくひなびている。しかしある風情があって、私はどんな銘品よりもこの花の方がよいと思っている。誰もほめてがなかったが、ただ一人ジゲムの奥さんだけが例外であった。

これも青い花とはいえないが、藤の花も捨てがたい。ウィステリヤは西洋にもあるが、どういうものか、エキゾチィックの日本娘は、きまったように日傘をさして藤の花の下を歩いている。もう一つよろしいのは桐の花、この花のよさは、つい数年前まで気がつかなかった。ところが、この花の咲く季節が特に好ましいためか、太い白っぽい幹のてっぺんに甘ったるい匂いがしてぼうっと上向きにかたまって咲いているのを見ると、夢のような気がする。学校の入口ちかくにかなり大きな桐の木があって、学校がひけてのかえりみち、この花の咲く頃になると、橋の欄干にもたれて見とれ、時に電車を一台やりすごすことがある。数年前まで、この花のよさに気がつかなかったといったが、恐らく、これは中年以後にならなければ、気のつかないよさではあるまいか。そういう花が、いや何によらずそういうことが沢山あるのではないか。

アジサイの花もよろしい。これこそ夏の花である。夜空に花火を見るように大きくぱあっと咲いている。近頃洋種のがいろいろあって、ハイドランジャといっているが、ハイドランジャでは涼しそうには聞こえない。浴衣や団扇の模様になるのは、どうしてもアジサイでなくてはいけない。それも日向《ひなた》にひからびていてはいけない。露をふくんでうつむいていなければならない。

この外、見落としてならない、リンドウ、ルリソウ、アサガオ、キキョウその他、色々あってきりがないが、最後に茄子の花を挙げてこの稿を終ることにしよう。茄子も青い花ではないが、その茎も葉も黒いばかりの濃い紫色の先にあわい赤紫の花がぶらさがって咲く。毒々しいといえばそれまでであるが、その漆のように光った実との調和、自然はどうしてこうも美しいものを作るかと、ただ感嘆せざるを得ないのである。しかし、私はまたこれを手折って生けたことはない。ただし鉢作りにしたことはある。終戦後、径一尺の菊鉢に肥料をたっぷり入れ、十分手をいれて作ったところ、なかなか美事にできた。そうしてその美しさはチューリップやヒヤシンスの鉢ものとちがい、不思議な魅力に毎朝心をひかれて眺めた。

この茄子の花の美しさに対抗し得るものは、やはりあの目のさめるばかり大きな真っ黄色な南瓜の花でなければならないとそう思ったことである。

（「新文明」三—五　昭和二十八年五月）

青年期

昨年のいつ頃であったか、私は学校の往復電車の中で、岩波新書の「新唐詩選」というのを読んでいた。ふと新聞を見ると、それがベストセラーになっている。私はとたんに、それを電車の中で読むのを止めた。人前でベストセラーなど読むのははずかしいのである。というより、私はベストセラーなどを追っかけて読む柄でもない、また生来流行がきらいなのである。

それと同じ意味で、近頃スピッツが街に氾濫しているので、四郎をつれて散歩するのはちょっと照れて気がひける。しかし、「かわいい奴」であって見ればいたしかたがない。毎早朝起きぬけに、彼をつれて散歩する。ドテラの上からついこの間までは外套を、この頃になってかられレインコートをひっかけ、ベレー帽をかぶって（これは某画家のおくりものだが）ひとけのない街から麦畠の中を、竹藪の道をとおりぬけて約二、三十分、鎖でつないだ四郎の後からすたすた歩く。この辺は割合、まだ開けていないので藪鶯の声をきくこともあり、近頃天気さえよければ麦畠の遥か上を雲雀《ひばり》が鳴いている。ぬっと行手に紅梅の枝、木蘭《もくれん》や木瓜の花が見えがくれする中を、私は満ちたりた心持で歩く。時々四郎のオシッコするのを暫し立ちどまって待つ。四郎はひょいと後をふりむき、私と目が会って安心したように、また前進をつづけるのである。

四郎は無事息災、病気一つしないで順調に育っている。もらわれて来たのが去年の八月十日、生後四十八日目で、その時目方は四百八十匁であった。それから十日目十日目には、きちんと目方をはかることを怠らなかったが、宅の秤《はかり》は簡単で二貫匁を限度とするので、十二月十日、約二貫二十匁と思われるところを最後として、体重測定は中止のやむなきにいたった。四郎は抱っこしてオンモに行くのが大好きで、「抱っこ」というと、もう彼はその態勢をとる。どっしりした重みで、私は閉口するが、今は既に三貫何百匁かはあるのであろう。

四郎は生れて十ヶ月、人間でいえば、幾つくらいなのであろう。犬の知識にくらく、その方のことをよく知らないが、用をたすのに、片足をあげるようになり、そろそろガールフレンドが欲しそうな素振りを見せるから、既に元服は過ぎ青年期へはいったのであろう。

四郎は今完全に私のウチの家族の一員になっている。四郎が我々の生活に入りこんできたのか、私どもが四郎の生活に立ちいったのか、その辺のことはよくわからない。とにかく、四郎はどういう気でいるか、とかく犬であることを忘れているように見える。それで時々「お前は犬なんだよ」などと注意されている。

一体、私のうちでは子供がいないので、ながい間、大きな声をだす必要がなかった。ところが四郎がきてから、自然に私たちの声が大きくなり、裏の地主さんの家へ筒ぬけに聞こえるようになったらしい。「四郎ちゃん、御苦労だったね、えらいえらい」などと、時に地主さんの奥さんが、先生がこういいなさるなどと、私の声色をつかって見せ、笑っているという。

とかく、細君や子供の自慢というものは、自慢をしている本人はいい気なもので、生真面目でも、聞いている方では、にやにやし、しまいには欠伸をかみころすというのが落ちであるが、私が四郎のことを語る場合、ついそんなことになりそうである。

私は気候の変り目になると、一週間から十日ばかりめちゃくちゃにねむくなる。蚕のようにこれが一年四回あるわけである。その外は割に睡眠時間は少なくてすむ。その代り眠りは深く、一年中に夢を見ることは滅多にない。そういう私の目から見ると、四郎の眠りの浅いのをふびんに思うのである。彼の生活を見ていると、あばれている時の外は、夜も昼もよくねているが、しかしかすかな物音にも、ぱっと目を覚す。我々の食事中、四郎は必ず側にいる。時に眠っていることもある。四郎のビスケットはいつも四角いカンに入れて食卓のそばにおいてある。四郎が眠っている時、どんなに音をたてず、静かにカンの蓋をとろうとしても、四郎は必ずぱっと目を覚す。これは私が実験の結果であるが、おもてを通る人の足音、小屋根をあるく雀の足音、なげしを伝う鼠の足音にも、彼は気づかずにはいられないのだ。かすかな音にぱっと目を覚すのである。彼の最も鋭敏なのは耳と鼻で、目はそれほどでもないらしい。くらがりで物を見る能力は、私の到底およぶところでないが、遠くのものを早く見る点では私の方が四郎の上にある。（もっとも私の視線が彼のそれよりも高いということもあるが）それは彼と散歩している場合、いつもそう思う。ひとけのない早朝、遥か遠方の犬のかげを見つけるのは、いつも私が先で、四郎に注意すると、急に両耳をぴんと立て、同時に大急ぎで前進の態勢をとる。

目は口ほどに物をいいというが、犬の場合耳がよく物をいう。彼の緊張した場合、耳がぴんと立つが、愛情を示す場合には、顔がうつむくと共に、両耳はたおれ、さらに深まると、耳は首の根にうずもれ、心持寄ってくる。私が学校から帰る頃、彼はいつも縁側で待っている。私の姿を見、私が玄関の方へ消えると同時に、彼はぱたぱた大急ぎで玄関にすっとんで行く。私が戸を開けると、彼はかがむようにして耳をかくし、ただうれしくて、うれしくて、どうすればよいか、身のおきどころないといった様子である。私が靴をぬぐために後向きに敷台に腰をおろせば、彼は待ちきれず、飛びつき、なめ、一度退がってまたとびつき、丸味をおびた声で吠えかかる。全身全霊で歓迎の意を表わすのである。私もつい、「うれチイうれチイ、そうかそうか、いいよいいよ」などと頭をなでようとするが、彼は先に立って座敷、茶の間と全力でかけめぐる。これを人間がしたら、とても見ちゃいられない姿であり、ここが猫びいきの人のとらざるところなのかも知れない。しかし、人間には往々策があっても、犬には決してそれがない。清らかなる仏心なのである。

四郎は決して躾のよい犬とはいわれない。それどころか、野放図のダダッ子である。それというのが、私達が四郎に対して思いやりがありすぎるのだ。何かいたずらをしても、四郎には人間の言葉がわからない、何で悪いのかわからんのだよと、つい許してしまう。四郎がきてから廊下はめちゃくちゃになり、唐紙、障子も穴だらけになった。鉛筆や万年筆をかじり、靴べらをかじり、物指しをかじり、布団に大穴をあけ、新聞をたべる。四郎が特別なのかも知れないが、彼はよく紙を食べる。殊に鼻紙が大好きである。去年の十一月初、私は二週間ばかり学校の用事で、九州を旅行した。その間に、私は吉田四郎殿と二回エハガキを出した。留守居の女中さんが早速それを四郎の首ったたまにはさんでやると、彼はこのハガキを完全にたべてしまったそうである。私の心持がよく呑みこめたであろう。

四郎は人間の子供と同じく高いところが好きである。座布団があれば、必ずその上にすわり、椅子やテーブルや炬燵やぐらや、人のねている布団の上も一番高いところへ乗っかってうれしそうである。殊に毛皮を敷いた椅子の上が好きらしく、よくその上ですやすやねむっている。「抱っこ」の好きなのも、恐らくそれと同じ理由なのであろう。近頃重くて少し閉口だが、抱きあげて「高い高い」をすれば、もっとやれといわんばかりの顔をする。

前に四郎が音に敏感だといったが、どういうものか蓄音機やラジオの音楽に対して全く感じがないらしい。ビクターの広告には、ポチといったようなのが、首をかしげてきいているが、あれは絵そらごとなのであろうか。それに似たことが、彼の前に大きな鏡をおいて見ても、これまたまったく反応がない。イソップ物語の川面にうつる己が姿に吠えついたというのも、ただの絵そらごとなのであろうか。

四郎と共に暮らして、お互いに言葉の通じないことを不便に思うこともあるが、また話が通じないことをよいのだとも思う。しかし、彼はかなり我々の言葉を知っている。「先生」「おじちゃん」「おばちゃん」の区別もよくわかり、「廊下」と「玄関」「台所」はたしかに知っている。よその「おあずけ」は宅の「まだ」でそれもよく分る。「お坐り」「わんわん」「お手」「ぴょんぴょん」それに「たわし」がよくわかる。たわしというのは、台所で鍋の尻を洗う時に使うあのたわしのことで、舌ざわりが余程気にいったと見えて、よくたわしをくわえて一人で遊んでいる。「たわしを持ってきなさい」といえば、どこかから探して持ってくる。なお宅では「ビスケット」を「ピケ」といい、「ピケだよ」といえば、忽《たちま》ちたわしをおっぽりだしてスッとんでくる。四郎はショウガとワサビと豆腐の外は何でもたべる。漬物が好物で、キャベツの浅漬やおこうこはぽりぽり音をたてて食べ、果物はバナナの外、柿、林檎、蜜柑、いちご、何でも結構のようである。嫌いなものはなさそうだが、近頃トミに贅沢になった。自分にあてがわれたものを食べないで、我々が食事をしていると、何でも食卓のものをねだってくる。こちらもつい「四郎ちゃん、欲しいだろう」といってやってしまう。

人間の子供（いや大人でさえも同じだが）は、ほめて仕付けるにしくはない。そうすればたまに叱るのが生きるのである。四郎は叱るとすっかりしょげる。叱るのも彼の目をじっと見るのが効果的である。一体に動物はライオンや虎でさえ人間の目が一番こわいのだそうであるが、犬はてきめんだ。目を見て叱ると、彼は目をそらし、思いなしか涙ぐんだ顔をする。そこでさらに顔をおさえてじっと彼の目を見る。彼は悲しげにちょっと見て、そっぽを向いて部屋の片隅に行きしょんぼりしている。こちらも可哀そうになり「もういいよ、四郎ちゃん、いい子、いい子」ということになる。私はこうして毎日「いい子、いい子」を百ぺんくらい繰りかえすようである。

（「新文明」三―六　昭和二十八年六月）

平和論

これは、私が愛する小鳥たちのために書く平和論である。

一頃《ひところ》平和論議がさかんであった。「けれども地球は廻っている」みたいなものである。平和論というのは再軍備反対の意味で、およそ進歩的と称せられる学者たちは、皆これを唱えなければ沽券にかかわるという風であった。私ごとき智能の低いものには、再軍備不可欠論を読めばそうかと思うし、いわゆる平和論を読めばまたそうかと思う。始末がわるい。しかしいずれか一方の議論が、今の段階にある人間をそのまま全部、釈迦と孔子とキリストなみに見る甘さから来ることは疑いない。それにつけても思いだすのは、戸川秋骨先生が御在世の時分、極楽浄土が果たして実際にあるか否かについてのお説であった。先生は警句の多いお方であったが、「極楽浄土、それはあるに決まっている」ときっぱり言われるのである。「但しあんまり遠くて行けない、何しろ十万億土というからネ」とつけたされた。

本心ではないが、私は近頃になって時々、もっと辺鄙なところへ引っ込みたいと思うことがある。それはこの二三年来、この辺に急に小鳥が少なくなったからである。私は小鳥が好きで子供の頃からいろいろ飼ったし、またもっと年をとったら是非また飼いたいと思う。私が飼いたいと思うのは、いずれも日本の鳥、野鳥で、日本の三鳴鳥といわれる鶯、大るり、駒鳥、それに小雀《こがら》、うそ、ちょっと凝ってみそさざいというところ。カナリヤや十姉妹やインコというような舶来の鳥には用がない。(ただし動物園で見るのなら結構である。)

しかし小鳥を籠で飼うよりも、いながらにして小鳥の方から来てくれればこれに越したことはない。十六年前私がここへ初めて越して来た頃は、春夏秋冬を通じていろんな小鳥がやって来た。鶯、頬白、河原ひわ、小雀《こがら》、四十雀、じょうびたき、百舌、おなが、ひよ、山鳩などが入れかわり立ちかわりやって来た。ただの雀は無論のことで、私はこの雀さえも大勢で遊びに来てくれることを歓迎しているのである。その頃は前を通る人も少なかったから、私の方で静かに音をたてないようにしておれば、小鳥たちは終日遊んでいた。厚ぼったい椿の葉がかすかに揺れているかと見ると、いたずらっ子らしい大きな目の目白が花の中に首をつっこんでいる。ドウダンやボケや、あのこまかい小枝のジャングルの中を鶯は一時もじっとしていないで飛びまわる。ほかの小鳥は大抵夫婦づれか家族づれで来るものだが鶯はどういうものか、きっとひとりでやって来る。三羽四羽の家族づれは河原ひわである。みんな寝着《ねまき》のような装いをして地べたをすべるように飛び歩いてちょこちょこ餌をあさっている。ひたきは必ず夫妻づれで大きな弧をえがくような飛び方をして、また来ましたといわんばかりにひょいと目の前の小枝に止まる。一二度ひょいひょいと挨拶する、腰の低い鳥である。（この鳥は昔から紋付をきてお辞儀ばかりしているので馬鹿鳥《ちょう》というそうな。）その後でゆっくり尾を上げ下げする。ヒーッヒーッとないてまた腰をかがめ、弧をえがいて飛びたつ。夫妻はなればなれに遊んでいるが、暫くして夫が飛びたつと細君がその後を追う。小雀と四十雀は実に軽快だ。お互いが心うきうきというやつで、曲芸をしながら飛びまわる。ツーツーチーチーと鳴く伴奏がまたよく合っている。頬白は大体一羽で来るが、これも高いところが好きらしく、合歓《ねむ》花や楢《なら》の木のてっぺんにとまり、うずくまって静かにしていたかと思うとやがて大口を天に向けて鳴きだす。誰に聞かすのやらと思いながら私はきいている。やや大型のおながは十羽十五羽と群れ、姿のよいのに似合わず、ぎゃあぎゃあとつやけしの声をはりあげてさわいでいる。ひよも大きななりをして小さな赤い実を目がけてばさばさやっている。

私はガラスごしにこれを見て、満足しているのであるが、たまたま庭に出た時、小鳥の姿を見とめると、私は身をかくすようにしてじっとたちどまっている。こちらが動いて彼等を追いやってはならないからである。私がせっかく気をくばっているのに、心ない人が前を通り小鳥を追いやると、私はがっかりしてつい舌打ちをする。

神様は物好きにいろんな動物をつくられた。キリンだの象だの河馬だの犀だのカンガルーだのオットセイだの鯨だのと、とてつもない形のものを創造されたものである。奇想天外、到底人間業でできることではない。鼻を長くして見たり、お尻を赤くして見たり、けだものにくちばしをつけて見たり、さすがに知恵をしぼられたことであろう。しかしその傑作は何といっても人間であろうし、小鳥はさらに一段と傑作というをはばからない。土の中から芽がでて葉がでて花の咲くのも不思議であるが、それに実に調和した小鳥をつくってあしらわれた神様はさすがにえらい。

それに私がもう一つ感心し感謝することがある。それは日本に住む小鳥たちもが―蝶や貝や魚もそうであるが、みな地味に洒落た装《なり》をしていることである。せいぜいおしゃれなひれんじゃくやかわせみといったところで決して決して派手ではない。どこか趣味が洗練されている。パンパンのような装をしている小鳥は一羽だっていはしない。どぎつい原色の外套やジャケツなんか着てはいないのである。本場の結城かつむぎ、せいぜい大島、八丈といういでたちである。

大体南の動物、小鳥でも蝶でも魚でも派手なのは分っているが、つい先だって本屋の店先で「ニューヨーク州の鳥類」(Birds in New York region)という本を立ち見した。ニューヨークなら我々よりむしろ緯度からいって北の方にかたよっているかと思うのに、さすがに赤い外套を着た野鳥が住んでいるらしいのである。私はなるほどとうなずいた。私はわが庭の松の木にセキセイインコや胡錦鳥がいてくれないことを心から感謝するものである。あのじじむさいいでたちの雀だって、何て景色をそえていることであろう。

ついでにいっておきたいのは近頃、熱帯魚というものが流行っている。人は何でも珍しいものが好きなのだからそれでいいとしても、あの曾長の娘のような、いれずみをしたり腰簑をつけたり頬っぺたを真赤にして裸踊りをしているような熱帯魚の趣味は、いずれ戦時中にあちらで発展し、好いて好かれた兵隊さんの趣味であろう。日本には鯉や鮒や鮎やはやや、見ただけで心のすずしくなるような魚が沢山いる。小紋の着物や紗の羽織、さすがに趣味は茶できたえてきた国の魚だけのことはある。

ああ、私のすきな小鳥が近頃、とみに少なくなった。小鳥の平和を乱すものがふえたのである。あの雀さえがぱったりいなくなったのである。私は雀の来てくれることをよろこんでよく庭へ餌をまき、なるべく彼等の遊びをみださないように気をつけた。雀は作物を荒すというが、ある学者の説では、作物にたかる虫をとって食べる。その功罪を差引きすれば果して害鳥であるかどうか疑わしいという。それはそれとして味気ない都会に無限の風情を添えてくれる小鳥たちの平和を乱すもの、罪万死に値すると思う。子供もそうであるが、いい年をした大人がおっとり刀よろしく空気銃をぶらさげて立ちまわっている姿を見るたびに、私はどなりちらしてやりたいほど憤りを感じる。そういう手あいは、えて人の家の庭へ抜き足さし足、こそ泥の手先のような格好で案内も乞わずに入って来る。

この間も私が庭でぼんやりしていると、高校生らしい学生ともう一人子供がのそのそ入って来た。私は時をうつさず
「空気銃はいけない、やめてください」

「おじさん、ただの雀ですよ」

とその学生はいうのである。

「雀でも何でも大事なんだ、小鳥をとっちゃだめだよ」

「おじさん、どうせ僕のは当りっこありませんよ」

「この小僧、洒落たことをいうよ」と思ったが
「当っちゃ困るが、音をたてておどかすだけでも困るんだ。出ていってくれたまえ、今後家のまわりで空気銃は御免だよ」

学生は追っぱらったが、私は心平らかならざるものがあった。

空気銃で小鳥を打つことを法令で厳禁してもらえないものか。それより空気銃を売ることを禁じてもらえないものか。人間の平和論者は四面みな武器をとっているのに日本人我《われ》一人素手で行こうという、小鳥は全部が全部完全に素手でいるのに、これはまた日本人我一人武器をとって敢て殺生しようというのだ。小鳥たちは国連に訴えるすべもない。せめて、これを世の平和論者にうったえたい。


（「新文明」四―三　昭和二十九年三月）

おじ・めい

去年の十一月のいく日頃だったたか、おい（甥）の五郎君が、いつものように自転車のうしろに箱をつけ、その中にリラを乗っけてやって来た。おいは私の本当のおいだけれど、リラは宅の四郎のめい（姪）なのだ。もうこれで何回目かのお目みえである。きりょうよしで、五郎君御自慢のリラなのだが、久しぶりに見ると、若い娘によくあることだか、ぶくぶくふとって思わず「樽ちゃん」といいたくなった。リラも四郎と同様、私がなかに入って教え子の田中君から頂戴したスピッツである。子供のない若夫婦は無性によろこんで、何か白い花の名をとの註文で、私がリラと命名した。

いつもなら五郎君は口に出してはいわないけれど、リラのきりょうよしが聊《いささ》かご自慢で、せいぜい見せびらかして直《じき》引き上げるのだが、その日にかぎって、なかなか御みこしがあがらなかった。とどのつまりがリラを暫くあずかって欲しいというのである。細君を越後流に初産《ういざん》のために近く親許へ返すからその間暫くという訳である。実はその前、勤め先の社長さんが犬好きで、親切にリラをあずかってくださったのだけれど、相当アプレ気のあるお転婆娘だから、本人はどうあろうとも、五郎君にして見れば気がひけたのであろう。引きとって改めて私にあずかって欲しいというのである。もちろん私に異存のあろう筈がない。その日からリラも私の家族の一員となった。

四郎と暮らして一年半、近頃の私はただ犬を飼っているというようなやさしいものではない。犬との共同生活、われながら犬に飼われていると思うことさえある。落語に「元《もと》しろう」というのがあった。「白」という犬が人間になりたくて確か観音様に願をかけ、三七、二十一日目の満願の日にとうとう人間になって立ちあがった。もと「白」だったから、主人は「元しろう」と呼んでかわいがっていた。本人もいたって実直にまめまめしく働くが、どことなくそのそしていて、時に片足あげて用をたしたり下駄をくわえて来たりするというようなすじであったかと覚えている。宅の四郎はそれほどでもないが、私どもがあまり彼の人格いや犬格というのかを認め、お付き合いが深いためか、時に犬らしくないと思うことが屢々ある。それで、つい「お前は犬なんだよ」などといいきかす次第である。

私はいつか、四郎のことを書いて、個性らしきものは一向に見当らない、但し平凡で善良でそれが何より満足といったことを覚えているが、リラが来てからひそかに観察していると、同じスピッツとはいいながら何から何まで、あまりにも違うのにおどろいた。個性がないなどとは、とんでもない、私の粗漏《そろう》を恥じるものである。

第一に体つきがちがっている。おじ・めいの間柄とはいいながら、四郎は多少サモイデがかかっているらしくやや大型で、毛はふとく長い方であるが、リラは小型で、白いビロードのような毛なみである。顔つきは四郎は面長《おも》でいって見れば狐のつらつきであるが、リラは寸がつまって狸の御面相である。尻尾は四郎の方が鳥の羽の采配のようにふさふさしてくるっと一巻き巻いているのに、リラの方のは簡単で、その代り小きざみによく振るようである。

顔の形はどうでも性質からくる人相というものがある。四郎はおっとりしているが、どこか偏食の子によくあるような神経質なところがあり、小心で内弁慶で淋しがりでお調子ものというところだが、リラは陽気で大胆で恐れを知らぬ。どこかアプレゲールのおもむきもないではない。但しお人よしのところは共通で、何でもよく噛みくだく、これも共通、文字通り「カム・カム・エブリボデイ」である。ただ吠え方が四郎のはどこか丸味のある男性的の声であるが、リラのはきんきん声で頭のしんへつんと来る。

食べものの点、これがまた大いに違う。四郎は気分やで、少々贅沢でムラで、ともすれば胃腸をこわして苦しむのであるが、リラは食欲すこぶる旺盛、何をたべてもよく消化するらしく、それでつい「樽ちゃん」になったのであろう。

おじ・めいとはいえ若いもの同士のことであるから、何か間違いをしでかさなければいいがと思っていた。「新生」などという小説もあるくらいである。四郎には近所に「クリちゃん」という好きな娘《こ》がいる。リラちゃんは小柄で毛色は灰色である。四郎がのそのそしている時、私どもが「クリちゃん」というと、いきなりピンと耳をたててきんちょうする。ところが四郎はリラとそれほど親身《しんみ》になって遊ばないのである。時に二匹で競馬のように座敷も廊下もあったものでなく、めちゃくちゃにかけめぐり、どうなることかと恐れをなすこともあり、また二匹がおとなしくしていたかと思うと、釜敷、箱の蓋、物指し、手あたり次第にかみくだいて愉快そうにしていることもある。しかし、相手がいなくて淋しそうだという様子はない。ただリラがきて四郎を見あげたと思う事がある。それはリラをぶっていじめる真似をすると、四郎がいきなりおこって猛然とこちらに向ってくることである。これは力もないくせにきっと弱い者に味方する主人の気分を多少受けついだのかも知れない。

ただリラに一つ困ったことがあった。それはリラが庭でかわれていたせいか、家にあげておくと、時々ついもらすのである。その点四郎はきまりがいい。ちいさい頃は、所きらわずおもらしをして、年中雑巾をもって追っかけまわしたが、今ではどんなことがあっても絶対にそそうがない。夜ねる前にさせておくと翌朝までは必ずもつ。ある日こんなことがあった。昼間水でものみすぎたか、夜中に前脚で布団をかいて起こすのである。電燈をつけて見ると彼はぶるぶるふるえている。そこで外へ連れだすと、いきなり彼は後の片足をあげた。

それで、夜ねる時、リラだけ庭へおろすことにした。前にもいったようにリラは食欲が旺盛であり四郎は好きぎらいが激しい、それでつい食べものを違えてやることがある。やむを得ぬ差別だけれど、私にして見れば、これが何となく気づまりなのである。殊にリラは宅のではない。あずかりものである。性質が違うといっても取扱いが平等にできないことにいいしれぬ不快を感ずるのである。少々時代めくが「なさぬ仲」の子をもつ人の苦労をおもい、食時の事、屢々私はそれを口にだしてもいった。

芸の方からいうと、四郎は断然リラの上である。親馬鹿のようだけれど、四郎にはれっきとした家庭教師がついている。私の甥、五郎君の兄弘二君が宅に同居し、これがまた大の犬好きでよく訓練してくれる。四郎にとって「おじちゃん」といいきかしてあるのはこの甥君なのである。「おじちゃん」は実は畜産の学問をやった牛の方の専門家なのだが、犬に対しても根気よく訓練する。四郎は夕方になると「おじちゃん」の帰りを待っている。どうして分るのか時間がくるとたのしげに、玄関に行って待っている。何か用事でおじちゃんの帰りが遅くなると落ちつかない。茶の間と玄関の間をせかせかと往復し、待ちくたびれて玄関に向かって吠えだすのである。さておじちゃんがあらわれれば、ばたばた騒ぎだしうれしい時の吠え方で吠えたて、くるくるまわって茶の間へお帰りを報告にくる。四郎はこうしていつの間にか、相当の芸人になった。芸ばかりではない、四郎は人間の言葉がかなりよく分る。四郎のボキャブラリーは犬として恐らく豊富な方であろう。薬がきらいで、「おくちゅり」「おくちゅり」といえばすごすご椅子の下や机の下へかくれるなどは誠にお愛嬌である。それに引きかえ、リラはある時期に芸をしこまなかったから、「ちんちん」と「お手」と「伏せ」くらいなもので、先ず芸なしというべきである。ただ畳のへりで横ざまに泳ぐようなしぐさをするのはどういう意味か知らないが、誠にかわいい。

何時の間にかリラが来てから一月たち二月たった。先月の末、私が勤めから帰る前に、五郎君が来てリラを連れかえった。社長さんの自動車で迎えに来たのだそうである。やがて五郎君の細君は国許で予定日をずっと遅れてめでたく女の子を挙げたとの通知があった。一貫匁あったそうである。願わくはリラにあやかって芸などはどうでもいい、丈夫な元気ものになれといいたい。福沢先生はアメリカに留学しておられた息子さんにいわれたことがある。半死半生の青白い秀才となるよりも筋骨たくましい大馬鹿ものになって帰ってこいと。

(「新文明」四―四　昭和二十九年四月)

路傍の花

昔の下手物《げてもの》という言葉は、客用つまり上手物《じょうてもの》に対して、普段づかいというほどの意味で、近頃のようにガサツなお粗末なという意味はなかったように思う。普段づかいとあれば、余計な装飾をする必要がなく、その代り永く使用にたえるように丈夫に親切にと心がけて作られた。陶器で例をとると分りがいい。われわれが李朝だ、唐津だ、くらわんかだなどと愛でるのも、素性をわって見れば、みなみな下手物である。ついこの間、古九谷の名品展というのを見て、汚職だ何だかだといやな新聞記事に腐っていたのが、花のように美しい大皿の林を見て通っただけでいっぺんに心の中を洗いきよめられたようなすがすがしさであった。こういったら人はバカだというだろうが、あの古九谷だって、下手物じゃないかと思った。守景が絵付をしたの何のというけれど、その精神は正《まさ》しく下手物で、それなればこそ、古九谷は美しいのだと思う。

我々が、路傍の花を愛でる心理は、下手物を好む心持と一脈相通ずるものがある。しかし、いわゆる下手物党というか、ウスぎたないのを風流と心得て、何か厚ぼったく重たくなければ承知のできない人々がある。それは、いわゆる野草山草趣味の人々でいたずらに小まっちゃくれた、矮性《わいせい》のえたいの知れない日かげの花でないと気のすまない人々と似たところがある。金持が天国へ行くのが難しいように、上手物には真に美しいものがむしろ少ないといえるかも知れないが、上手にはまたおかしがたい上手の美しさがある。菊や牡丹やバラなどはその良い例であろう。

路傍の花、つまり野草山草には捨てがたいものがある、しかし、私は鼠の糞のような黒い土の中に咲かすコマクサとか、コマノツメとか、ガラス板をかけ湿気をもたせてつくるモウセンゴケのような趣味はない。もっと当りまえの道ばたの花が好きなのである。たとえばスミレ、タンポポ、ドクダミ、ヘビイチゴ、私はこんなものでもかわゆく美しいと思う。もう大体おわったかも知れないが、イヌノフグリやカキドオシやケマンソウやカタバミやウヅ、こんなものを見ただけでも、自然はなかなかおしゃれでいきだと思う。

私は自然が好きだ。しかし、深山幽谷、人跡稀な、万古《ばんこ》斧鉞《ふえつ》を加えたことのないという、目のくらむような自然は私の性に合わない。私はやはり、人間もいる自然が好きなのである。同じ風景画といっても、身のひきしまるようなアルプスの風景よりも、桃や梨の花が咲き藁屋根の家もあり、こやし桶をかついだ百姓もいる景色の方が好きである。田園を歩きまわり下駄ばきで楽々と行けるような山からとって来た、野草山草、いわゆる路傍の花に心をひかれる。

私は旅行するたびに、そんな花を風呂敷包みの中にしのばせ、時に蜜柑箱につめて送らせたのが、いつの間にか庭のあちこちにいっぱいになり、居ついてしまった。今は無遠慮に繁茂して、所々野外の趣を呈しているところさえある。遠慮のない口をきく近所のかみさんが「お宅は草むしりをしなくて結構ですこと」といったというが、恐らくむさぐるしい庭を皮肉ったつもりなのであろう。どうして、これでも、不要な草を去って大切なものだけ残すのにたいへんなのである。心ない客は、その上をわざわざ踏みにじって行く。しかも大方の客がすべて心ない客なのである。チューリップや松葉牡丹のほかの、名を知らない草は悉く雑草で、雑草はすべて頭の上からむざんに踏んで歩くものと心得ているらしいのである。犬ならいたし方もないが、年柄年中人間どもにやられて、私はひそかに無念の唇をかむ。

それでは、この辺でわが家の庭にある野草山草の一、二を語って見ることにしようか。雪国の人々にとって雪がとけて初めて地面を見るよろこび、それこそ全身がしびれるほどのよろこびで、これは雪国人ならぬエトランジェのうかがい知らぬところである。花好き、それも雑草党にとって、春浅いある朝、ふと土に絹糸を引いたような、かすかな割れ目を見る。そのよろこびもまた、わくわくするほどのものである。忘れていた雑草たちが、婆婆にもえでようとして目を覚ました姿なのである。私はその頃になると、毎早朝、歯ブラシをくわえて、木の下にたたずみまた、屢々しゃがむ。

スミレとタンポポは、けなげに冬中咲きとおすが、早くも土を割って顔を見せるのはバイモユリである。弱々しげなくせに、凍った土の中から舞台のせりだしのようにしずしずとせり上がって来る。ひょろひょろなよなよしたウス緑の茎と葉が幽霊のように立ち上がり、同じ色の花が提灯のようにぶらさがって咲く。次にカタクリの番になる。ぬれたような茗荷色のまる味のある芽が見えてくる。ねじれて巻いた葉がだんだん解け、緑を帯びた玉虫色のシャレた葉の間から、やさしい小さな藤色の百合のような花がうつむいて咲く。九品仏《くほんぶつ》の近くにカタクリの群落があって、つい先だって、O先生がそこへ連れていって下さった。

ニリンソウらも、早く目を覚ます。これも茗荷色の芽が古釘をこぼしたように、くしゃくしゃとおしかたまってあらわれるが、やがで、まアるく伸びて、そこへ五弁の白い花を二三輪ずつもった花梗《かこう》を無数にひく。かすかな匂いがある。微風にゆれる風情も捨てがたい、イチリンソウはややおくれて姿を見せる。ニリンソウのように、うじゃうじゃかたまって出てこないが、やはり蝦のようにまがった芽が見えて、そのまま立ち上がり、中にぽつぽつ一輪、白い大豆のような蕾を抱きかかえている。さらに背のびしてポッカリあざやかな上品な梅ばちのような花を開く。むかし武蔵野にはイチリンソウなどどこにもあったのであろう。今は稀になったらしい。私もあちこちから少しずつ見つけてとって来て植えたのがふえて、小さいながら群落をなしている。我が家の自慢の一つである。同じイチリンソウでも、採集した場所によって多少違うらしい。純白のもあれば、花びらの裏がウス紫なのもある。宅のイチリンソウの群落の間にぽつぽつヤブレガサが、顔をだして来た。ヤブレガサの名もおかしいが、地を割る時いかにも小人《こびと》のヤブレガサそっくりである。やがて雨にあい風にあってすっかり傘をひらくであろう。いいおとしたが、カタクリといい、ニリンソウといい、イチリンソウといい、何と果《はか》ない命であろう。彼等は長い間の忍従の生活から解放されて、地上に出たよろこびを味わったかと思うと、いくばくもなく消えて土にかえってしまう。林芙美子だったたか「花の命の短くて苦しきことのみ多かりき」とうたったが、彼等のためにうたったもののような気がしてならない。

宅の庭では、そろそろエビネランがとうをたてて来た。青い葉でしっかと花のとうをおしつつみ、くりだし鉛筆のようにとうを押しあげて来る。ヒヤシンスのように小さな花を沢山つけるが、ヒヤシンスなどとくらべるのがけがらわしいほど、私には好きな花だ。これも所かわれば品かわるで、花は白、緑、黄色、こげ茶、いろいろある。生娘が今顔を洗って来たかと思われるような清純な姿だ。庭のあちこちに何十株あるか知れないが、もっともっと植えたいと思う。目だって大きくたくましいのは九州の原産だそうな。

そろそろ、ナルコユリ、チゴユリ、アマドコロ、ホウチャクソウが芽をのぞかせて来た。鉛筆のサヤのような、鳥のくちばしのような芽には、一種の愛嬌がある。ホウチャクソウはちがうけれど、その他の腕にいっぱい提灯をぶらさげたような形がメルヘン的でおもしろい。

いいおとしたが、ゴゼンタチバナやエンレイソウがとうに葉をひろげている。白花のエンレイソウも今年は小さかったが、もう花をつけている。それにイカリソウも既に咲いている。白、藤色、赤花のイカリソウが年々ふえ大株になり、種子がこぼれてまたあちこちにふえ、今花ざかりだ。石坂君（註：石坂洋次郎）の小説「丘は花ざかり」というのは、若々しく希望につながれてよい題だと思ったが、何故か、私はイカリソウの花をながめて、その題名を思いだした。

今そろそろ芽が見えて来たのは、トリアシショウマとトラノオだ。どれも赤倉から持ってかえったのだが、私の大好きな花だ。一体私はショウマこの類が好きなのだが、とりわけトリアシショウマが大ぶりで、景気がよくっていい、花は白と桃色とあるが、赤倉の草原の中にあった時より、さらに元気で、葉の間から赤い節がのぞきその上に電気菓子みたいな白や桃色の花がぼうッと、かたまって夢のように咲く、但しこれが咲くのは夏の初めになろう。トラノオも色々あるが、宅のはノジトラノオというのであろうか。下から二尺ばかり、すうっとでて、その頂上に白い曲がった尻尾がなびく。ふざけた格好が面白く、これも夏の花である。

まだまだあるといえば、支那手品みたいだが、クサレダマ、シュウメイギク、ハンゲショウ、クサノオウ、カライトソウ、ワレモコウ、ウツボグサ、エトセトラ。いずれも花はまだ遠い。しかし、下手物か路傍の花みたいな私にとって、そういうのは僭越かナ、みんながみんな私の同志であり親友である。

（「新文明」四―六　昭和二十九年六月）

蘭と石と

私はゴッホを偉いと思うが、ゴーギャンもまたおとらず偉いと思う。尋常でない、燃える焔のような木がたちならぶ風景、日本の錦絵にとりかこまれ、それでいて己れの存在をはっきり示す自画像、目がくらくらするような燃える日まわり、ゴッホの絵を見ていると何か心に衝撃を受ける。彼の手紙など読まずとも絵で十分彼の苦悶が読めるのである。彼の絵は楽しい美術というより苦《にが》い美術といえるだろう。これに引きかえ、ゴーギャンの絵は、私には何か楽しい。原色のトカゲや強烈な熱帯の花、それに黄褐色の肉体をかいて装飾的ではあるが、決して甘くない。彼はやくざな文明をのがれてタヒチ島に逃避し、原始人と生活を共にする、しかしそこにもやはりうき世の修羅場があった。遠い昔のことだが、彼の「ノアノア」を読んで色々考えるところがあった。「ノアノア」とは、蛮人の言葉で「芳しい、香気ある」という意味だそうだ。

多分、去年の今頃、「ノアノア」の題をかりて、蘭のことを書いたように思う。今年も八月の末から駿河蘭が咲き、つづいて素心が咲いて、その「芳しい香気」に酔うにつけ、つい「ノアノア」と口に出たのである。

宅の駿河蘭は大鉢で、約三四十本、シノが立っている。花は多いとはいえず、今年七本立った。よく二回咲くから来月あたりまた花が来るかも知れない。とにかく、花のある間、勤めのかえり、宅の近くにさしかかると、思いもかけず、ぷんと鼻にくる。それから匂いは消えて玄関の扉の前に立つ頃、またぷんと匂う。およそ、花の匂いというものはそうしたものだが、私はみちたりた幸福感によいしれるのである。

今年は駿河蘭につづいて久しぶりに、鉄骨素心《てっこつそしん》が一鉢咲いた。鉄骨は花が来にくいというが、シノの約二十本だちに花は僅かに一本、清楚な花一本というのも、ひじりめいて良い。これはまた駿河蘭に比べて匂いがずっと洗練されている。決してぷんとは来ない。静かで上品で、懐しい人のようにほんのり匂うのである。

蘭は無論、花があれば、これにこしたことはないが、葉だけながめていても、あきるということがない。気力のないのは困るが、各々の葉が己れを生かし他をおかさないようにして、生きている。しかもそれが全体のながめとして美しいのは、一体どういうことであるか。去年から舶来の肥料ハイポネックスを使って見ている、効果があるらしく、なかなか元気である。しかし蘭の成長はいたって緩慢で少なくとも一シノの葉株が伸びきるのに二年もしくは三年はかかる。肥料をやるにしても、効果をあせれば必ず失敗する。水をやるにも、じゃぶじゃぶやったらすぐ腐ってしまう。東洋の君子はどうも気むずかしい。そこで篁溪子の「蘭易十二翼」なんて気のきいたことがいわれるのであろう。

既に花の落ちた駿河蘭は玄関にあり、今花のある鉄骨素心が廊下の丸テーブルの上においてある。ところで昨日からこの同じテーブルの上にこぶし大、もしくはその倍大の自然石が七つのっかっている。友人のS君が雑嚢《ざつのう》にいれ遠いところをウンウンいって持って来てくれたのである。十分心をひかれながら私の生活はまだ石まで行かないが、唐石とか鞍馬とかいうのでない。何でもこの路傍の石をながめていてよしと思う。ただながめて面白い以上に、実はこの石は妙な運命とつながっているのである。

先月二十六日の朝、珍しく友人のI君がたずねて来て、だまってその日の産業経済新聞（特に新聞の名を出す）を私の前においた。最初その意味が分らなかったが、見て行く中に私は思わず「エッ」と叫んだ。私に「エッ」といわせた記事は左の通りである。名前の外、一字一句も違えてない。因みにうちへ配達される四つの新聞どれにも、Sに関する記事は見出されなかった。

電車転覆をはかる、慶大卒業の日共党員

東京目黒署では廿五日午後目黒区上目黒（註：原文は住所があったが略す［編集部］）、五反田職安人夫S（四一）を往来妨害罪で送検した。調べによると同人は十四日夜十一時五十分ごろ東横線渋谷発桜木町行電車が祐天寺駅にさしかかった際、線路にこぶし大の石を十数個並べて電車転覆をはかったが、運転手が五メートル前で停車無事だった。まもなく現場付近をうろついていた同人を目黒署員が現行犯で逮捕したが、廿四日まで黙秘権を行使して口をわらず、廿五日朝に至り慶大卒で、日共党員であることを自供したので背後関係について追及している。

私はこの記事を二度つづけさまに読んだ。Sは余りにも善人すぎる故に左翼思想は持っているが、決して日共党員ではない。また、彼は誰よりも人間の生命を尊重し、繊細な感情の持主である。Sに限ってこんなバカなことをする筈がない。しかし既に「送検された」というし、事件は十四日の深夜で、自白が二十五日の朝だとすれば、あるいは拷問の末、追いつめられて、いわゆる「でっちあげ」の自白になったのかも知れない。私はその方の知識にくらく、また直接心あたりもないので、顔の広い友人にあてて手紙を書き、Sは絶対にそんなことをする人間でない所以《ゆえん》を説いてSを救いだす方法を考えてくれるよう、依頼した。他の知人には直接あって同じことをくりかえした。

Sは不運つづきで今は日雇労働者の群に入っている。私にとって古い友人ではない、私のところへよく来るようになったのは、ここ三四年来のことであろうか。博覧強記で、左翼の人によくあるような味もそっけもない人とおもむきが違う。私の思いもよらない社会のことを色々聞かせてくれる。そうかと思うと東洋的シュールとかいって石を愛し、茶を論じ、禅月（五代の）を語る。大抵彼が一人でしゃべって私はいつも聞き役である。由緒ある家柄に生れた彼は、落ちぶれたりとはいえ、決していやしくならないのは、さすがである。彼は三十五円の散髪をしてもらい、六円の風呂に入り、道々古鉄を拾って金にかえ岩波文庫を買って読む。またSは同じ眼鏡でも縁は最下等を買い、玉は最上等を買う。すじが通っている。Sはそういう人である。そのSが囚われの身となったのである。

ところが、ところがである。送検された筈のSがついこの間、五日の日曜の朝、ひょっこり訪ねて来た。産業経済新聞の記事は私の想像した通り徹頭徹尾ウソだったのである。十四日の深夜、彼が酔っぱらって警察へつかまったのは事実である。彼は日頃、石、それも路傍の石を愛し、労働の往きかえり道々、心を引かれる石があれば、それを拾ってかえり、気に入った石を枕にしてねるのだそうである。

その夜、彼は祐天寺の踏切で酔って石を拾い、——彼の表現に従えばウンコの形をした石だったそうである。——その石をほおった。偶々その石が線路と踏切板の間にはさまった。途端に酔っていた彼は、後から私服に羽がいじめにされ、警察に引っぱって行かれたそうである。無論、彼の白はすぐ分り、釈放されたのである。ただ彼の持物の調査から左翼関係の書籍があって疑われ、少々釈放までに手間どったまでである。彼は日共党員でもなければ、線路に石を十数個などとはでたらめで、電車転覆などとはとんでもない。送検云々も何もかも総てみな、産業経済新聞記者の作文であった。新聞記者がウソを書くとか書かないとか、近頃やかましくいわれているが、こういう事実も現にあるのである。いや、毎日ザラにあるのである。この記事を書いた記者がS君に与えた有形無形の損害をどうするつもりなのであろう。（Sは、この新聞記事によって宿舎と勤め先を追放されたのである。）

S君は次の日曜日、つまり昨日、日頃愛玩している石の中から、七個だけ選んで持って来てくれた。それが今蘭の鉢と共にテーブルの上にのっかっている。

これまで私は学校で朝礼の時、子供達に同じことを二度ほどいったことがある。もし自分の知っている人のことが、新聞にのった場合、良いことであったら、たとい間違いであってもそれはよろしい。しかし悪いことであったら、一応疑って見るといいと。S君の場合は慮《おもんぱか》らずもその哀しい実例になった。

（「新文明」四—十一　昭和二十九年十一月）

あに・おとうと

近頃雑文を書くようになってから、「わたしはあなたのファンですよ」と名乗りをあげてくだすった人が二人ある。それに比べると、宅の四郎は畜生のくせに、なかなかファンがあるらしい。人にあってよく四郎の消息をきかれることがある。「ええお蔭様で」と答えるが、内心「なんだ」と思う。俺のファンだって過大評価すれば五人くらいはあるだろう。強いて求めれば、そんなさむらいが七人くらいはいるだろう。人気スターの旦那というものはよくファンの手紙に答えて返事を書いたりすることがあるそうである。旦那であるだけに何と書くのか妙な気がする。何かの本で読んだのだが、西洋の音楽家で、やはりファンに対し思わせぶりに髪の毛を少々ずつ返事の手紙に封じて送っていたのがあって、よく調べて見たら愛犬の毛だったそうだ。私も近頃トミに白髪がふえてきたから、四郎のファン諸君へ黙って送ってやってもいいと思っている。

四郎も生まれて二年半、人間でいえば、もう「而立」というところであろう。えらく分別くさくなってきた。時たまはしゃぐこともあるが、前のようにどたんばたんさわぐことが少なくなり、その代り、いやにおとなしくかまえて、じいっと人の顔を見たり、どこかの文士のような気分を見せる。実はそれというのが、今年の春、リイというワイヤーヘヤード種のが来てからのように思われる。リイが来るまで四郎は私たちの愛情を一身に集めていた。思いきり傍若無人に振舞って叱られることがなく、物指しを振り上げてもジャレついてくるくらいで恐いもの知らずだった。座布団、椅子、ベッド、すべてが四郎の座席で、どこででも寝ころんで威張っていた。

そこへ不死身といってもよい、元気ものでトンキョウなリイが現れたのである。何もこちらから求めてリイを飼った訳ではない。実は持ちこまれたのである。私が四郎のことを書きだしてから、あちこちから犬の仔をあげようという人があらわれて来た。捨てるのもかわいそうだ、あいつなら、かわいがって育てるだろうと思うのかも知れない。最初に名乗りをあげてこられたのは財務理事の神崎さんだった。その外に幾人あったか、その度に私は丁寧にお断りした。中にはグレートデーンの仔をやろうかといって下さった人もあるが、これが大きくなったら、一日に飯が二升に肉が一貫目では、こちらのあごが干あがってしまう。ところが、話も何もなくていきなり、自動車で連れて来て私の留守中においていってしまった人が二人ある。一匹はスピッツの牝でお春さん、先様でつけて来た名は真珠、パールというのであったが、私のところでパールなんて名はハイカラ過ぎてそぐわない、パールの発音をそのままつめてパル—ハル—お春さんということにした。なかなかの美人で暫く飼っていたが、年頃になり、宅には四郎もいることだし間違いでもあっては困ると思い、さる人のところへ養女にやった。時々彼女のことを思いだし蔭ながら仕合せに暮らせよと祈っている。その後といってもお春さんが来て間もなくおしかけて来たのが、このワイヤーの牡、リイである。血統がいいのだそうで、名前はえらいアーサーとかいった。この家の主人は、落語に出てくる八っぁん熊さんは好きだが、そんなえらそうな王様の名なんて膚が合わないので、リイと改名した。別に意味がある訳ではない。ただ昔の教え子で台湾生れの李さんという人がいた。リイリイと呼ぶたびに李さんはどうしたろうと思いだす。風貌は例のハンド・バッグにあるような、眼はうぶ毛のなかにくぼみ、顔が茶色で体全体白い中に灰色の模様がある。足が長く、もも引をはいたようで毛はツムジ

愛犬四郎（右）とリイ

を巻いている。どことなく犬養木堂に似たところがあって、私は時々彼を呼ぶに木さんという。ただ一つ欠点は、尻尾が東大寺の屋根のしび瓦のように、背中にしょっていることである。

リイは、大へんないたずらっ子で、あばれんぼうで、しつっこくって、かわいくってというやつである。宅に来たのは二月であるが、それから彼は私どもにいかに損害をかけたか。靴はゴム靴をいれて四足かじって使いものにならなくし、傘をかじり玄関においてあった信楽の大甕をがらんがらんひっくりかえして毀してしまった。その時は、ものすごい音にさすがの彼もびっくりしたらしく、暫く頭を下げて小さくなっていた。彼は座布団から敷布団をかじって中の綿をぼろぼろにし、また何時か打綿に出して返って来たばかりのところを、ちょっとの間に辺り一面にかみちらかしてしまった。その時、リイは何ともいえず愉快そうで、私たちもついみんな笑ってしまい、一巻の終りとなった。

このリイが来てから四郎は一人子でなくなったのである。私どもは、別に差別をつけず、努めて平等にあつかっている筈だけれど、彼にはそうは受けとれないのであろう。絶えず、相手を意識し気をつかっているらしい。年齢にも開きがあり、四郎が二年半に対して、リイはまだ漸く一年である。リイの挙動は少年期を出ず、それに四郎と違って元気があふれ、年中バンビのように飛びはね、猫のようにじゃれ、鳩のようにキョトンとしている。外へつれだすと、相手が大きな秋田犬だろうと牛だろうと恐いもの知らずに向かって行く。四郎は万事それを見て気に入らないらしいのである。じっと坐り、目を細め、欠伸をするが、ついにリイを意識の外に追いやることが出来ない。じろりとリイを横目で見、黙然と構えている。文士のようだといったのはそれである。

しかし、もともと四郎は神経質で気が弱いのである。神経質なくらいだから、万事よくものが分る。人間の言葉がかなりよく分るらしい。彼の方でもただ吠える外に、時々そばへよって来て、何か物いいたそうに唇をひくひくと動かし、訴えるようにすることがある。言うべき言葉が出ないで、はがゆうてかなわんと、いわんばかりである。リイに比べて音にも敏感で、先だっての真昼、つい近くで花火があがった。地ひびき立てる猛烈な爆音に、四郎は余程びっくりしたらしい。その後、花火の音を聞くと、彼はぶるぶるふるえるのである。しっかり抱いてやってもふるえはなかなか止らない。好物のビスケットやチーズをやってもそっぽを向いて、というより喉へ通らないらしいのである。

これに対してリイはまるで無神経そのものだ。四郎の首につけた皮紐をぐんぐんひっぱって後ずさりする。四郎は迷惑そうな顔をしながら、いやいや引っぱられている。時に猛烈に喧嘩をするが、四郎は喧嘩をして叱られるのがつらいらしく、我慢に我慢を重ねるといった様子である。リイはさらに四郎の尻尾をくわえて振りまわす、それでも四郎は、歯をくいしばり、ならぬ勘忍をしている様子がありありとその神経質な細面《ほそおもて》に読める。時折涙っぽい目をしていることさえある。しかし私たちは決して、いずれをひいきしているということはない。えこひいきにならないようにくれぐれも気をつけている。殊に女中さんのかわいがりようは大へんなものだ。四郎はお兄ちゃんで、リイは次男坊、いずれか少しでも具合が悪いと、泣きべそかいて夜も寝ないで看病する。この家の主人は土人のたぐいで、薬には一向縁がなく、たまさか気分が悪くとも歯磨粉をのませれば直るといっているが、犬の方は高級で、始終やれ眼薬だ胃の薬だと薬の厄介になっている。

つい、この間のことであった。近所の娘さんでヤッちゃんというのが息せききって走って来た。ヤッちゃんというのは、子供の時分からよく知っているが、今は年頃花ざかりで郵便局につとめている。何ごとが起ったのかと聞いて見ると、宅の女中さんが四郎のために百何十円とかの郵便貯金をしてやって、ちゃんと通帳までもらって来た。なるほど見ると吉田四郎殿としてあった。ところが、ヤッちゃんのいうのに、局長さんに話したら叱られた、犬はいけない。死んだ場合にどうとかで困るから取りやめにしてもらえといわれたとかで、大急ぎでやって来たというのである。それで犬が貯金の出来ないことを始めて知った。女中さんにきいて見ると、古新聞と空瓶を売った金をそのまま四郎のために貯金してやったということであった。

（「新文明」四―十二　昭和二十九年十二月）

銭湯

終戦後、近くに銭湯ができてから、せせっこましい内風呂はやめて、毎度銭湯へゆくようになった。日曜日には必ず七時の朝風呂に出かけ一週間に一度休みをもらっている木曜日には、午後一時半きっかり、扉がひらくのを待ちかねて、手拭と石鹼をぶらさげて家をでる。ただし、せっかく休みの筈の木曜日がなかなか休めない。何か意地わるく、その日にかぎって用事ができて出勤する。そうでない限り年柄年中、日曜と木曜の銭湯はかかさないのである。

私は時間を正確にいくが、どうかすると風呂の方で五分十分とおくれることがあって、湯屋の外で空しく待たされることがある。それが厳寒のみぎりだと、身にこたえていらいらする。しかし、内側からがたがた音がして重いガラス扉がひらくと、私は大急ぎで着物をぬぎ、湯舟に突進する。朝風呂はよい季節には三人五人の常連みたいなものがあるが、寒くなると、私一人という場合がしばしばあり、これ幸いである。広い湯舟にタッタ一人でつかっている。殊に高い天井に日でもさしこんでいると、泰平のどかこの上もない。

私はただだまって、たしか山中湖とかいたペンキ絵の風景を見るともなく、ながめて爽快な気分になっている。時たま、女湯から玉桶をうごかす湯屋独特のかあんというようによくひびく誇張した音が聞えてくるのが、一層空気をのどかにする。そこでよく考えるのである。というのは湯屋におきまりのペンキ絵のことだ。大体が富士山を配したいわゆる安っぽい絵である。この絵と展覧会にでている絵と一体どうちがうのであろうかと。もちろん展覧会にでる絵は、いわゆるゲイジュツ家の絵であり、風呂屋の風景画はペンキ職人の賃仕事にすぎない。私も一かど絵は嫌いな方でなく、また何だかだと文句をいわない方でもないが、風呂屋のペンキ絵が、この場合なかなかよろしいと思うのである。展覧会に出して一等賞をとろうなどと、夢にも思わぬペンキ職人が、早くかきおえて一杯のみたいと思いながら急いで描いたのでもあろう。その絵がよろしいというのである。なまじ、ここに二科会だの新制作派の大家諸氏の絵をもってきたら、私はのどかに湯につかっていられないであろう。古くはモネーの水蓮の図とか、近くはデュフィーあたりの洒落のめした絵なら知れたこと、これでもか、これでもかのゲイジュツでは困る。余人はさておき、私は弱るのである。

なお、湯につかりながら、私は色々空想する。それは一つの童話のプロットのようなものである。ある国の有名な画家がふと一念発心する。自分の絵が貴族や金持にばかりもてあそばれるのは、何か新しい時代の芸術家の恥辱のように感じ、もっと街頭にでて民衆の画家となろうと決心し、また大見えをきって宣言する。爾来、展覧会に出品することは断然やめて、もっぱら、湯屋の風景画をかいて大衆の芸術を高めるのだといえば、新聞は三段ぬきでかきたて、世間のヤジ馬は先生先生ともてはやす。画家先生大いに得意でよい気持になるのだが、実は民衆にこびて、画は堕落し、鼻もちならぬものになって行くという筋である。

さて、朝風呂であるが、おいおい子供連れなどはいってくると、私の空想はつい破れる。どこのどういう人か知らないが毎度顔をあわすたびに、いつの間にか挨拶をかわすようになった人が幾人かある。そういう人の中に刺青《いれずみ》をした人もいる。

（「三田文学」四五─三　昭和三十年）

同床異夢

宅の四郎（スピッツ種の犬）もかぞえ年四つになった。正味にすれば二年八ヶ月というのだろうか。年を満でかぞえるのは合理的かも知れないか、私は好きでない、年の一つや二つどうでもよさそうなものなのに、いい年をしながら満でいったりすると、どこか哀れである。殊に御婦人は満が好きらしいが、それには言うにいわれぬ訳があるのであろう。

四郎は、僅か四つのくせに、正統の子供もあり、またかくし子もあるらしい。ついこの間、動物園の古賀さんにうかがった話だか、動物の親子の愛情というものは、親が子供を育てている間だけで、子供が一人前になれば、親子は個人対個人、メス、オスの関係になってしまうという。四郎の子といったって、他家の母方にいて、成人した今は皆どっかへ散ってしまった。なるほど近所の果物屋さんに一匹だけいて、四郎はであうと、さすがに懐しげにはするが、別に骨肉の情、離れがたしというほどでもない。

四郎の愛情は同類の犬よりも人間に対して深いようである。家族の一人一人に対して、おのずから区別があるらしいが、とにかく人間がいなくては一日も一時もいられないという風に見える。それは犬のもって生れた運命なのであろう。彼はどうして知るのか、ほぼ時間を心得ているらしい。夕方、私の帰る頃になると、廊下に坐りこんで駅の方をじっと見て待っている。少し遅いと彼は落ちつかず、玄関の方へ回って見たりするそうである。さて、私が門のあたりにさしかかると、彼は目ざとくそれを見つけるより早く、尾はさざなみをうって揺れ、丸味をおび愛情こめた声で吠えたて、玄関へすっとんでくる。私が戸を開けるのがもどかしく、頭を低くして、たたきにおり、身をゆすってすりつけるようにする。落ちつかず、敷台に上り、私が後向きになって靴をぬぐのがまどろっこいらしく、ばたばたさわぎ、くるっと一まわりしたかと思うと、高麗狗《こまいぬ》のような格好をして構え、時にかみついてきたりする。うれしくってどうにもならないのである。私は嘗てカバンというものを持ったことがない、年中風呂敷である。時々四郎の大好きなビスケットを買って帰るが、彼は先ず風呂敷包みに注意し鼻づらをふれて見る。何でも紙包みがあれば、彼は、それを一応開いて見ない中は承知ができないのである。私が洋服をぬいで着物にきかえる間も、うれしくってたまらない。こんなにも純粋な、少し大げさではあるが、純粋な歓喜の相を見るのは喜びである。どう見ても人間よりも神の座に近いと思う。

四郎の昼の生活を見ていると、実によく遊び、よく眠り、よく伸びをし、よく欠伸をする。

彼も屢々夢を見るらしい。それは、彼が眠っていながら尾をふっていることがあり、また急におきあがってとんでもない方向へ吠えかかったりするからである。しかしいつも眠りは浅いようで、彼が眠っている時、彼の目を覚まさずにビスケットの缶の蓋をとることが出来ない。

宅では四郎のきまった寝床というものがない。彼は気のむいた所で寝ている。私のところへも時々泊りにくる。私は前からベッドにしたいと思っていたが、一年前からやっとそれを実行した。私のように最簡易生活をしているものにとって、ベッドというものは誠に重宝なものだ。人の世話にならずに勝手な時寝られるのはありがたい。近頃のベッドは床が低いが、私のは旧式で高いやつだ。私が寝ていると、トントンと四郎の足音が近づいてくる。四郎がいつでも来られるように襖を細目にあけてあるから、四郎は自由にやって来て、ぴょんと、私の頭の方へとび上ってくる。私が右手で掛布団を少し持ちあげると、四郎はのそのそ入ってきて、奥でぐるりと一まわりして彼の背中を私の体にぴったりくっつけ、私の右手が夜目にも白い彼の枕になる。やがて彼の鼾をきく。

さて、四郎と暮らして色々かんがえる。例えば、一緒に散歩するが、彼と私と、いかに違った感覚の世界を歩いているかを思う。互いに鋭敏な分野が違っている。眼の方はどう考えても、私の方が上手《うわて》だと思われるが、耳と鼻とは、到底、私の及ぶところでない。それに鼻の感覚ときては本質を異にする。我々の佳しとするもの必ずしも、彼の好むところでなく、彼の好むところ、私のこころよしとするところでない。私は屢々匂いのする花を彼の鼻のところへ持って行っても一向興味がないらしく、また彼に行水をつかわせた後、香水をふりかけてやったが、別にうれしそうでもない。とにかく人間のよしとする匂いがうれしくもないらしいのである。しかし、魚や肉の匂いはこれは食欲と関係しているだけに別な話だが、我々の閉口するウンコの匂いなどには、格別の興味を持つ。鼠や猫の死骸などにも魅力があるらしく、殊に同類の異性の移り香などに対する感覚の鋭敏なのにおどろく。それに、彼に音楽をきかせても興味はないらしいが、彼はかすかな足音にも、家の人と他家の人の区別がつくらしい。何で分るのか、全く見えない筈の前を通る同類をすぐ感じとるのである。

そうして見れば、私は四郎と共に散歩するといっても、全く別世界を歩いていることになる。私は田舎家の庭に咲く梅の花に気をとられ、竹林の風情をたのしみ、麦畠の緑に胸をときめかしている。所で四郎は、耳と鼻のそれこそはげしい、なやましい感覚世界をホッツキ歩いているのであろう。時にフト往来で立ちどまり、いきなり背を地面にすりつけ、何か憑かれたもののように陶然としていることがある。恐らく我々の知らない何かの匂いに魅せられているのであろう。しかし彼も私も散歩をたのしんでいることには変りはない。

これは四郎、つまり犬と私との話である。がよく考えて見ると、人間同士でも、そう大して変らない。殊に、私は周囲の人と話していて、そう感じることが多い。殊に美醜善悪に対する感覚など、随分チグハグなのである。いちいち異をたてていたら、キリがなく、第一小うるさくって嫌われものになってしまいそうだから、大かたハアハアとバツを合せているに過ぎないが、感覚のズレは是非もない。それは勿論、多くの場合、相手は人間で、私が犬なのである。

話は別だが親というものはありがたいものだ。自分の子が一番よく見えるそうである。それで入学試験で落とされると、どうしても、我が子のせいでなく、試験官が不公平のせいだと思う。それに、親のありがたさには、試験は極めて公平にしてもらいたいが、自分の子だけは例外でどうしても不公平に扱ってもらいたいものらしい。私も親馬鹿で、四郎がよく見えて仕方がない。ただありがたいことに、四郎はもう四つにもなるが、この先ともに入学試験の心配をしないでよいことだ。エライ人の紹介状をもらったり、自宅では絶対に会わぬという先生を訪問して面会を強要したり、学校の先生はワイロをとるものだと頭から思いこんだり、しないですむだけでも、どんなにありがたいか知れない。

(「新文明」五―四　昭和三十年四月)

雑草の譜

雑草――これをついこの頃とどいたばかりの新村出博士編「広辞苑」によって引いてみると（1）いろいろの草、（2）栽培した草以外のさまざまの草とある。定義をくだすとそうなるものか、定義とは味気ないもんだと先ず思う。

私は雑草が好きだ。雑草の方でも、君は人間界の雑草みたいなものだから好きさといってくれるかも知れない。雑草がみんな気にいっている訳でもないが、とりすました名花などというものよりこの方が、どんなによいか知れない。人間でもやはり同じことがいえる。妙な肩書のついた有名人より、毎度銭湯でお目にかかる雑草同人の方がずっと気分がよい。何よりよいことは目ざわりにならないこと邪魔にならないということである。

野におけれんげ草で、何も遠いところからわざわざ雑草をはこんできてまで庭に植えてはないといわれるかも知れない。たしかに見識のある一説である。ほっておいても三日見ぬ間に雑草ははえ、たくましく茂る。カタバミやスベリヒユやジシバリやツメクサやノチダイギクなどのたけだけしさには、さすがの雑草党も僻易する。露伴学人は「しぶとい奴ばら」とばかり雑草を目のかたきにして一本ものこさじと退治していたという。あの鋭い目をすえて雑草をにらみつけ、たたかっている文豪のおもかげを想像して面白くもあるが、その後の嘗めたようなすべすべが台湾ハゲを連想して気にかかる。

辞書の定義どおりの雑草というものかどうか知らないが、私は田舎の家へかえったり旅行にでたりすると、きっと何かかにか路傍の草を鞄か風呂敷のどこかにしのばせてかえる。時には箱づめにして送らせることもある。思いきり茎と葉を切りつめ、殆ど根ばかりにして植えると、どんな盛夏でもよく根づき、翌年はきっと忘れた頃に芽をふき花を見せてくれる。山のものはみやこの風にあって大体一ヶ月早く咲く。都会ではさすがに草木にいたるまで早く色づき、ませるものと見える。それに北の花、山の草はやや大ぶりとなり、新鮮さを失う、せんないことである。

雑草をたのしんで一番よい季節は早春であろう。寒い日のあい間あい間に暖い日がはさまって、ふと糸のような地面の割れめに何か小鳥のくちばしのような芽を発見する。われも彼も生けるしるしありの気持である。壺中天あり雑草党の法悦境というべきか。

我が庭にあって、近ごろ秘かに自慢（オットこれは雑草の意に反し雑草におこられそうである）にしている雑草の譜をつくって見よう。

イチリンソウ、昔の武蔵野にはニリンソウと共に、どこにもあった草であろう。三月の半ばごろおれ釘をちらしたように茗荷色の芽が先ずあらわれ、やがて地上に立ち上がって三、四、五寸、厚ぼったい人参のような葉を三枚ひろげて、その間にまんまるいかわり玉（駄菓子）のようなつぼみをつけ、やがて五べんの白い梅ばちの花をぱっちりとひらく。採集した所によって花はかすかに違いがある。これに似たものにニリンソウがある。がこの方には少しばかり匂いがある。あちこちからとってきて植えたのが今はひろがって相当の面積になった。日かげにもなよなよと品よく咲いてくれる。その咲いた後がまたよろしい。たちまち花も葉も茎も地上から姿を消してあとかたもなくなる。その心がまえが誠によろしい。

エビネラン、これもつい近所の山に昔は沢山あった。去年の葉が冬をこしてのこるが、粽《ちまき》にする笹のような葉が何枚か輪なりに地をおおい、その中から春の日をあびて薹《とう》がたち、くりだし鉛筆から心《しん》をせりだすようにして新しい葉をひろげ、蘭の花芽がたつ。花芽は五、六寸から一尺におよぶものがある。これは採集した場所によって花に変化がある。殊に四国、九州のは大ぶりで堂々としている。新鮮で花もちがよく、近ごろ私が最も贔屓にしている野草である。将来問題にされる花であろう。そろそろ玄人が目をつけてきた。珍品珍種などといって騒ぎだすと、こちらは退却と相なる。今年庭のあちこちにあるのを数えて見たら六十幾株があり、四十幾本の花芽を見た。私は毎朝起きがけにながめて気持を新たにする。

ショーマ。ショーマはどういう意味か升麻と書くそうである。ショーマには色々あるが、洋種のスパイレヤもふくめて私の好きな花である。しかし、野生のショーマの方がずっとよろしい。私は赤倉と蓼科で採集して庭に植えた。二十年前に植えたトリアシショーマは、既に大株になって、丁度今が見頃である。丈《たけ》三尺、白と桃色の二種類がある。電気菓子のように細かい花がかたまってふわっと風になびく風情、いながらにして赤倉の鶯の声を思いだし、あかつきのカッコーの声とひんやりした空気を連想する。ついでに子供達があの高原学校で縦横に草むらの中をかけまわり、お腹をすかして食卓につき、その食卓のコップにさしたこのショーマと河原ナデシコ、松虫草などと連想してなつかしい。つまり子供のいる雑草のある風景である。ショーマに似ても少しひなびたチダケザシ、今年初めて花を見せたが、これもなかなかよろしい。

ドクダミ、人はあんなものをというかも知れない。それはあのにおいに閉口してその美しさを見忘れたのであろう。裏を蝦茶にしたハート型の葉の中から四ベンのぱっちりした白い花をひらく。私はなかなかうれしい捨てがたい花だと思っている。富本憲吉氏が度々陶器の模様につかっている。ドクダミを庭に植えてながめる人間はあんまり多くないかも知れない。私はその多くなさそうな一人である。

ヒガンバナ、曼珠沙華というと流行歌を連想して軽薄に聞える。毒々しい赤だが、見どころのある花である。西洋人が好むそうである。これも人はあんまり植えようとしないけれど、私は沢山植えている。九州産の白花もある。秋早く、葉より一足お先に血のような花がかんざしのように咲く。鋏も何もいらず、根本からすぽんすぽんとぬけてとれ、惜しげもなくいっぱいとったのを、好きな白い壺に生ける。何か胸さわぎがするようなあやしい妖婦の美しさがある。

庭にある雑草を幾種類かあげて見た。標題の譜は少し大げさであった。しかし支那手品みたいにまだまだある、いくらでもある。補っていっても譜はできそうである。カタクリやアザミやシモツケソウや間もなく花をみせるシナノキンバイやボタンヅルやセンニンソウのことなど、また時をあらためて筆をとるとしよう。

（「新文明」五―八　昭和三十年八月）

マンボー

世間の狭いというものは仕様のないものである。マンボーと聞いても、私の知っているのは魚のことで、マンボ・スタイルとは、途方もない大きな団扇のお化けみたいな魚のすがたである。ただし、少年時代にタッタ一度見たマンボーは既に息がたえていたから、身動きもしなかったし、もちろん踊るはずもなかった。

少年時代の思い出は誰だって懐しいに違いない。北国のいなかでうまれ育った、このマンボーを見た頃のことどもを牛のように反芻してみることにしたい。とかくどんより曇りがちな越後の空も、夏ともなれば、連日晴れあがり、沖の海も思いきりプルシャンブルーが泥絵のように冴えてくる。砂丘は遠く白くかわき、ところどころ山ともつかず丸いなだらかな曲線が乳房のように、もりあがっている。草といってもコウボウムギやケカモノハシがちょろちょろかさかさにかわいているくらいなもの。たまにハマエンドウとか丸葉のハマヒルガオが赤紫またはとき色に咲いて単調をやぶっている。また茎がふとく白くちょいと口紅をさしてあるボウフを見つけると、お父ッあんが好きだと採ってかえったものだ。

　ずっと砂丘を見わたすと、沙漠みたいだとはいうものの、ところどころにオアシスがある。グミやハマゴーやハマナシやネムの木のブッシュである。グミの木のことは恐らくどんなに説明しても分らないと思うが、子供がその実をたべるあのグミの木である。乾ききった砂地に生きるためには、根は一丈も深くくい入りながら、地上には僅かに二三尺、からみあったジャングルをなしている。夏の間目につかない小さな白い花がさいて秋になると実る訳であるが、強い風にあおられその実はいつの間にか砂の中にうずまっている。枝を引きあげたぐってゆくと赤い実が砂の中からずるずるあらわれてくるのである。子供達がそれを見逃すはずがない。渋いような甘さだが、私もよく枝をおり、赤い実をかざし、つまんでたべた。たべる話になると田舎の少年たちは色んなものを口にした。芝の根の甘さもさることながら、芝の穂はどういう意味か「クワイクワイ」といい、新芽からまだ穂の出ない中にこれをとり、裂くとしっとり白い綿のような穂がでてくる。これをたべるのである。何の味もないのだが、子供たちはただ口にいれればそれでよいのである。時にこの穂に紫色をおびたのがあって、それは「狐がショベンひっかけたのだ」といって食べられないものにしてあった。またハマナシの実をたべた。ハマナシ（地方によってはハマナスというそうである）は意地わるいほどとげとげしい野生のバラである。茎はとげそのものからなっているようで、その頂上に牡丹色の花をつける。少年の日には美しいとも何とも思わなかったが、近頃、わざわざ田舎から取りよせて庭に植えた。ピースとかランデブーとかいう人工のバラとちがって紺絣をきた毒消し売りの娘のような風情があってよろしい。庭のハマナシが今ちょうど咲いている。このハマナシの花の後が秋になると、ふくらんで珊瑚のような赤い実になる。これをとって縦にさき、爪で中のイガラッポいものを取りさって食べるのである。さくさくした歯ごたえがあってうまかったように覚えている。さらにこのハマナシの花の咲く頃、学名は何というのか、マン丸いので「団子蜂」といっていたが、田舎の少年はこれを見つけると、早速下駄をぬぎ、両手で下駄の歯と歯の間にはさんで蜂をとらえて殺し、さらに死んだ蜂の胴をちぎると、中から小さな細長い蜜の袋があらわれる。それをするのである。私は弱虫だったが、無論そういう少年の仲間であった。

なお海岸の草木で今日にうかぶのは、ハマゴーである。これは相当太い幹が蛇のように砂地をのたうちまわり、節々から無数の枝が鎌首をもたげて、葉は白っぽく、夏になると、その頂上に紫色の花をつける。この花の上にはよく虻のような虫がとんでいた。これは「蚊いぶし」にする木だとおそわっていた。うちでこれを使うのを見たことはなかったが、夏、漁夫町へゆくと、よく夕方、うちの中からむんむん煙のたちこめているのを見た、多分これだったのであろう。

また夢のように思いだすのは、ネムの木である、これも強い風のために大きくなれず、せいぜい五六尺、風のために腰をまげてならんでいたが、夏になるとあの絹糸をくくってその先を桃色にそめたような花をつける。夕方あそびつかれて帰る頃になると、葉は閉じてねむる、何か子供にさえ柄にもなく哀愁のようなものをそそるのであった。

当時、男の子も女の子も海へ行くのに、サルマタもフンドシも全然しなかった。中学校で水泳の練習がはじまると、みんなフンドシをしていたが、それは一種のユニフォームのように感じていた。大人だって着物をぬいで波打ぎわまでは前を手拭であてていたが、水につかればその先は魚と同じ全裸体であった。ある夏、私は町の小間物屋にタッタ一つぶらさがっていた海水浴着（水着などとはいわない）なるものを買ってもらった。シャツとパンツのコンビネーションで、当時のそれはきまって横縞がはいっており、それも身にピッタリしたものでなくだぶだぶなのだ。家を出る時はゆうゆうと少々は得意だったのだが、いざ海岸について着物をぬぐ段になると、衆人の視線がちくちくささり、全身これ羞恥で我慢のしようがなく、その場にぬぎすててケリがついた。

さて、海といっても、波打際から、四五間もゆけば、がくりと深くなる。その代り水はすごいほどすんできれいだった。フランスの詩人なら貝殻を耳にして海をきいたであろうが、野蛮人にもひとしい田舎の少年たちは、ただメチャクチャに全身を動かし水をぶっかけ、動物のように蛮声をはりあげ、ほえたてわめいた。

一日、隣村の荒浜でとんでもない魚がとれたというニュースが入った。漁夫も知らない魚ということで、中学校の博物の先生に見てもらったら、マンボーという魚だとのことだった。マンボーは大体南の深海にすむ魚らしい。生物も時に気まぐれなのがいると見えて、越後の海でも時に正覚坊が捕れたり、あざらしの迷い子があったりした。マンボーは大八車にのせられて、町の魚場《さかなば》（魚市場）へおくられてきた。町の人たちはわいわい見にいった。私の記憶では畳二丈もありそうな大きなマンまるい平たいお化けのような魚だった。上下に無闇に大きい鰭《ひれ》がのび、膚《はだ》はざらざらだったように覚えている。もう死んでいたから無論おどるわけはない。ただ子供心に、海は何がいるかわからない不思議な恐怖心にかられた。その後このマンボーの皮がはがれてその皮は中学校に寄贈され、理科の標本室の天井裏に平らにつるされていたのを覚えている。

以上は明治末期から大正の始めにかけての話である。

（「新文明」五―十一　昭和三十年十一月）

猿と雀と人間

私の顔は猿に似ているそうである。猿の方が私に似ているなどと負け惜しみをいわなくとも、鏡にうつして見れば、なるほどそうもあろうかとうなずけるところがある。実はもっとよく似たところがある筈であるが、浄玻璃《じょうばり》なら知らぬこと、幸い普通の鏡にはうつらない。というのは私の頭脳が人間よりは少し猿に近いということである。

しかし、私といわず、人間はみな猿に似ているものらしい、もちろん動物の中で猿が一番人間に近いということは誰でも知っている。しかし古賀さんの本（私の見た動物の生活）を読むまでは、こうも似ているとは知らなかった。

上野の動物園の中に「猿ヶ島」というのがある。かなり広い一画をかこんで、その中にセメント造りの「峨々たる」山がそびえ、見晴台のようなものがあり、洞窟があり、谷あり水ありでお伽噺の「鬼ヶ島」はこうもあろうかと思われる。私は動物ずきだから、一年に一二度は動物園にゆき、行くたびに暫しこの猿ヶ島見物をすることを忘れない。ただ見ておれば、何か猿の天国のようにも見える。ところがどうして、天国どころではないのだそうである。人間界と同じ娑婆が、それも赤裸々に現出されているものらしい。第一あの猿ヶ島には今何匹猿が住んでいるか知らないが、これを平和にたもつためには、十匹でも二十匹でも囲の中に同時に放してやらなければならない。一日でも半日でも遅れて入ってきたものは、永久に先輩に頭があがらない。頭があがらないばかりではない、年柄年中いじめられどおし、それも先輩の中の弱そうなのが、仲間の力をたのんで、意地わるくしつこくからかい、軽蔑しいじめてかかるのだそうである。僅か一日遅れて来たものが終生先輩に頭があがらない訳である。昔の兵隊の初年兵と古参兵とかいう関係はどうだったのだろうか。この関係をいさぎよしとしない場合、彼等は徹底的に闘争しなければならず、それは殆ど不可能に近いということである。敵は徒党をくんでいるからである。なお妙なことは、あの猿の群の中に必ずリーダーというか、ボス格なのがいて、暖衣とはいえないにしても、飽食し、毛並艶々として、同僚を眼下に見くだして威ばっているのがある。配下も唯々諾々として彼に仕え、それが当然であるかの如く、思っているらしいのである。然るにこのボスたるや、何か故障があって斃《たお》れたとなると、何時の間にか代りのボスができ、これがまた飽食して色艶々となるのだそうである。私はこれを読んで、猿が人間に似ているのか、人間が猿に似ているのか、とにかくよく似たものだと感心した。到底私の顔がちょっとばかり猿に似ているなどの段ではないのである。

以上は古賀さんの本で読んだ話の受けうりであるが、以下は私が実験して知ったことの報告である。人間は雀にもまた似ているのである。

私は一昨年と昨年と二年つづけて雀の子を飼った。卵からかえって幾日目か、少しウブ毛が生えたばかりの仔雀をとって育てて見たのである。中西悟堂氏の本を読んだから分っているが、小さな箱に藁をしき、綿をしいて、その中に五羽の仔雀がうごめいている。眼はようやくあいたばかり、箸の先を削って平たくしたのにスリエをのっけて持って行くと、雀の子等は顔中口にして食いついてくる。餌をもらうと、後はだまってしまうが、腹がへるとチュンチュンやかましく鳴きたてる。実に造化のよくできていると感心するのは、彼等が糞で内側をよごさないように出来ている微妙なしかけである。彼等はもよおしてくると、ごそごそ後ずさりをして尻を高々と持ちあげ所はよしとぽろりとする時は、それは箱の外にころがり落ちているのである。自然のよくできているのに感心しない訳には行かない。

さてだんだんウブ毛がとれて本羽が生える頃になると、よく馴れて、手にとまり肩にずり上がり、部屋中をついて歩く。本当に雀の学校のセンセである。ところがところがである。やや一人前になり羽がのびて飛びたつ、つまり巣立つようになると、彼等は何時の間にか私を警戒し、よそよそしくなり、ついにだんだん側に寄りつかなくなるのである。しかしそれには条件がある。それは数羽を一緒に飼っている場合であって、一羽ずつ離して飼っておれば、何時までも、よくなついて人をおそれない。一昨年は五羽一緒に飼って失敗し、昨年は一羽ずつ離して飼って、雀の学校のセンセになりきって満足していたが、あんまり物おじしなすぎて、つい近所の猫にしてやられ、かわいそうなことをした。

一羽で飼えば、人になじみ、多く一緒に飼えば警戒してよそよそしくなり馴れなくなる。これも人間の場合によく似ている。一人で会って話す場合、よく分って話が通じるものが、大勢一団になると何かよそよそしくなり、時には、肩をいからし反抗的にもなる。人間の場合、時には意識して馴れないところを同僚に誇示し得意がる傾きがないでもない。

私は猿の場合も雀の場合も、ただ人間によく似たところがあると感心しているだけで、別にそれがよいとか悪いとかいっているのではない。猿も雀も人間も、等しく動物の一種だと思うだけである。

（「新文明」五―十二　昭和三十年十二月）

Ⅱ

ニュー・フェース

近頃、年があけても、みんなケロリとして年をとったような顔をしていない。満で数えるのが合理的だとかいって、ぎりぎり誕生日のその日まで、高の知れたタッタ一つだけ若がり嬉しがっているのだから笑わせる。ケチケチしなさんな、大晦日を境にして日本国中一斉に仲よく年をとろうじゃありませんか。私は誰彼に時々そういうのだが、一向反響らしいものがない。

さてわが家では、私が明けて五十五になった。わが家といっても、家族は出来るだけ単純なのがいいと思っているが、それこそこの上なしの単純さである。私と甥の弘二君と四郎とリイ、但し四郎とリイは四ツ足でいずれもオスだ。それに家宝ともいうべき女中さんがただ一人メス。種子も仕掛もない、これだけだ。これで十分狭いながらも楽しいわが家を形づくっている。

四郎は五つになり、リイは四つになった。四郎については、これまで屢々語り、近頃、ご贔屓筋さえできたほどであるが、リイのことは余り話題にのせなかった。フッと舞台を横ぎる端役に一二度使ったことはあるが、スターとして扱わなかったのである。

ところで、リイは家柄もよく、男っぷりもよいのであるが、役者としては大根である。リイは種類からいうとワイヤー・ヘヤード・フォックステリヤというのだそうだ。神経質の四郎にくらべて、陽気で頓狂ときているから、外へ連れだすと断然人気がある。「ハンドバッグみたいネ」とか「ああ、かわいい、毛糸でつくったよう」と会う人会う人がそういうのである。

リイの元の名はアーサー・オブ・ゼ・インターナショナル　Author of The Inter-national　というものものしいのであった。われわれ貧家でそんな名は困る。ジゲムみたいな長々しいのも困るし、いつまでたっても、御降下あらせられたようなのも異なるものである。それでああでもない、こうでもないと迷った末に、リイという名をつけたのである。別に何の意味がある訳でなく、何となくリイみたいな顔をしているからであった。ただ名前をつけ、区役所へとどけた後になって、昔の教え子の中、台湾生れの李さんを思いだした。李さんは台中付近の大地主の息子で、その土地は見渡すかぎり、その中に邑《むら》が何十とかあるのだそうで、肉身の家族が五十何人とかいっていた。相当複雑なのであろう。李さん、今どうしているか。

さてわがリイ君のために、血統書によってその家系を写しておこう。お父ッあんがケーリー・フォックス・プライド・オブ・ブックウィン、お母さんをアンナ・オブ・ムサシ・グリーン・フィールドという。お父ッあんの両親がガラント・フレイヤー・オブ・フォックスロアとフレイアース・ペインテット・フォックス・オブ・ブックウィンで、母方の両親はホールウイ

ル・ハンブルグ・ピートとアミイ・オブ・ムサシ・グリーン・フィールド、そのまた、親達つまり、曾祖父母までさかのぼれるが、この辺でやめておこう。いずれ西洋犬の源氏か平家に落ちつくのであろう。生れは一九五三年九月一日となっている。こうなると、田舎の小あきんどの子である私では到底太刀打ができない。しかしありがたいことに、系図だの家柄なんかがあんまり物をいわない御時勢になった。それでこの元アーサー氏ただ今のリイ君、家の玄関番を

している次第である。近頃元の華族さんだか皇族さんで、現に漬物屋さんをしているのもあるそうだから、別に不思議もないことだ。

もともと四郎を家の中で飼い、リイに玄関番をさせておくのは、私の本心ではない。差別待遇は私の最も好まざるところ。実は、それにはよくよくの理由があることである。他でもない、四郎は添いねしても別に匂いがないが、リイときたら大へんな体臭だ。動物的な臭気、平たくいえば、臭《くさ》いのだ。玄関におくだけで、辺り一面けだものの臭いがたちこめるほどだ。已むを得ず、玄関で我慢してもらうことになった次第である。

リイは生れがいい割に食物には贅沢をいわない。この家の主人は、人の好むウナギがいやだ、赤い刺身がきらいだ、塩からを好かない、人蔘がいやだ、好き嫌いがはげしく、四郎もともすれば、鼻をひくひく近づけてひょいとそっぽを向くことがあるが、リイときたら、何でもかんでもぱくぱくだ。食欲の旺盛、おどろくばかり、優に四郎の二倍は食べる。御飯に何にもかけないでも食べられるし、パンだって何だって目にも止まらぬ早さで呑みこんでしまう。物覚えはよくないが、食欲だけは旺盛だ。食べ物を見せると、自分の方から幾つも知らない芸のありったけを披露する。そうして暇さえあれば、何かかにか噛んでいるのである。おかげで、玄関はだいなしになった。ガラス戸の桟《さん》から雨傘、壁、みんな被害を受けた。靴は四足が使いものにならなくなったし、いつぞやは、お客さまの弁当箱を噛んでペチャンコにしてしまった。そこで新しいのを弁償して勘弁してもらった。

リイのいたずらの一端を御披露におよんだが、私は決してリイの悪口をいっているのではない。人間の子供にも同じようなのがあるが、年柄年中いたずらをし被害をあたえるくせにどうも憎めない、かわいらしいというのがあるものだ。根が正直というのがうれしいのである。リイが正《まさ》しくそれで、何かいたずらをして叱ると、それこそ涙をながさんばかり下を向いて恐縮するのである。

リイは皮紐ではすぐ噛んで食いきるので、鎖でつないでいる。箱の中に藁を敷いておくと、どういうものが、その藁をとりだし、玄関中藁だらけ、自分も藁をかぶって、うれしそうに笑っている。冬に入って寒いだろうからと甥の弘二さんが手製で屋根をつくってやった。無論屋根は三角、天井はとがっている。ところでリイは暇さえあると、お尻がいたかろうにその屋根の上にのっかっているのである。初めの中、上がるだけは上がったが降りられないので弱っていた。しかし「屋上の狂人」みたいにご機嫌なのである。

このリイを散歩につれだすと、シンがつかれる。鎖の端を握っていると、彼は、自転車であろうと、自動車であろうと、牛でも馬でも、往来であうといきなりそれに向って猪突猛進する。その行動が直線的で衝動的なので、その度に鎖をにぎっているこちらの手がいたいのである。「リイ」「リイ」と呼んで叱ると、いたずらっ子の「いやん」というあの表情。こちらも痛い手に息をふっかけて、つい笑ってしまうより手がないという訳である。
さて、このリイと四郎であるが、どういうものか気が合わない。年中同じ屋根の下にいて、同列で散歩に出ながら仲がしっくりしないのである。四郎は神経質に相手にならないようにしているが、リイが先ず四郎のつないである皮紐をくわえて、後ずさりして引っぱる。四郎は主人を気にして我慢に我慢をかさねている。ところがどうかすると、四郎も勘忍袋の緒が切れると見えて、猛烈に喧嘩する。本気の真剣勝負である。仲裁に入ると側杖をくって手をかみつかれることがある。ところで中を分け再び帰り道になると、四郎とリイの紐と鎖が二本ならんでぴんと張り、二匹は体をピッタリくっつけて、すたすた我が家へ急ぐという寸法である。

（「新文明」六―三　昭和三十一年三月）

立春大吉

立春と書いて大吉とつけたら、将棋の駒のように坐りがよくなった。実のところ、寒がりやの私にとって、立春の声をきいただけで嬉しくなり、つい大吉と口をついて出てきたのである。浅春とか早春という言葉もすきだが、立春ときくと、つい何か胸さわぎするような心持になる。

ありようは、春立つなどといったところで、むしろ寒さはまだ真盛りこれからなのである。何とか飴のような霜柱が思いきり頭をもちあげ、力つきて倒れたという格好をする。それを見ただけで、私の毛穴は磯ぎんちゃくのようにぴたりとふさがるという訳なのである。しかし言葉は魔術である。立春ときいて、降る日の光の中に何か金の糸でもなえ交ぜてあるように感じる。他愛ない私である。

しかし、今年も立春の日からかぞえてもう十何日をすぎた。人間の私ばかりではない。木や草の芽が、もうみんな目を覚しているのである。ここ二三日は急ピッチに背のびを始めている。殊に、日本水仙はとっくの昔、暮の中に花を見せたのだが、西洋水仙の芽が、にわかに地上に青い爪の先を伸ばしてきた。それに入口の門を入るより玄関まで六七間もあろうか、その間所きらわず植えこんである雑草どもが将《まさ》に地を割って出でん一歩手前である。その中エビネ蘭だけが、小気味よく肥えた太いくちばしをのぞかせている。この水仙といい、エビネ蘭といい、我が家の御自慢のものである。一方の水仙はよい意味の人工の花であるが、私として長年かかって良種をあつめたのである。マダム・バックハウスなどというのは、根気のよいイギリス人が親、子、孫と三代かかって作りあげたカップが桃色と称する種類であるが、その桃色を出すのに三代かかったというが、実はまだ本当に桃色ではない。すんなり丈高く伸びた花々をふんだんに切って白い壺に生けると、我ながら豊かな心持になる。それにスカーレット・リーダーやミス何とかいった心《しん》の盃の平たく大きい種類、それに人はどう思うか知れないが、テレビジヨンという花数の少ない房咲で黄花、その花のふっくらとして品のいい―思わせぶりに誰かのようだといいたいところだが、生憎今ちょっと思いだせない―それは四月の夢だ。山草のエビネも戦前から少しずつ自分で山からとって来たり、かったり、わけてもらったりしたのが、だんだんふえて、今は五六十株になろうか。去年は横浜の鈴木さんから、青ヶ島だかの匂いのある珍しい種類を分けていただいた。つい二三日前、三越で西洋蘭の展観を見てなるほど目もさめるばかりキレイだとは思ったが、まるで味わいがない―しゃれたオンシジュームとかミルトニヤなどに気に入ったのが幾つかあったが―従って美しくない、ちっとも欲しくないのである。

そこへ行くと同じ蘭科でも、この野性のエビネ蘭は誠によろしい。この花の咲く頃、私は人知れず日本一の果報者といったような心持につい なる、成らざるを得ないのである。

何とか梅林を語って唾を催すようなことばかりいって来たが、この寒空に既に花を見せているものが、私の庭に二つある。一つは福寿草で、観念的にいって、福寿草なんて誰も面白くも何ともないものに思うであろう。梅の安盆栽の根元にいじけた菊のように植えこんだのを人は思いだすであろうが、宅のはそういうのではない。直接地面に植えこんである。だから花が咲くたびに丈のびして、かなり高い草たけになり、金色の花がべったり咲く。夜になると寒さに首をたれ氷っているが、日がでるとシャンと起きなおり、太陽にむかってこぼれるばかりの笑みをたたえる。今は葉が茗荷色だが、だんだん青く茂ってくる。こういう福寿草の作り方をするものは少ないようであるが、これは人にもすすめたい。

もう一つは木のサンシュユ、これも一週間ばかり前から、黄色の花がだんだん鮮かになって来た。私はこの木をどうして何時植えたのか記憶がない。庭の一木一草ことごとくどれ一つ私の植えたものでないものはない。みんな何かかにか思い出があり、記憶がある筈なのに、このサンシュユにかぎって、キレイサッパリ忘れているというのはどうしたことか。もう今はその幹径三寸はあろうか、枝はかなりひろがり、もやもやと花は一面である。通俗でない花、東洋的な花、人に見せびらかさない花、人など見てくれなくとも俺は咲くというような花、私の好きな花の一つである。

もう一つ書きおとしてはならないのは椿の花だ。大小三十何本か植えてある。いずれも一重ばかり山椿が多いのだが、山椿とただ一口にいっても一つ一つよく見ると、みんな違っている。赤は赤でも薄い赤、濃い赤、紫っぽい赤、バーミリオンの赤、サーモンの赤、弁の重り方、花の大きさ、天井を向いて咲く花、うつむいて咲く花、葉型がまたそれぞれちがう。細長いもの、丸いもの、葉が大きすぎて気品に欠けるもの、緑の濃いもの、薄いもの、実に千差万別である。花の時期もまたそれぞれ違う。去年の十一月からずっと咲き通しているものもあり、近頃ようやくぼつぼつ咲きだしたのもある。私は毎朝毎日ながめ暮らして、あきるということがない。

これで今現に咲いている庭の花をいいつくしたつもりだったが、木瓜、シドメという奴は、全体枯木のくせにどういうものか、何か思いだしたように真赤なのがぽつりぽつり一つ二つと咲く。坊主のお色気とでもいうものであろうか。

やがて、今月の終りから来月、さ来月となれば、白モクレンとコブシが咲く、つづいて、白、紫のライラックが咲く、大デマリが咲く、ボケが咲く、ドッグ・ウッド(アメリカ水木)が咲く、梅花《ばいか》ウツギが咲く、ナナカマドが咲く、テッセンが咲く、ありがたく、嬉しいかぎりである。何としても立春の卦は大吉である。

(「新文明」六―四　昭和三十一年四月)

テッセン談義

与謝野晶子の詩「五月礼讃」には、読んでいてぼうっとなるほど、五月の花々が熱っぽく歌われている。ボタン、シャクヤク、ケシ、リラ等々まるで花の饗宴である。ところで今からすれば五月の花としてテッセン（鉄線）が欠けているのが恨めしい。それも時勢によることであろう。

テッセンは古くから衣裳や蒔絵の模様などにつかわれているから、決して新しい花どころではない。しかし外国種の同類クレマチスが輸入されてから、それも最近にわかに脚光を浴びてきた。そういえば、優雅で、どこか気品があり、フランス語のシックがお誂えむきだ。まだ花屋の店先には、濃紫のプレジデントと純白のヴァン・ホーテン、せいぜい紅筋《べにすじ》なんて不粋の名がつけられているネーリー・モーザーくらいなものだけれど、実はその色彩、花形はきわめて豊富である。それに日本在来の小型の藤紫の花だって、捨てたものではない。いやこの方がむしろ風情があるといいたいくらいなものだ。しかし洋種はさすがにモダンで派手で人目をひく。

たとえば洋間の一隅に切子《きりこ》のガラス瓶にこの花がタッタ一輪生けてあるとしたら、誰だって目を見はるに違いない。

　イギリスの住宅地には、よく玄関や窓辺にこのクレマチスがからませてあるという。現にあちらを旅行して、テッセンびいきの私にそういう便りを下さった方もある。日本でも近頃そんな光景をちらほら見うけるようになった。そのたびに私は思わず足をとめて見とれるのである。

　この花は実生《みしょう》すると、随分変化するようである。種子をおろしてから発芽するまでに二年、発芽してから花の咲くまで約三四年、至極悠長である。気短かの者には却ってよい薬になろう。それはとにかくとして、これはたれかれがやって面白かろう。優れたものは滅多に出ないが、大勢で絶ゆまずやっていたら、必ずどこかで素晴らしいものが生れるであろう。

　花は必ずしも大輪をのぞまない。色は必ずしも派手なのを願わない。私は常に考えている。ランやオモトやアサガオや専門家の花を作る技術には讃嘆の声を惜しまないけれど、さて作った花の鑑賞、品定めとなると、いわゆる御座《おざ》のさめる思いがする。花にいかに詳しくとも花の世界だけしか知らない人では心細い。名人気質《かたぎ》の大工、カンナやノコギリをいかにうまく使っても建築の美に対する批評家としてどうかと思う。分りきったことだけれど、それがなかなか分らないようである。

　テッセン、即ちクレマチスは近い将来、大いに流行するに違いない。現にその気運が見えてきた。ただ望むらくは、秘蔵とか珍品とかいって、バカな値段をつけ一種の投機の世界に巻きこまれないようにしたいものである。イギリスやアメリカには蔓草、就中《なかんずく》クレマチスの専門店があるようである。
ランやオモトのあるものは美しいけれど、それを作る人の社会は、さてあんまり美しくないようである。

（「農耕と園芸」昭和三十二年三月）

冬枯れ

大晦日の前日のことであった。女中氏が花は何にしましょうかときくから、そう水仙はどうかナとこたえた。ところで、彼女がかえって来たところを見ると、他の品物と一緒に、買物籠の中にのぞいているのは菜の花だった。あいにく水仙がなくてというのが、私にとってもっけの幸いだった。

花は何にも模様のないウスノロみたいな伊万里の壺に具合よくおさまって、私はよい気分になった。どうせ室《むろ》ざきで生気はないが、この黄色な花一つで、とにかくのどかこの上もない。恐らく花屋の店先で一番安かろうこの花が私の気持に一番ぴったりあい何故か、つい先頃新聞でよんだ梅原龍三郎氏の滞欧通信の一節を思いだした。「近頃の経験では人多きところ必ずつまらず、人少きところ必ず美し」と。たしかルーブルその他の博物館で有象無象《うぞうむぞう》の寄ったかっている通俗有名な絵がつまらなくて、案外誰の目にもとまらないつつましい絵に美しいのがあるという意味だったかと覚えている。私はただ何のへんてつもない菜の花を見てハハンと思ったのである。さてガラス戸の内側では菜の花がいきづいているが、ひとたび外に目をやれば満《まん》目蕭条《もくしょうじょう》はチト大袈裟だとしても、とにかく白っぽく乾いた冬枯れの世界である。

私は大《だい》のさむがりやで（他人から見ると、赤い顔をしていてそうは見えないそうである、血圧が極端にひくく寒がるのはもっとものである）冬はすきでないが、冬の景色は必ずしも悪くない。花好きにとって、草や木の寒さにいためつけられているのを見ると、人ごとならず一種の義憤のようなものを感じ、冬将軍排撃の気持にかられるのである。葉を全部ふるいおとした枯木、殊に雑木の林を見ると、またおのずから別な美しさが感じられてくる。およそ葉のある時には感じられなかった堂々たる太い幹の骨格、木によって各々特色あるその膚、出鱈目《でたらめ》にもえでたのかと思われた枝々が、実はそれぞれ礼儀をわきまえ秩序をたもち、空間にこころよい線をえがいている。即ちむきだしになった木の幹や枝はそのまま赤裸々に骨法を示しデッサンの妙を伝えている。そうして性急にならず、じっと春を待てよといっているように見える。

さて宅の庭で一木一草ことごとく私が植えたものでないものはない。別に意識してそうした訳ではないが、松三本と私が特にすきな椿が大小三十何本、それに柊《ひいらぎ》の外はみんながみんな落葉樹である。ケヤキ、コブシ、ナラ、クヌギ、クロモジ、ハゼ、ライラック、ミヅキ、ボケ、ホウ、グミ、オオデマリ、サンシュユ、バイカウツギ、ウメ、カキ、ハクレン等々。大きなのでもせいぜいステッキのふとさのを植えたのが、今は見あげるばかり堂々と成人した。殊にケヤキやコブシやハゼときたら辺りをはらう大木である。

その木の合間合間に、山の草、道端の雑草がところせまいばかりに植えこんである。しかしその草も今は正体もなく深いねむりにおちている。やがて目を覚ますであろう。いや暖かい日、上皮の土を払いのけると、そこにはもうちゃんと万端用意がととのっている。

でも私には、どうも冬景色を理屈で鑑賞しても、十分心でうけとめる余裕がなかった。それは寒がりのせいである。それでこの冬はじめて狭い書斎を終夜あたためる工夫をした。上衣をとっていられるように、本をひもときペンをとる手が冷たくないように、北海道のルンペンストーブ—その名は私にふさわしい—なるものでその願いがかなえられるようになった。ついでのことに書斎にベッドをもちこみ、椅子を入れ、壺たち皿たち、ギヤマンのコップたち、それに孫の手—これは私の教え子がかつて美しいお嫁さんをもらい新婚旅行の土産にくれたのである。生涯最良の日の慶びに、恐らくふと私を想いだし、あわれんだのであろう。せめて孫の手でもと思いついてくれた心根をありがたく頂戴し、永い間座右において今日にいたった。—そんな一家眷属どもをみな入れた。こうしてとにかく家にいる間は、好きな時に机に向かい勝手な時にベッドにもぐり込む。真夜中でも書斎はあたたまっているから、ベッドからずりおちて机に向かうこともある、ありがたい話である。

障子を開けば、小さな無加温の温室の屋根をこえてハクレンの枝がむれ、その先の一つ一つにもうとっくの昔、蕾を用意している。そのむれている枝を見ていると、何とめいめい己れを生かしお互いさま邪魔しあわないように、きわめて健康な生き方をしているように見える。さればこそ、時々この世の天使コガラやシジュウカラの小鳥たち、時にジョービタキがやってくる。コガラ、シジュウカラは軽快なアクロバットをたのしみ、ジョービタキは、オッとどっこい尻尾をぶらんぶらんさせてからおもむろにお辞儀をする。冬枯れもこうなればのどかである。

しかし何といっても春がまたれる。間もなく地うえの福寿草が咲きだすであろう。つづいてブローディア、ムスカリー、それに豪華な水仙の白、ボケの紅、その頃ともなれば地上は正に草花花木の祭典である。ライラック、ウツギ、それに雑草たちが人工の花の王座をねらう。その後を追っかけてテッセンが思いきり優雅典麗に咲く。そんな夢をみながら冬枯れの庭を見つめている、仕合せな私である。

（「新文明」七―三　昭和三十二年三月）

ダチン

私はかぞえ年の十八で田舎の中学を卒業し、その年上京して、やっとのことで慶應の文科に入れてもらった。それから今日まで十八年の倍も東京に住みながら相変らずの田舎ものである。それは自慢にはならないが、さればとて別に恥ずかしいとも思わない。ただ子供の時分、田舎でくらしたお蔭で時勢も時勢だったからであろうが、それこそべんきょうのべの字もしないで、よくもあれで通ったものだと不思議に思い、結局のところ仕合せだったと思っている。本や石盤、ボール紙製の石盤は折本仕立になっており、石版画の表紙がついていた、石筆で書き、細いラシャの切れを巻きずしのようにぐるぐる巻いた「フキモン」（拭くものの意）で消してはまた書く。鉛筆―和製の鉛筆は木がささくれだち、心《しん》はメチャクチャに折れて使いものにならなかった。そんな学校道具は風呂敷につつんで、一二年の頃はたすきがけにして懐のあたりで結んでいた。少し大きくなって風呂敷包みを小脇にかかえるようになったが、とにかくその風呂敷包みを教室で開いて勉強した訳であるが、内へかえるとその包みは投げだして翌朝までそのままであった。毎朝学校へ行く直前、時間割に合せて本を入れかえるという寸法であった。今から考えてよくそれで通ったものだと不思議に思う。それでもむろん秀才ではなかったが、成績不良というほどでもなかった。

およそそんな時代であった。そういう少年の頃を思いだして特に懐しいのは「ダチン」のことである。「ダチン」とはいわゆる「オヤツ」のことで、そういえば、慶應の幼稚舎でも明治の初年から中頃まで、その創立者和田義郎先生が紀州和歌山の人で、大勢の子供を自宅にあずかって我が子同様に世話し、ここでも和歌山言葉で、「オヤツ」のことを「オチン」といったそうだ。今でも当時の腕白小僧、今の老紳士たちが懐しがってよく「オチン」の話をする。私も、越後の田舎でその「オチン」ならず「ダチン」で育ったのである。

今から四五十年前のダチンは何であったか。ウチで作るものがいろいろあった。先ず「カタモチ」（東京でいう「かきもち」）と「アラレ」を第一に挙げよう。年の暮につく餅はそれは正月用で、正月の終りころ再び餅をつく。餅をつくといっても、それは近在の出入の百姓たちが毎年大勢やって来てついてくれるので、その百姓たちはどの土蔵《くら》に何があってということをウチの者よりよく知っていた。東京の餅つきのように太い大きな杵でゆっくりつくのではなく、四五人のつき手が目にもとまらぬ早さでトントンと急がしくつくのである。

さて、二度目の餅が一年中の「ダチン」になる。つまり餅としてたべるのでなく、うすく切ってワラであみ、土蔵の前高く屋根ウラに吊され仰がれる、これがカタモチである。一方、降る霰のごとく小さい小粒にきざまれたのが「アラレ」（子供は「アナレ」と発音していた）でこれは十分乾燥された上大きな甕に入れて味噌蔵《みそぐら》におさめられる。この「カタモチ」や「アラレ」が時に土蔵から出されて砂糖醤油をつけて「ダチン」となるのであった。金網にのせて焼く手伝などをしたその火鉢の内側の赤い火の色が今目の前にちらつく。「アラレ」は平たい鉄鍋に長い竹の箸でカーラカラ、カーラカラといる音がこれも耳に聞こえてくるようである。

秋になるとサツマ芋をよくふかしてもらった。笊《ざる》の中に赤い皮がところどころはがれ湯気をたてていた。お盆のお生霊様の飾りつけの時、西瓜や真瓜《まくわうり》と共にその年最初の甘藷がお目見えする。せいぜい親指くらいの大きさであるが、洗われて牡丹色の赤いのが仏壇の前の生霊ごもの上に並んでいる。西瓜だの真瓜だの茄子だの葡萄だの酸漿《ほおずき》だのが賑やかにかざられ、その上に細工をこらした盆燈籠がぶらさがり、その燈籠からひらひらした紙の尻尾が風になびく。

また「コウセン」というのがあった。東京でいう麦粉菓子のことで時に粉のまま三角の袋に入れて閉じ、麦がらの管で吸うのであるが、むせて辺り一面粉だらけになることがあり、またお茶碗にとって湯をそそぎながら箸でかきまわす、いくらかきまわしても湯の通らない部分がある、それをだんだん退治して行くような心持なのが興味であった。竹の皮でつつんだ梅干のシソ、三角形にしてそのすみを吸うのである。

菓子屋から買ってくる菓子といえば、多く「オコシ」とか「マキセンベイ」とか「味噌パン」（今のビスケットの前身みたいなもの）「コンペイトウ」とかいうものであった。時にハイカラな西洋くさい「マシマロー」「ボーロ」などというのがあった。駄菓子屋には「ネジリンボー」とか「マメイタ」とか「カリントウ」とかいうものが売っていたが、そういうものを買うことは堅く禁じられていた。上等の菓子の部に属する「ウバタマ」とか「ウグイスモチ」とか「ヨウカン」とか「メイジマンジュウ」とかいうものはお客様に出すものでメッタに子供の口には入らなかった。

よく子供の口に入るウマいのは「シラタマ」であった。ツルツル口あたりのよい皮の中に黒い餡こが入っている。学校から帰って白玉を食べるうれしさはたまらなかった。

私が小学校の五六年になった時、停車場通りに「ドラ焼」を店で焼きながら売る店が出来た。その「ドラ焼」を初めて食べたうまさを忘れることができない。ポッテリした厚い皮の中につぶし餡がはみだすほど入っていた。よく「ドラヤキ」をねだった。

それよりさらに私の味覚をおどろかしたのは「シュークリーム」であった。それも私が中学に入って間もなく、町にタッタ一軒洋食屋が出来た。町の郷土史家として有名な関甲子次郎氏の何男かで、東京へでて修業し、くにに帰って開業した。カクマンという屋号である。兄が主催して「きょうだい会」というのがあった。一月に一度、女きょうだいをも交えてカクマンへいって洋食を食うのである。オムレツとか、カツレツとか、ビフテキとかライスカレーのような今では最も普通のものを三四品食べながら無駄話にふけるのだが、その後でシュークリームが出た。えたいの知れない形で、ところどころに角がでたりしていた。それも注文によって作るので、食事のあとで洋食屋のあるじが出て来ていちいち料理や菓子の説明をしたりした。それより振っているのは、腰かけるテーブルがなく、チャブ台のようなのを二つ積み重ねてテーブル代りにし、白い布がかけてある。一応洋式で椅子に腰かける訳であるが、ウッカリ足を前に出すと、向うずねを下のチャブ台にぶつけるのである。しかしシュークリームの何とうまかったことか、極楽の味、天にも昇る心地、羽化して登仙しそうにさえ思えた。

果物は割合に豊富であった。果物屋や八百屋というものがなく、みな近在の百姓女—必ず女であった—が天秤棒でかついだり、荷車につけてひき、売り歩くのである。みんな顔見知りの女どもで親しくなれなれしく奥へ入って来て、「ええ桃があるが要《い》らんかネ」という。そういう女がくれば必ず買うので、それも一貫目おいて行けとか二貫目おいて「行かっしゃい」とかいうと、秤の目盛を見、分《ふん》銅がずり上がるのを見せながら必ず「目方ようしておいたド」というようなことであった。当時桃も水蜜もよいのがなく、先の尖って中が血のように赤い「西王母」という種類が多かった。西瓜などは今日のように栽培の技術研究が進んでいなかったから、もぎとる時期がでたらめで、なかなか適度に熟したものが得られず大抵早すぎるか遅すぎるのである。(今日では花が咲いてから幾日目と科学的に調べがついている)柿は地方的に随分ちがうものだが、四角いような「オッチョ柿」というのや、胡麻の多い「カイブチ」というのと今「蜂屋」という細長く大きな渋柿をブヨブヨにして冬近くするようにして食べたが、その冷たさを今感覚的に唇に感じるワケである。蜜柑、無論たびから来る(他国産のこと、静岡とか紀州産)のだか、今から思えば、やはり皮が皮膚病のようにデコボコしたものがよくあり、また種子のある蜜柑の多い時代であった。

今から四五十年前の田舎の「ダチン」はまずしいものだったに違いないが、当時それはみんなうれしいものであり、今思いだしても少年の日の何より懐しい思い出である。

(「新文明」七―四　昭和三十二年四月)

夏の風物

そろそろネムの花が咲きだした。晴れた日の夕方まだ青空が暮れのこっている頃、下からこの花を見あげるのは何ともいえず美しい。実はまだ今年はほんのちらほら咲きだしたばかりだから、嘆声をあげるほどにはなっていないが、それでも待ちきれず時々夕方外へでて見るのである。

二三日前も、ネムの木の下から空を見あげながら、なぜかふとコウモリのことを思いだした。少年の頃のことだから無論越後の田舎での話であるが、夏の夕方になるとコウモリがたくさん、一時往来を黒いかげのようなまた小さな悪魔のような姿でひらひら、みだれ飛んだ。日没前の一とき、それは夏らしい風物であった。

忘れもしない、私ども商家にうまれた子供たちは、小学校へはいる頃になると、みんな着物の上に小さな縞の前だれをしめた。番頭や小僧のしめるのと同じ形で真田紐がついていた。その前だれをぬいで縦二つに折り、紐のついている方からくるくる昆布巻のように巻いて、アト五寸ばかりのところでとめ、紐でまいて昆布巻を縛り、さて二つ折りにしたところを開いて頭にのっけると、似合いのチョン髷になるのであった。今これを書いていると、そのチョン髷を頭にのせていい気になっている自分の少年の日の姿が目前にまざまざと浮んできたから、妙なものだ。また同じ前だれを竿の先に旗のように紐で二ヶ所を縛り、夕方これをふりまわしてコウモリをたたきおとすのであった。夕方になると、大通りのあちこちで子供が、この前だれの旗竿をふりまわしていた。黒アゲハのようにひらひらと近づいて来たのが、妙な角度で、ひらりと身をかわしコウモリは思わぬ方へ逃げて行く。どうかした拍子に手ごたえがあって地面にたたきおとしても、すでに辺りはうすぐらくコウモリの正体を見うしなう。さんざん探したあげく、どこか地面の片隅に小さなかたまりを見つけても、さて手がつけられないのである。ぐにゃぐにゃして、棒でさわるとちいちい泣きながら食いついてくる。明るみへもってくると鼠のような小さな赤い口をいっぱいにあけて抵抗する。なおも棒きれのようなもので羽をのばして見ると意外に大きくひろがり、しかもそれがうすくねばねば餅はだのようなねばつく感じで気味がわるい。しかし、このコウモリがひらひらとんでいるのは何としても夏の風物であった。

なお、夏がくると思いだすのは、大通りからだらだら南へ坂をくだって田圃に出る。見渡すかぎりの広い田圃の一部に、これも相当広い蓮池があり、そこには鯉や金魚が飼われていた。金魚屋の経営している蓮池なのである。田圃と同じように四角にしきられた池が、遠く遥かにつづき、夏ともなれば、見わたすかぎり、白っぽい緑の間から紅白の花がのぞいていた。この蓮池にはあちこちヤンマが沢山とんでいた。どういうものかメスは少なくオスが多かった。オスはお尻のあたりがコバルト色でメスはグリーンなのだ。東京の子供のトンボつりを見ていると、細いしなしなした竹にトリモチをつけ、ヤンマの向ってくるところをうまくさすというやり方のようだ。

いったいヤンマは広い見わたすかぎりの蓮池の上をとびまわるにしても、決して幾つかの池をのりこえて飛ぶということはない。必ずしばらくは四角にしきられた一つの池の上をくりかえしくりかえし、とびまわっている。だから、池のふちにたって一匹のヤンマを追っていれば、彼が行きつもどりつしている間しばらく相手に出来るわけである。

私どもが子供の頃、トンボをとったやり方は、二尺ほどの細い竹の棒にやはり一尺五寸ほどの木綿の糸をつけ、その先に最初トリモチでとったヤンマの足を結える。メスであれば申しぶんないが、オスでも役にたつ。メスの場合足を結えて竹棒をふりまわしておれば、あたりにいるオスがたちまちついてくる。これを地にふせて相手のオスを捕えるのであるが、こちらがオスの場合、技術と熟練を要するのである。相手のオスの目をくらますように、こちらの竹の棒を左右にふり、ある時機がくると、くるくる振りまわしながらだんだん下にさげ、愈々となって急に地面にたたきつけるように振りおろすのである。相手はくいつくように羽をならしておそってくるから、そこを間髪を入れず、手でふせて捕えるという仕かけである。私は子供の時分弱虫だったが、自ら名人というのもおかしいが、トンボ釣りだけはなかなかの上手であった。

それから、また田圃のわきを流れている小川へ小魚をとりにいった。私どもが子供の頃はだれも洋服でなくみな着物だったから、着物の裾をまくって帯の間にはさみ、前もお尻もマル出しにして、きっとバケツと笊《ざる》をもって出かけたものだ。段になってチョロチョロ水のおちているところや、それこそ柳の木やタモギの木の下のうろになっているところには必ず何かいた。フナやドジョウやタナゴのせいぜい二三寸どまりのが笊を急にさしこみ、静かにあげるときらりと白く光る。そのうれしさが今私の体のどこかからよみがえってくるように感じる。ところが、同時にゲンゴロウやヤゴやおかしな虫が入ってくる。その頃私どもは、そのヤゴの名前も知らなければまたヤゴがトンボの幼虫とは知らずそのおそろしげな形から来たのか、これに食いつかれると、カミナリサマがならない中は離れないといったものだ。かと思うと何時の間にか脚のふくらはぎにヒルが食いついていて、ふと見ると血がだらだら流れていることがある。ヒルは幅ひろくふくれて指でつまんでひっぱると、今度は手にすいついて始末がわるい。それこそいやなヤツであった。

雨の後には特に小魚が沢山とれるのであったが、どうかすると蓮池に飼っている金魚が逃げだした。雨後のにごった水にどうかすると、かすかに赤い背びれが見え、また泥の中にかくれてしまう、そこを見はからってサッと笊ですくいあげる。小さなものでも赤い魚をすくった喜びは格別であった。

ところで先だって田舎から人が来て、何かの話から田圃の話になったが、今では、もう小川にメダカもフナもタナゴも、全くいなくなったということである。それは一に農薬のせいで、魚も虫も生きていられなくなったのだという。今ではどんな田舎でも動力が入って小さな耕うん機がポンポンと音をたて、噴霧機からは煙のように薬品がとぶ。私ども少年時代の夢がふっとばされているのである。

（「新文明」七—九　昭和三十二年九月）

あきあじ

味覚の秋などというけれど、げすに生れついたせいか、私は年がら年中ものがウマい。実は嫌いなものがちょいちょいあって、子供達に好き嫌いをいってはいけませんなどと言えた義理ではないが、そうかといってヒ弱い方でもないから、それはそれでいいと思っている。

つらつら惟《おも》うに、私の欲望は、何か美しいものに対する時、異常な活気を呈するが食欲色欲の方はいたって恬淡の方だと思っている。それが花や絵や器物のことになると、原人のように本能がさえて、何でも佳い美しいものなら、すぐピンとキン線にふれて勝負がつき、先ず誤りがないとうぬぼれている。

ところで、私は常日頃一種の下宿生活のような暮らし方生き方をしているので、食物の方は下宿のおばさん、つまり女中まかせの当てがいぶちで、何でも出されたものをだまっていただいている。別に我慢しているわけでもないし、またメッタに何か食べたいとも思わないのである。大方先でのみこんでいてくれるから嫌いなものが出なければそれでよい。またもし気がすすまなければ、黙ってこちらが箸をつけないまでのことである。人はよく「こんなものが食えるかい」などと見えを切るが、私は嘗てそんなせりふを口ばしったためしがない。健康のさせるわざかと思うが、実は何でもウマいのである。

私が食べ物のことに就いて、あまり口にしないのは、子供の時分母親のしつけによることかも知れない。私の母は、男の子たるもの一切台所へ立ちいってはいけない、食物のことを彼是いうのは、家のわるい子にかぎるといって受けつけなかった。私の生家は田舎の小さな呉服屋で、子供の時分いつも小僧番頭が十二三人、それに「裏若い衆」と称し裏門のところに住み、番頭についいて荷車をひいて歩く専門の男が二人それに女子衆《おんなごしゅう》（女中）が四五人いた。良家の息子でただ商売を覚えるためにまた行儀見習のために来ている女中がいる。それで母親の説では、食事に難癖つけるのは、必ず家でロクなものを食っていなかった家の子に限るというのである。良家の息子は、恐らく奉公に出たからは、どうせままならぬと堅い決心で親許をはなれて来たのであろう、決して不平はいわぬというのであった。そんなことが身にしみたのか、私は今でも食べ物についてあげつらう趣味がない。

ありがたいことに、私は何でもウマいのである。くりかえしていうが恐らく健康のさせるわざかと思っている。但し、下宿のおばさんにタッタ一つ注文をつけてはいる。上等の品など望めもしないし、また望みもしない、ただ一にも新鮮二にも新鮮を心がけられたい。ものの味などロクに分りもしないくせに、妙に鮮度の落ちたものがすぐピンと来るのである。その点私の鼻と胃ノ腑とは、神経質に敏感にできているらしいのである。

女中氏の説によると、近所に魚屋が二軒あり、一軒は毎日お客が黒山のようにたかっており、他の一軒は閑散である。やりくり上手なおかみさんのたかる店ともう一軒の店では値段が二倍、三倍とちがうのだそうである。値段の開きは産地と鮮度一つにかかっているものらしい。いわしでもさんまでもといいたいところだが、生憎私はその両方がにがてである。とにかくゲテの魚で結構だから安い店で買ってくれるなとたのんである。腐っても鯛なんてまっぴらである。野菜でも果物でも魚でも一切新鮮なのをこいねがう。これが食べ物に対し私が注文をつける唯一の条件である。

なお、強いて自分の食べ物に対する好悪を考えて見よう。ウニとかコノワタとかシオカラのような通人好みのものは一切いけない。好きなのは単純平凡なもの、それに何か香りのある草とか野菜が好ましい。菜葉は菜葉、大根は大根、魚は魚、肉は肉でなるべくその持ち味をたしなみたいとはねがっている。近頃の新聞雑誌に出るいわゆる料理を見ると、蛋白質と脂肪と含水炭素がどれどれといった栄養料理で、それにめまぐるしい寄木細工といった風情である。魚に挽き肉がかかり、野菜の中に肉がつめこまれる。発育ざかりの子供には不可欠のものであろう。魚は魚、野菜は野菜の持ち味でいただく訳にいかないものだろうか。

ただ目で見る野草の好ましいことは屢々のべたが、鼻で味わうフキノトウや、セリやウコギやミョウガのようなものがまたうれしい。ここ何年か毎年一年に一、二度決まって招んでくださるお方がある。御主人は百何人かの博士を部下につくりながら自らは決して博士になろうとなさらない珍しい篤学の老学究である。いつも奥様お嬢様の心のこもった手料理で、そこには香りのある野の草の欠けたことがない。そとでいつも長い年月に経験された物静かで慈味のあふれた人生の片隅の打明け話があって私は楽しい一夕をすごさせてもらうのである。

私には嫌いなものがあるといったが、それは特に魚に多い。青い魚、赤い身の魚がたいていにが手、それにウナギ、ドジョウがありがたくない。青い魚の中でもコハダは大敵、マグロも御免、要するに救いがたいほど不粋に生れついているのである。自ら解釈して、それがみなセトモノの方へまわったのだろう、青い染付が好き、赤絵結構、ウナギ、ドジョウのような瀬戸、唐津が大すきだからだ。

赤い身の魚の中で鮭鱒は例外とする。生鮭《なま》の味噌漬けなど好物中の好物だが、塩鮭もまたよろしい。子供の頃、塩鮭のことをあきあじといった。そのあきあじについて思い出がある。毎年暮近くなると、幅二尺、縦五尺くらいの大箱が二三箱、遠く北海道から送られて来た。その中にあきあじがいっぱいつまっていた。その一匹ずつに熨斗をつけて、出入の職人や嘗て内に女中として奉行し、今はどこかのおかみさんになっているその家々へお歳暮として届けられるのであった。

今は封建制度というと一も二もなく罪悪のように思う。しかし私ども子供の時分田舎の一商家にも封建制度のかけらみたいなものがのこっていた。盆暮や何か祝儀不祝儀のあった場合、嘗て奉公した番頭や女中達が、今は立派に一家をなしていても、白髪になるまでみんな集まってきた。

そのおのおのが我が家のように振るまい、歴戦の武士が戦功を語るように、先代にこっぴどく叱られた、算盤で頭をなぐられたと誇らしげに語るのである。大したおじいさんだった、えらいお母さんだったなどと、主家の子供にいい聞かす。

古い番頭などには権威があって、主人の子供といえども歯がたたない。土蔵《くら》の中のどこに何かある、物の出し入れ、それはいちいち番頭にきかなければどうにもならない。嘗て奉公した女中さんの娘が年頃になるとまた奉公にやってくる。昔の女中さんが若がえり生れかわって再びあらわれたようなものであった。

雇うの雇われたのそんな水くさい関係ばかりではない、もっとほのぼのとしたあたたかく血の通ったものであったように思われてならない。

封建制度のそうした半面を研究したら面白かろう。いくら何でも、ひどい面のみではああ長くはつづかなかったであろう。

（「新文明」七―十二　昭和三十二年十二月）

おシャレのすすめ

——慶應女子高卒業式における祝辞——

卒業生の皆様、おめでとうございます。父兄の方々もさぞかし御満足のことと、これまた心からお祝い申上げます。

私は永いこと幼稚舎に勤めておるものでございますが、戦後、慶應義塾が男女共学になりまして、幼稚舎もそのデンにならい、可愛いおかっぱだった皆様をお迎えしたのが昭和二十三年でございました。その方々が今日めでたく女子高を御卒業になりますについて、鷲巣先生から態々《わざわざ》お使いがありまして、一言御挨拶を申上げるようにとのことで、私は喜んで推参いたしたような次第でございます。先ほど私は戦後幼稚舎で初めて女子を迎えたように申しましたが、実は古い記録をたどって参りますと、幼稚舎では今から八十年ばかり前、明治十年前後には、僅かばかり、十人ほどの女の子がおりました。大体福沢先生のお嬢様方、それに黒田お順さんとか中沢およねさんとか、福沢家に関係の深い家々の娘さんたちでございました。幼稚舎には明治七年一月から、入舎した人の名をつらねる入舎名簿というものがありまして、今日も続いて十何冊目かになっておりますが、実はその帳面には女子の名前が全然出ていない。ところが、慶應義塾では明治の初めころから三十年代まで「勤惰表」というものがありまして、幼稚舎生から本塾生で大学生に至るまで、全学生生徒の成績を算術が何点で、国語が何点、英語、体操が何点と詳しく印刷して父兄へ配布いたしました。初めは新聞紙大の一枚の紙でしたが、学生の数が多くなると、今の雑誌を半分にした位の大きさのパンフレットにして各家庭に漏れなく配布された。それも成績順に名前が並ぶのですから、これを見た父兄は宅の子供はどうで、他所《よそ》様のお子さんがどうでと一目で分る、今の皆様なら人権蹂躙だとおっしゃるかも知れません。まわりくどいことを申しましたが、その「勤惰表」に当時幼稚舎にいた女の子の名前がチャンと出ております。中には男の子を見下げるように上席を占めているお方もあります。それにしても皆様はよい御時勢にお生れになって、そんなヒドい仕打を受けなくてすむ訳です。

それに今年は大学の入学志願者が無闇にふえて、他の高等学校から試験を受けて見事にパスするという事は容易なことではありません。皆様は無論よく勉強されてこの度大部分のお方が大学へ進学される訳ですが、それにしても試験勉強というような無駄な骨折りをしないで、本当に身についた勉強をされて来た訳で、その点でも皆様は恵まれておいでになる。祝福せずにはおられません。

それで、皆様が愈々揃って大学へ進学になる次第ですが、女の方々は何といってもやはり美しくありたいものだと思います。そこで、誠におこがましい話ですが、皆様に美人になる法、美容術と申しますか、その一端を申上げたいと思います。美しい人といって、美人にも昔は型がありまして、美人というからには、その型に当てはまらなければいけなかった。江戸時代の浮世絵などを見ますとよく分りますが、歌麿とか、春信とか、清長とか美人画家がそれぞれ特長のある美人を描いていますが、要するに細面《ほそおもて》の目は細く、鼻は高く、口は小さく、色は白くなければいけない。江戸で笠森おせんとか巻煎餅屋のおひさとか市井のそこはかとない名代の小娘というものも、どの画家が描いても公式に当てはまった同じ顔立ちをしています。

ところで、今日は全く事情が違っている。目は思いきり大きく、それに口も大きい。色だって決して白くはない。口は大きいのをさらに強調してルージュで大きくし丸で人食い人種みたいなお化粧をしていても、それがその人によく合って美しければ誰も何ともいわない、それで通るのです。ところで昔はそうは行かなかった。髪にくせがあり赤かったら大へんです。目がくぼんでいたら生涯それを苦に病んで泣かなければならなかった。然るに今日ではわざわざ髪を赤く染めてパーマネントをかけ、目にはシャドーとか何とか使って、たにしのように目をくぼませて見せる工夫をする。何たる事かと思いますが決してそうでない。とにかく世間の美人の型に自分を当てはめる必要はなく、世間の人を自分の型に引きずりこむ、要するに個性に生きるという仕合せな世の中になったもので、この点でもあなた方は仕合せな御時勢に生れられたものとお羨しい次第です。

しかし、ここで一つ考えなければならない。美しい人といっても、世間一般の職業婦人その他いろいろの人々の美しさがあると思いますが、あなた方のように、高等学校を卒業して揃って大学へ進学されるという、いわば知識階級の方々は、ここで一応考えて見る必要があるのではないかと思います。それは外面だけの美しさに加えて内面の精神的な美しさというものを十分お考えになってよいと思います。卑近な例ですが、例えば同じ美しい婦人にしても、その人が自分の美しいことを意識してそれが鼻の先にぶらさがっているとすれば、その人の持っている本来の美しさが半減されてしまう。またあなた方はお若く元気であられるからそんなことはないと思いますが、ここにも沢山列んでおられますが、あなた方のお母様くらいの年齢になりますと、満艦飾に美しく着飾った婦人が、電車に乗りこんでくるなりきょろきょろ見回して一寸の隙間があるとそこへ大きなお尻で割りこんで来られる。御本人には気がつかないかも知れませんが、側から見ていますと、あられもない姿で、大きなダイヤの指環が泣きます。やはり人間の心掛けとか教養とか精神というものが、如何に大切かお分りと思います。

もう一つ大切なことは、人間の美しさは外面だけではない。その人の全体から受ける一番の美しさは、ほんのりとした叡智のかがやきであろうと思います。世の中には白痴美というものも確かにあります。しかし皆様のように大学で勉強なさろうという方々は是非この叡智の美しさがあって欲しい。無闇に鏡に向って顔をなでまわすより、大いに勉強して教養を身につける、勉強と申しても必ずしも学校で教科書と取組むだけが勉強でない。各人各説いろいろ勉強があると思いますが、その身につけた教養がいぶし銀のようにどことなくあらわれ、叡智の光が後光のようにさしている、目や鼻や口など外的な条件をのりこえた美しさ、これこそ大学で勉強なさる皆様の目ざしていただく美しさだと思います。女の方はやはり美しいのがいい。大分長談義になりましたが、私の意のあるところをお汲みとり下さいまして、慶應の女子高出の方々はさすがに美しいといわれるように、お祈りして私のお粗末な御挨拶を終ります。御静聴を感謝いたします。

（「風」一一一　昭和三十九年）

蘭の思い出

南画の絵手本に「芥子園画伝」というのがある。これは清朝になってから出た本であるが、南画道の宝典といわれ、素人もこの本があれば、南画の真似事くらいは誰にでもできる。その道で飯を食っている玄人でさえ、大抵座右に備えておいたものらしい。昔あるヘッポコが田舎廻りをしている中に、ついこの本をおき忘れ、とたんに画がかけなくなったという笑話さえある。これには画のかき方と同時に、さすがは文字の国を思わせるすぐれた画論をともなって、これを読むだけでも結構楽しい本である。

初版は康熙何年であったか、これはメッタにない。戦前、日本の某書肆に出て、満州国の図書館へ当時の金で一万円也とかで買われていった。その後あの本がどうなったかと、よく話題にのぼる。その次の乾隆版や天啓版は、今では、希覯はチと大袈裟にしても、そうざらにはない筈である。ただ芥子園画伝ということになれば、いくらでも、それこそ掃いて捨てるほどある。日本でも昔五車楼版だの河南版だのと複刻版も出たが、シナから直輸入の本がどれほど入ったか想像もつかぬほどである。近頃、和本専門の古本屋というものが全国に殆どなくなったが、それでも幾らか和本を取りあつかっている本屋があったら、その棚のどこかに芥子園の零本の一冊や二冊は見つかるであろう。

それほど芥子園画伝は、江戸時代には広くおこなわれたものである。どこの床の間にも、まさか遊女の錦絵をかけておく訳にも行かない、ツク芋山水の南画でなければ世が明けなかったのである。

この芥子園画伝を私はシナの版画の秀れたものとして見ているのである。そうすると、巷間に広まっている末期のものではどうにもならない。康熙版は及ばないとしても、少なくとも乾隆版かせめて天啓版を手にとらねばなるまい。シナの版画というと、人はとかく、あの西洋画の影響を受けたという大きな姑蘇版を問題にするが、私は芥子園やそれより古い十竹斎画譜、その他、明版の小説本の挿絵などに余計心をひかれる。

主題から離れてわき道へそれて来たが、ついでのことにもう少し言わしてもらいたい。西洋の版画もよいし、日本の版画、浮世絵はむろんのこと、銅版でも石版もよいが、お隣のシナの版画もなかなか宜しい。芥子園画伝はそのよい一つだと私は思うのである。今仮に画伝の中の翎毛花卉篇の中の一枚を額に入れて知らん顔をして人に見せたら、少数ながら胸をときめかす人があるに違いない。江戸時代にも、その味に魅せられたと見えて、大岡春朴なんていう人は、その味を生かした「明朝紫硯」なるものをこしらえている。随分よくできているし、近頃珍重されるようであるが、私はやはり本家の方が本家だけのことはあると思っている。

私は実は蘭の話をしようとしているのである。ちなみに芥子園画伝の中に四君子の一つ蘭譜がある。蘭を描くについての心得が色々述べてある。「蘭を画くは全く葉にあり、故に葉を以て先と為す」の書きだしで、「葉は数筆と雖も、其風韻飄然として、霞裾月珮の、翩々として自由にして、一点の塵俗の気無きが如くなれ」「能く意到りて筆到らずして、方に老手と為す」とある。また花を描く方法としては、「花を画くには、偃仰、正友、含放の諸法を学んで会得すべし」といい、点心の法にいたっては、「蘭の心を点ずるは、美人の目有るが如きなり、湘浦の秋波、能く全体を生動せしむ、則ち伝神は心を点ずるを以て阿堵と為す、花の精微は全く此に在り。豈に軽忽にす可けんや」とうまいことをいっている。

さらに「画蘭訣」の条には「蘭を写すの妙は気韻を先と為す。墨は須く精品なるべく、水は必ず新泉なれ。硯は宿垢を滌い、筆は純にして堅きを忌む、先ず四葉を分ち、長短を元と為す、一葉交搭し、媚を取り妍を取る、各々の交葉の畔、一葉仍って添う。三中四簇し、両葉増々全し。墨は須く二色なるべく、老嫩盤旋す。弁は須く墨淡かるべく、焦墨は萼鮮かなり。手は掣電の如く、遅延を用うるを忌む。全く写勢に憑る。正背欹偏、其の宜しきに合い、分布自然たらんことを要す。含は三開は五、総て一に帰す。風を迎え日に映ずるは花萼娟々たり。霜を凝らし雪に傲《おご》るは、葉半ば垂れて眠る。枝葉の運用するは、鳳の翩々たるが如く、葩萼の飄逸なるは、蛺の飛び遷るに似たり。云々」と果てしがない。繰りかえしていうが、シナ人というものはうまいことをいうものである。

ところで私も昭和九年から約十年間、戦争で学校の子供達と疎開するまで、一時シナの蘭にこったことがある。シナ蘭は一に文人蘭などといって江戸時代から、一部の文人墨客に愛された。蘭の語源やその分類については、昔から本草学者の研究の対象となり、本も色々あるようである。松岡玄達の恰顔の恰顔斎蘭品とか高城某の「蘭泉余摘」とか、出雲藩の医者山本良臣の「古今蘭草弁誤」とか、また屋代弘賢の編纂した「古今要覧稿」の中に詳しい記事がある。ただここで私がいいたいのは、今から見ると、江戸時代のシナ蘭なんて実に貧しいものであったということである。いや明治時代になっても、いわゆるシナ蘭の銘品なるものは舶載されなかったらしい。それが証拠には私の手許に、吉田市十郎（刀川）という人の「培養蘭薫記、幷方書」という手控えがある。戦前古書展で求めたものであるが、私と同じ姓の吉田市十郎という人、身辺の人名辞書には出ていないが、相当の人らしい。美濃判の大きな罫紙四、五十枚、それも、内務省と大蔵省の罫紙を使っているから、何れ、その辺に関係があり、蘭に関して書いてある内容から見て学もあり金もある相当な人であろう。

この手控えは明治十七年の晩春に筆をおこし、大体明治三十八年まで折にふれて墨朱二様の筆で書きこんでいる。内容は殆どシナ蘭で、何時どこの植木屋から幾篠のものを幾らで買い、鉢はどういう模様で、何年何月植えかえて幾篠になり、何月何日に肥料をやり何時株分けしてと詳しく書いている。郷里はどこか知らないが、結局、明治三十八年四月二十七日に帰国する時、この蘭の鉢を全部郷里へ持ちかえっている。相当の愛蘭家であることは間違いない。シナの蘭の本「金漳蘭譜」なども見ているし、蘭を買った植木屋も一流、鉢も相当のものであり、通読して栽培の腕のよいこともよく分る。仮に買いつけた当時の蘭の値段を写しとって見ると、明治十七年陶氏寒蘭十八本立ちが四円五十銭、翌明治十八年報歳の十三本立が八円であった。当時の四円五十銭、八円を米の相場から押して行くと、明治十七年には米一石が四、五円、十八年には六円いくらであるから相当なものである。それに今日のシナ蘭の買い方とちがって、十幾篠というに至っては、やはり時代が時代いかにも鷹揚である。

この吉田氏は当時シナ蘭にかけては相当の人であったに違いない。ところで氏はどんな蘭を持っていたか。豊歳蘭、陶氏寒蘭、西湖蘭、素心蘭、玉魫蘭、大明蘭（報歳の一種か垂葉）、小蘭、陶氏蘭（支那産寒蘭に似て五月頃開花）、鳳蘭、建蘭とザッとこんなものであった。

ところで、シナの蘭蕙や素心や寒蘭のいわゆる銘品が輸入されたのは、昭和の始めの頃らしい。日本橋人形町シナ雑貨商小原氏はシナに二十年もいた人だそうであるが、この人が昭和の始め頃、シナから名のある春蘭や蕙を持帰り、いわゆる文人仲間に見せたところ、センセイションをおこして、それから急に園芸界の一部にシナ蘭が盛んになった。私がその仲間に入ったのは昭和九年であるから、遅い方とはいえない。

さて、このシナ蘭の銘品なるものは、芥子園画伝で教える蘭とはおよそ違う。画伝では自然に自生する、いずれを見ても山家育ち、その風情を理想とする。「茎は繊包の葉に裹まれ、花は濃墨の心を分つ、全開は方に上に仰ぎ、初放は必ず斜に傾く……五弁は掌の如きを休めよ、須く指の曲伸に同じくすべし、蕙茎は宜しく挺立すべく、蕙葉は強生せんことを要す、四面は宜しく攢放すべく、梢頭は漸く英を綴る、幽姿の腕下に生ずるは、筆墨為めに神を伝うればなり」こんなのは、何としても銘蘭の姿ではない。

今から思えば、野人たる私には似合しからぬものであったとも思う。しかし蘭は蘭でも、その端正な葉と花の姿、それにえもいわれぬ芳香をともなって、この世のものとも思えぬ美しさ、それによく似あったシナ鉢、私はついにそれに魅せられて財布の底をはたいた。今の浪人書生たる私風情には手のとどかぬ高嶺の花達である。今はすべて名残の夢であるが、せめて嘗て私の手許にあった銘蘭の名をとどめておきたい。

一、春蘭

宋梅、竜字、老十円、張荷素、宜春仙、文団素、緑英

二、蕙

大一品、金嶼素、如意素

三、秋の素心

鉄骨素心、大屯素心、竜眼素心、観音素心、白雲素心、十三太保素心

他にも色々あったようだが、大方忘れてしまった。知る人ぞ知る、これだけ今あったらちょっとしたお大尽である。これらの蘭のいちいちには相当古い歴史がある。中には明代の初期にさかのぼるものさえある。しかしこういう蘭が江戸時代に舶載された形跡はない。画僧雲華は名だたる蘭好きで、長崎へ蘭が着いたと聞くと、何をおいてもスッ飛んでいったと伝えられるが、無論山採りものだったであろう。今日雲華素心と伝えられるものは、これはまぎれもない秋の素心であり、唯一の銘品にかぞえてよい。

今日蘭といえば、一般には洋蘭を指すようになった。殊にシンビデュームの類は我世の春をうたっているように見える。美事ではあるが品がない。シップも面白く、カトレヤは華やかでエレガントであるが、空々しい。デンドロやオンシジューム、殊にヴァンダなど、いかにも西洋蘭では好きな方であるが、私にとってシナの蘭に及ぶべくもない。ただその銘品を座右におくなどということは今や昔の夢である。

（「三田評論」六五九　昭和四十二年三月）

明治のお正月

明けましておめでとうございます。今年はいよいよ明治百年のお祝いのある年で、私ども明治生まれのものは、何だかうれしく肩みがひろい気がします。

今月はお正月、福沢先生のお生まれになった月で、幸い私も一月生まれ。そこで明治時代のお正月の話をしようと思います。ただ明治時代の正月といっても、私がけいけんした正月のことですから、身許をはっきりしておかないと話がわからないと思います。私は越後の柏崎という日本海岸にそった小さな町に生まれました。それも町の真中で、呉服屋のせがれ、五男坊です。お店の間口はなかなか広くて二十何メートル、三十メートルに近い。奥行はその何倍かで、店と住居はつづいていて、だだっ広く大きな家で、小部屋というものがない。そこに家の者、お店の人、女中さん方合わせて三十人くらい、賑やかなうちでした。

暮になると、お店では新年の売出しの準備にかかる、お客様への歳暮、売出しの景品、宣伝用の広告入りの新聞の発送、今なら、それぞれの店屋にたのむところを、当時は何でも家でする。みんなで福袋用の袋をつくりその印刷もうちでする。はなはだしいのは、お店をかざるほおずき提灯につかうろうそくまでうちで作った。むろん舶来のきかいで、しんちゅう製、初めにしんになる糸をあちこちと通し、銅の大きなお鍋でとかした蠟を、きかいの隅にある穴にそそぎ、水をはったたらいにつけて冷す、水からとりだして、きかいのふたのようなものを持ちあげると、ろうそくが二、三十本ぶらりと二列にたれさがる。鋏でちゃきんちゃきんと切りおとして、ろうそくができあがる。しろうとくさいものでなく、世間で売っているのと同じようなろうそくができるのでした。こんなことも正月の前ぶれのように思われました。

暮の二十四、五日頃になると餅つきです。近くの農村のおひゃくしょうさんが六、七人、毎年同じ顔ぶれで、この人達は何かあれば（例えば火事というような）とんできてくれる人達です。餅つきの道具がどこにあるか、うちの人よりよく知っていて、夜中の二時頃からぽんぽんと餅をつきだす。五、六人輪になって大きな臼と割りと小さな杵で、めまぐるしいほど勢よくぽんぽんとつく。東京で小さい臼と大きな杵でゆうちょうにつくのとはまるでちがいます。私ども子供は四時か五時ころおきだして、もうもうと湯気のたちこめる餅つきを見るのです。たまにつかしてもらっても杵が餅にこびりついてはなれない。そのお餅をちぎったり、のしたりするのはおひゃくしょうさんで、女中さん達や、何かというとお手つだいにきてくれた尼さんがしまつする。青い顔をした尼さんは話題がほうふで、よくみんなを笑わせました。

二十五日には、お仏間に天神さまをかざります。お店の一番古い番頭が土蔵から天神さまその他の道具の入った大きな箱をとりだしてくる。お雛さまのような段をくんで、その一番上に天神様、それから左大臣、右大臣、その前にお三宝にのせたおかざりの餅、その他ごちそうのお供物をし、後に書き初めをそなえたりする。その天神さまの上にたたみ二じょうにもひろがるほどの枯枝をかざし、その枝にもなかの皮のようなもので作ったお菓子のおもちゃがいっぱい色あざやかにぶらさがり、今思いだしても胸がわくわくするほどです。

一月一日は四方拝の式があるので学校へいきます。もめんの紋付はかま姿で、雪道は下駄の歯に雪がくっついてころびやすいので、小学校一、二年のころはお店の人におぶさっていきました。

大きな雨天体操場に生徒がいっぱい行儀よくならび、はるか向うに白木のお厨子のようなものがあり、その中に明治天皇様のご写真がかざってある。ただし扉はしまっている。その頃の先生は和服か洋服でもみんなつめ衿でした。ところが校長先生ただ一人フロックコートで白い手袋をはめ、ご真影の入っている扉をあけようとなさると、どういう仕掛けになっているのかぎぎっというような音がする。それが何ともいえない神々しいような感じがした。その間生徒はせき一つできない。長い校長先生のお話があって、お正月の歌をうたう。実はその前の大晦日の晩、座敷の戸を全部とっぱらって、家の者、お店の番頭、小僧さんみんなでめいめいお膳に向かうと、主人のほか全部の者のお膳の隅に紙包（お歳暮）がおいてある。私たち子供は五十銭くらいから年々上り、中学生の頃は五円くらいまでになった。式場でもその使い道をかんがえ、二日の買い初めが楽しみでした。

（「幼稚舎新聞」一一一八　昭和四十三年三月十九日）

わが師の恩

私は大正三年に田舎の小学校を卒業し、関東大震災のあった翌年、大正十三年に塾の文学部史学科を卒業した。卒業するとすぐ幼稚舎の教師にしてもらい、そこで略々《ほぼ》一生の大半が終った。

田舎の小学校は、生徒数千五百人という大きな学校で、雨天体操場で、卒業生を前列に、全校生徒が参列して式があった。紋付の着物に羽織、袴をはかせてもらって式場に臨んだ。今はどうか知らないが、私の子供の頃は父兄なんか一人も来ていなかった。卒業の歌というのを歌ったが、「仰げば尊しわが師の恩」というのでなくて、歌詞は次のようなものであった。

業《わざ》をし果《はたせ》し嬉さは　抑《そもそ》も何にか比ぶべき
山なす人なか分け行きて　終りの証《しるし》を得る心
手に手をとりつつ交りし　親しき思いをその儘に

別れて年月隔つとも　互の心は変らじな

字句が少し違っているような気もするが、大体こんなものだったと覚えている。歌詞もメロディーも完全に明治調で、佳作とはいえないがどこにもひっかかる処はない。他人《ひと》にきいて見ても、こんな卒業の歌をうたった人は余りないらしい。大抵の人が「仰げば尊し」をうたったという。しかし、私はながいこと小学校に勤め、年々歳々卒業式のたびに、この歌をきかされた。きく度に妙な気がするのである。「仰げば尊し我が師の恩」なんて教えこんで歌わせて高い壇上からこれをきくのである。子供達が大きくなって、偶々そんな風に思ってくれたら忝けないが、こちらから「仰げば尊し」などと教え込む筋合ではない。親がわが子に向かって孝行なさいというのと同然である。人間と生れて親の恩、師の恩を感じるのは当然で美わしいことではあるが、それは先様のことで、こちらから申出る筋ではない。教師になってから師の側に立って毎度そんなことを考えながらきいた。

私は今になって、昔教わった小学校、中学校の先生方に深い恩義を感じている。殊にひしひしと思うのは塾で習った先生方、それに塾の当局に対してである。先に申した通り、大正十三年といえば、前年の関東大震災で煉瓦造りの大ホール（今の西校舎の辺り）はかなり傷んだ筈だったが、卒業式はやはりそこで行われた。この年卒業生の数は文、経、法、医科の全部で九百九十九名、千名に一名欠けるという年であった。その中文学部の学生は三十名そこそこで、この約三十名が哲学、純文学、史学科と分れ、それがさらに例えば哲学科では哲学、美学、社会、教育と分れる。私は史学科で僅かに四人であった。四人の中二人休めばアトはタッタの二人きり、時には一人のこともあった。それで天下に名だたる立派な先生の講義を受けるのである。真面目な先生は、その二人三人のためにノートを作り、古い記録文書を風呂敷に包んで持って来て見せて下さる。宛《あたか》も塾から立派な家庭教師をつけて貰ったようなものである。

どうしてあんなことができたのであろうか。経済学部、法学部の余裕が廻されたのであろう。今の幼稚舎の経済はまぎれもない赤字であるが、少なくとも戦前にはある程度、時には大きく大学へ貢いでいたらしい。塾の百年史を見ても、そんなからくりはどこにも書いてない。せいぜい年々の入学金と授業料、全塾の総収入と総支出、プラスかマイナスが挙げてあるに過ぎない（慶應義塾百年史附録）。私も先年お粗末ながら幼稚舎の九十年史を編んだが、やはり創立以来の入学金と授業料の表を掲げ得たに過ぎない（これでも曖昧の時代があったりして多少苦労した）。何とか、もっと経済のことを書けずにしまったことを口惜しく思っている。とにかく塾当局の苦心と教職員の犠牲（薄給）に於てどうにか辻褄を合せて来たのであろう。それを思いこれを思うと益々わが師の恩を思うこと切なるものがある。

（「三田評論」七一三　昭和四十七年三月）

沈丁花と浜木綿

四月に入ると、急に木々花々が活気づく。その様を特に三田の山で捕えたいのである。塾が新銭座から旧島原藩の中屋敷であった三田の山へ移ったのは明治四年の春のことでもう百年になる。福沢先生は、敷地一万何千坪、高燥の地で海浜の眺望が良く申し分がない、御殿を教場にしたとか長局《つぼね》を書生部屋に当てたとか言っておられるが、敷地内の庭や樹木のたたずまい、そんな事については一言も触れておられない。それに比べて、塾裏の綱坂を上りつめて三井倶楽部の前辺りにあった有馬屋敷は、錦絵や泥絵に描き残されているから、元の面影がいささか偲ばれる。

三田の山は、元島原家の中屋敷といえば、庭があり庭木があって、その木が今に生きていたら壮観だったろう。現に私達が学生の頃、塾監局前には池があり、三田演説館が図書館の書庫前にあった頃は、その前に横に枝を張った松の大木があった。（今三田の山に松の木は一本もない。）

福沢先生は、およそ花鳥風月とはご縁のないお方かと思っていたが、ついこの間、先生の書翰集を繙いていると、近頃忙しくて広尾の別荘に花を見に行く暇のないのはアホらしいという意味のところを見出して、私はああそうかと思った。そういえば、昭和十二年に幼稚舎が三田から天現寺、つまり先生の広尾の別宅跡（幼稚舎が移る前は大学の寄宿舎）に移り、その後間もなく千坪ほどの土地を福沢家から譲られた。その時、私はすぐ福沢先生は花木がお好きだったのだな、殊に椿を愛されたのではないかと思った。拡張された敷地内には梨や桃、海棠、木瓜、こぶし、茶、極端に花の小さな珍しい桜の木があり、椿が大小沢山あった。あるいは一太郎氏が植えられたのもあろうが。（今はもうない。）

三田の山でも、先生は色々な花を作っておられたと見えて、詩の中に、子供が花をつまむのは花を愛するからだ、でもどうか摘みとらないで欲しい、その代り書を書いて遣るというようなことを誦みこんでおられる。悪戯をしたのは、恐らく童子寮の子供か幼稚舎生だったろう。

さて、三田の山はぎっしり建物がたちならんで、新しく木を植える余地もない。それでも演説館を移築した稲荷山の一角にはこんもりした森があり、中には塾が越して来た当時からあったのではないかと思える大銀杏がある。その他銀杏は、南校舎の下をくぐって上ったところに一本、塾監局の両翼に各一本ずつ、かなりな大樹がある。それぞれ立派であるが、銀杏というと官公私立の大学の構内には必ずといってもよい程兵隊のように並んでいるのはどういうものだろう。三田でも、銀杏はお行儀よく並んでいる。幻の門を入って図書館前の石段を上ると枳《から》殻《たち》、左斜面へ進めば桜の並木。それで、塾で特に目だつ木といったら何だろう。決して珍しい木ではないが、その昔図書館と大ホールと塾監局の外は皆木造といった時代に、どういうものか沈丁花がいたる所に植わっていた。図書館の前、ヴィッカースホールの横、大ホールの前、万来舎の入口から玄関までの両側、それが三学期の試験頃、卒業式の間近になるとびっしり花をつけてぷんぷん匂った。沈香と丁子のまざった匂、まさか。とにかくあの頃学生だった塾員は沈丁花というと三田の山を思いだすだろう。

戦後、南校舎のスロープには、大きな泰山木、粉をふりかけたような白っぽい葉のオリーブ、どなたの寄進かよい思いつきである。それに珍しいのは同じく南校舎の斜面にびっしり植えこんである浜木綿。紀州出身の塾員からの寄贈だが、暖国産故、東京で冬が越せるかと危んでいたが、案外丈夫に育って寒い間はションボリしているが、暖かくなるとむくむくと幅広い黍のような葉をひろげ、その天辺から蟹が鋏を持ち上げるように花芽を出し、やがて細い花弁の可憐な花がむらがって咲く。これにも芳香がある。ただ惜しむらくは、この花の咲く頃は、丁度夏休に入って、大抵の学生は学校を散って行く、三田の思いでとなるや否や。

（「三田評論」七一四　昭和四十七年四月）

花・木・野草

一

花や木を好きな方で、私は人後に落ちないと思っている。子供の時分から「ションキ、モモノキ、アンズン、タネノキ」と呼びながらごみ溜をあさって桃や梨や杏の芽ばえを探し歩いた。中学生の頃になると、横浜植木会社（当時横浜植木会社は権威あるもので今日あれほどの規模の植木会社はなさそうである）のカタログをとり、たしか安田出身の阿部頼三君（今はどうしておられるだろう）というのと将来、松戸の高等園芸学校へなどと空想した。

学校を出て（大正十三年）大久保百人町、鵜ノ木、中目黒と所を変えて昭和十三年の夏、上野毛へ移った。当時、上野毛などいっても誰も知るものがなく、殊にゲの字の音が少しいやだった。支那事変で戦死した高級盆栽屋さんの家で、敷地が三百坪ほどもあった。乳飲み子をかかえた未亡人は、この子が一人前になるまでいて欲しいなどといわれた。リューマチとかで右足が不自由なお人だった。敷地が広いので、忽ち草花熱がこうじて牡丹、西洋水仙などを集めたが、それから東洋蘭に移っていった。

ところが間もなく、未亡人の身辺にごたごたが起きて私はそこを出ねばならず、急に思いたって、上野毛の家のすぐ近くに家を建てた。昭和十五年の秋である。借りた土地は百二十五坪、当時、戦争は長びいて、家の広さに制限があり、二十七坪半の家を建て外に五坪の小屋をたてて書庫に当てた。かなり大きな桜の木が一本だけの更地で、桜は毛虫がついて困ると切ってもらい、その後は、いわゆる庭木を植えないでもっぱら雑木、雑草を植えた。ナラやクヌギ、ハゼ、コブシなどを植えた。洒落ているのは、ローバイ、マンサク、サンシュユ、ゴンズイ、マロニエなど、それに無闇に椿を植えた。「光源氏」を例外として、みな一重の茶花に使えそうなのを結局、三、四十本植えた。後に心《しん》の大きな熊本椿を三本いれた。次いで野草、山草に移っていった。近頃流行になり専門書まで出たエビネランなど、この春は百本から花芽がたち、いささか得意であった。その他、庭にあった野草の名はあらかた「植物の友」に書いたから省くとして、近頃漸く植えたものでなく、昔から自然に庭に生えているような風情になっていて楽しんでいた。

それが五十年ぶりに柏崎へ帰って来た。東京に心がのこったのは正直なところ、三十何年親しんで来た雑木と野草、山草であった。

ところが、柏崎も変ったが花田屋も変った。昔は店の隣りにレッキとした庭もあったが、今は土蔵は一つを残して全部つぶされ、大きなアオギリも藪のようになっていたイチヂクの木もむざんに切りたおされて、全部コンクリートになった。花好きの私をあわれんで直太君が屋上に四坪ほどの庭を造ってくれた。工事の進行中、これを見た大抵の人が多分錦鯉を飼う池だろうといったそうである。なるほど錦鯉は美しいには違いないが、私にもし自由があって大きな池を持てるとしたら錦鯉は飼うまい。紺色を帯びた黒色の真鯉を飼うだろう。真鯉が悠々と泳いでいる姿、美しさに於て、私はこの方を選ぶだろう。

さて、屋上にしつらえられた四坪の庭である。東京から持ち帰った椿三本（黒紫の一重一本と紅白の熊本椿二本）と幾種かの野草と山草をもって来た。珍しいものは何もない。ショーマ（信州の高原のそれと、家で西洋の赤のショーマと自然に交配して出来た新種の桃色のショーマ）、ヒトリシズカ、ホタルブクロ、カンゾウ、ツルキキョウ、イカリソウ、カンアオイなどなど。

柏崎を象徴する木と花はクロマツとユリだそうである。なるほど街を歩いていると、立派なクロマツがなかなか多い。ユリの方はときけば、別に近くの山に沢山あるわけでなく、何となくそうなったので、これからユリの栽培を奨励するのだそうである。それに町をあるいて目につくのは、私の子供の時分にはなかったキョウチクトウ（不思議に一重なのがない）、それに昔ツクバネ・アサガオといったペチュニア、ヒデリソウ（今はマツバボタンと一般名で呼んでいるらしい）。ペチュニアのダブルは茅ヶ崎の坂田で年々改良して多くアメリカに輸出しているようであるが、私はシングルの方が好きである。先月八月十一日の夕、花市にいって見たが、昔ながらのオランダギク（エゾギク）、センニチソウ（ダンゴバナ）、キキョウ、オミナエシ、ハスなどがあって懐しかった。

私は四坪の庭に何を植えようとするのか。多く柏崎地方の海辺の草、山の草でうずめるつもりである。既にハマナデシコ、丸葉のヒルガオ、長葉のスミレ、ツボスミレ、オオバコ、ゲンノショウコ、ミゾソバ、イヌタデ、など貰ったものにキフネ（桑山さんにキフネといっていただいたが牧野さんの植物図鑑にあるキブネギクというのだろう）、リンドウ、ショウジョウバカマ、ハマエンドウ、シュウカイドウ、買ったものにはオミナエシとキキョウがある。

ところがつい近頃、一大発見をした。図書館裏をうろついていると、四弁の小さな白い花の蔓草が竹藪の一面を覆っている。よく見るとまぎれもないクレマチス科のセンニンソウである。私はこの花を信州の高原で見た。図書館の裏山はすなわち専福寺の土手の竹藪である。これは幹が案外に太くからみ合い、それが竹藪の中ときているから、老人の私には手におえない。専福寺の奥さんにことわり、強そうな店の人について来てもらって苦心の末、やっと掘りとることが出来た。ところが竹藪の上の方で、また思いがけないナツズイセンの花を見つけた。桃色でアマリリスの花を少し小さくしたような花で、五、六十センチも太い茎のてっぺんに咲く。花は咲いているが、葉は全くない。一体にヒガンバナやリコリスの類は花と葉が時期をかえて出て、いわばすれちがいの夫婦である。これも寺の奥さんの許可を得て掘らしてもらった。目の覚めるように肥えた球根であった。これも信州の高原で見た花である。

センニンソウとナツズイセン、この二種類の野草を得て喜び勇んで引上げて来た。ナツズイセンは早速地植えにし、センニンソウの方は、見るも哀れな丸坊主、枯木のようにして大一番の鉢植えにした。ところが今日は植えてから九日目、もはや枯木のいたるところに新芽をふいている。

二

この間「柏崎だより」に野草のことを書いたら案外反響があって方々からお便りをいただいた。図にのってもう一度、野山草のことを書く。

良寛は自分に嫌いなものが三つある、書家の書と料理屋の料理と詩人の詩といったが、書家の書だけは確かだが、アトの二つは心もとない。第一、良寛が托鉢して歩く身で料理屋の料理云々もないものである。第一、良寛はそんなおおそれたことをいう人ではあるまい。書家の書や詩人の詩が嫌いだといったとすれば、それは何かうなずける気がする。

どこの世界でもそうだが、あんまり、その道をいい加減きわめた数奇者とかいうものは始末の悪いものである。茶人なんていうのがその最たるものであろう。

野草とか山草とかいっても、カヤツリグサとかネコジャラシとかウツボグサくらいを楽しんでいる中はよいが、少し病がこうじてくると、ただの素直のものでは面白くない。どこか変っていて、他人のところにないものが欲しくなる。その第一課が斑入り（昔の本には布入りと書いたものがある）。緑色のシュロ竹やカンノン竹はそれ自身美しいのに、それに斑が入っているると忽ち、それが一段と美しく見えるものらしい。それは面白い。またちょっと美しいところもあるが、美しいのと珍しいのを取りちがえるのである。その斑がたとえば蘭に例をとれば覆輪になって出るのもあれば、縞になって出るのもあれば、虎の尻尾のように、ぽつぽつといわゆる虎斑となるものもある。それが山取りでどこにもないとサア大変、物々しい名前がつけられて値段は鰻上りにのぼって行く。その道の人でないと、それが珍品だということも分らないし、如何に名画を見つけている人でも、その天下に名高い斑入りの蘭のどこが美しいのか分らない。この斑入りというものは実に何にでもあるらしい。文政頃、植木屋の金太とかの著わした「草木奇品家雅見」（三冊、嘗て所持していたが人にあげてしまった）や同じく植木屋の出版と思われるが「草木錦葉集」（八冊）などを見ると、よくもよくも何にでも斑入があったものだと感心する。前者には何時誰が持っていたのを写生したといちいちことわり書きがついていたと記憶する。

しかし私はくれぐれもいっておきたいのは、私は気が多くて絵も好きでありセトモノも好きであり漆器も好きであり、裂地《きれじ》も好きであり野草も好きである。要するに美しいものなら何でも好きということになる。そのまた美しいというものにいちいち好みがあって、人が美しいといえば何でも美しいと賛成する訳には行かない。自分の目の篩《ふるい》にかけなければ好きになれない。

花の方でもその道のいわゆる数奇者、大家と称する人をこれまで何人も知っていた。大詰にいくといつも私は付いていけないのである。私は一時東洋蘭（中国の蘭）にこったことがあり、その銘品と称するものは大抵持ち、シナ鉢にもこったことがあるが、段々玄人の中へ入って行くと、蘭の花のゆかしさ、その芳香とはおよそ縁のない花の形のグロテスクなヨコチョウなどの徳をたたえるのである。つまり蘭らしくない滅多にない奇形で、天下に幾鉢もない、外国へ輸出すれば高く売れる。（私の知っていた文学博士でそんなことをやっているお方があった）

これは人間の引っかかる落し穴みたいなものであるが、美しさと珍しさをとりちがえるのである。先にいった「草木錦葉集」を読んで見ると、木や草を見る目を肥すには、奇品《かわりもの》を余計見るに限ると書いてある。しかし私はそうは思わない。これは絵や工芸品を見るにしても当てはまることである。ふだんから素直な美しいものを多く見るに限る。それに就いてもセトモノも裂地も美しいものを見ることである。木や草の美しさも同じことだと思う。素直な美しいものを多く見るに限る。そうして自分を反省することである。本当に美しいのか、珍しさに目をくらまされているのではないか、その上、世の中の人気、相場などにあやつられているのではないか。

これは人間として当然のことであるが、一つしかないとか、どこにもないということに力が入るのである。美しいということとは別物である。熊本というところは、昔から椿や菖蒲、菊の盛んなところで、それぞれの名人がいて、珍品が手に入り、それがふえると穴を掘ってうずめたという。その気持は分るような気もするけど、人間として妙な気がする。

野草の話から妙な方へ飛躍した。野草はセトモノにたとえれば、初期の伊万里のようなものだと思う。素朴で限りなく美しい。

（「越後タイムス」　昭和四十八年九月十六日、三十日）

ゴム長（靴）を買う

新年には方々から年賀状を沢山いただいた。印刷した文字のほかに大抵、雪が多くてお困りだろうというような文句が書いてあった。僅かばかりのこの一行が案外よいものである。私も何か一行書いて出したいとは思うが、敵は大勢に味方は無勢、思うに任せない。それに一月四日に上京した。ここ四五年の例で、毎年正月四日から、弘文社反町茂雄氏（長岡出身）蒐集の古典籍の展覧会が三越で開かれる。今年は別に反町氏の子分格に当る若い文車の会の連中が数人参加している。買えても買えなくてもこの展覧会は見落せない。「とき」第一号で上野駅に着き、いきなり地下鉄で三越へ直行する。正午には七階の現場に着いた。殆ど八割の本に赤札がはられている。天下の古書好きが顔を見せ、あちこちに知った顔が見える。会う人会う人が、大雪で大変でしょうという。

越後は一昨年と昨年、まるで雪が少なく、スキー宿などは大番狂わせを食った。ところが今年は暮の二十五日には大雪となり、列車のダイヤは滅茶苦茶になった。この日テレビは新潟二〇センチ、長岡一八〇センチ、塚山二メートルと発表した。ところで柏崎は約三〇センチであった。同じ越後でも雪の量はこんなにも違う。手紙で雪見舞をもらい、東京で会う人ごとに同情の言葉をかけられても、柏崎ではロクに雪がないのである。今日も平地でせいぜい一〇センチあるかなしかである。

越後の雪といえば、有名な本に「北越雪譜」というのがある。岩波文庫にも入れられて多くの人が知っていよう。私は幸いに兄の文庫の中に原本があったから取りだして読んで見た。美濃判の大冊、初篇天地人の三巻と、二編、春夏秋冬の四巻、計七巻。昔、在野の歴史家で異色の仕事を沢山された白柳秀湖氏が宅に見えた時、兄はこの一本を白柳氏に呈上してひどく喜ばれたと聞いたが、兄はその後新たに求めたのであろう。（あるいは最初から二部もっていて、その一部を白柳氏に呈上したのか、その辺のところは分らない。）

とにかく初篇は天保六年、二編は天保十一年に出ている。著者鈴木牧之《ぼくし》の履歴を私は詳かには知らないが、豪雪地帯の塩沢の産で、恐らく大地主で多くの文人と交わりがあり、相当の学もあり文筆の才もあり絵も描いた。江戸の戯作者山東京伝の弟京山とは殊に親密で、「北越雪譜」が江戸で出版されたのも京山の斡旋によるらしい。挿絵は牧之自身と京山の子京水が描き、（あんまり感心したものではないが）初篇が出ると忽ち七百部も売れた由で、それで二編も出るようになったのだろう。牧之は余程交際の広い人だったと見えて、彼が還暦の時、年賀の書画をかいて貰ったら越後の人は元より諸国の文人三都の名家、妓女、俳優、来船の清人まで加えて、いちいち牧之に贈るとかき、それが千余幅にも及んだという。

そんなことはどうでもよい事であるが、「北越雪譜」には豪雪地帯の雪にまつわる話が満載されている。しかし純粋の学者でないから雪に関係のないことまで手当り次第にそこはかとなく書いている。何といっても、昔の暦で九月から翌年の五月まで雪の中にあり、すさまじい雪、吹雪、なだれ、の傷ましい話が随所に紹介されている。雪は山の方へ一里(四キロ)入ると一尺(三十センチ)違うそうだが、牧之の友人で六日町の俳人が、雪の降りはじめから十二月二十五日までの間降る雪をいちいち計ったら十八丈(一丈は約三メートル)に及んだという。屋根の雪は順次下して往来は二階の窓の辺りの高さになる。座頭が二階の窓から降って来た話や、十二、三日も雪が降りつづいて、家の中は暗く、病人続出というような話も出てくる。何れも豪雪地帯での話である。

それに比べると柏崎地方は昔から雪の少ない地方で「北越雪譜」七巻の中、ただこんな話が一度だけ出てくるだけである。それはあんまり後味のいい話でない。話の筋はこうである。著者牧之の郷里に近い魚沼郡藪上の庄の村から百姓一人が柏崎へと向った。その路程(みちのり)は五里ばかりという。途中で麻商人(多分柏崎の人)に出会い、道連れになった。時は十二月の初、数日の雪もこの日は晴れたので二人は肩をならべて鼻唄歌って歩いていた。塚の山辺りにさしかかると、急に天候が変り暴風四方の雪を吹散して白日を覆い一寸先も分らなくなった。つまり猛烈な吹雪である。二人は互いに声をかけ励まし合っていたが、ようよう嶺を越えた頃麻商人、百姓に向かっていうようは、今朝は晴天柏崎までは大丈夫と思って弁当を用意してこなかった。空腹になって寒さ甚だしく、聞けば貴殿は懐に弁当をお持ちだそうな、六百文で売ってはくれまいかという。百姓は貧乏ゆえ六百文ときいて大喜び握り飯二つを六百文で売った。商人はこの握り飯を食い雪で喉をうるおして元気になり、百姓の先を進んで行く。日も暮れなんとして、今度は百姓の方が腹へり急につかれが出て、だんだん遅れて行く。ついに百姓は六百文の銭を抱いたまま死んでしまった。私が著者に不満なのは、この話に対してむしろひややかな感想を述べていることである。

とにかく柏崎地方は、越後の中で最も雪の少ない地方である。しかしこれから三月までは、時々何十センチかは降り、消えてはまた積もる。屋根から落ちた雪はたまって所によってはうず高く仰がれる所もある。少し暖かければ雪はとけ流れだして、道はびしょびしょである。ゴム長（靴）を買わざるを得ない所以である。

雪と寒さは物の数ではないが、私にとって目下苦手なのは毎日の天候である。関東では、既に二ヶ月も雨が降らず晴天つづきというのに、日本海に面したこの地方では、来る日も来る日も灰色の空で、いま日の目を見たかと思えば、その日の中をちらちらと雪がふり、忽《たちま》ちベソをかいて泣きだしそうな空に変る。半日と否二時間と明るい空は見られない。これは五十年ぶりに帰った私にとって実に苦痛である。しかし、周りを見渡すと誰もケロリとしていて、当然のことのような顔をしている。それを見て私はひたすら恐れ入るのである。越後人のねばり強さはこんなところから出て来るのかもしれない。

（「越後タイムス」　昭和四十九年一月）

花の本

私は長い間、早起き、遅寝の人間であったが、近頃すっかりタガがゆるんで、遅起早寝の標本になった。それでも、勤めがある訳でないから、仕事をする気さえ衰えなければ出来る道理である。

それで近頃楽しい日課の一つは、寝る前に、花の本をながめ読むことである。花の本といっても古い本もあるし新しい本もある。花の本については古くから心掛けていたから、案外のものが集まっている。殊に蘭に関する本にいたっては我ながら相当なものである。天下の善本の蔵書家横山重氏から、来たものが多いが、この本は実はアメリカの国会図書館に入るべきものであった。第二次の大戦が始まって宙に迷い、結局私のところへころがりこんだという訳である。去年の五月頃だったたか、園芸図書を多く出版している誠文堂新光社が、東洋蘭の豪華版を出すに就いて、その編集部から蘭に関する古書の解説を私に頼んで来た。ところが私が柏崎へ引込んだのは六月で、私の蔵書はその半年も前から荷造りしてあって、解説どころの話ではなかった。遺憾ながら事情を話して断わった。

それはそれとして、外にも花に関する古書は色々もっている。刊本もあるし写本もある。本草学者の筆と思われるものもあり、画家の筆のすさびと思われるものもある。人はあまり気がつかないようであるが、本草学者が丁寧に写生したものには、案外画として鑑賞すべきものがあって、その一枚をグレンジャライズして額に入れるなり茶掛けにでもしたら十分見られよう。花専門の本ではないが、昔南画家のお手本になった芥子園画伝の草木花卉を扱ったあたり、版画として最高のものと私は思っている。芥子園画伝に就いては、早くから私はそれをいい、機会あるごとに宣伝するのであるが、まだ、ついて来る人が少ない。いずれ私の予言が当る日が来よう。

出しぬけであるが、私は今宝暦五年に出た（私のは文化三年刊の再版本であるが）橘保国の描いた「絵本野山草」半紙判五冊本をとり出して眺めている。橘保国は、手許にある画家辞典によると大阪の人で狩野派を学び多く絵図を描いて暮した人のようである。ついでにいう。「今草花を図せんと欲して或は山野に逍遥し、或は樹家に徘徊して見る所の花を携え葉を袖にして其の名を尋て真偽を弁し新花の如きは出処を追ふて名を記す、茲に其佳なる物数十種を選び写す、題而絵本野山草といふ」。植物分類学によっている訳でもなし、索引がある訳でもないから、思う花をすぐ探し出す訳には行かないが心のおもむくままに頁をめくっていると実に楽しい。今の植物図鑑とちがって正確さはないが、そこに味があって面白いのである。私は寝る前に時々とりだしては眺めている。

実はこれよりさらに、私にとって最も楽しい本がある。万暦版の本草綱目のタッタ一冊の零本だが、その挿絵の稚拙といおうか、無邪気といおうか、それでいてその木や花の感じが心にくいほどよく出ている。零本でも結構楽しんでいる。ところがつい先日、新聞に懇意の出版社が国訳本草綱目複刻版の草木部出来の広告を出した。本草という学問は中国で不老不死の薬を探し求めるところから始まったものらしく、草木ばかりでなく動物（禽獣、虫魚、亀貝）鉱物に及んでいる。私は新聞を見ると、早速出版社に手紙を出して他はいらないから草木の部だけ頒けて貰えないかといってやった。早速、返事が来てあれは全部セットになっていて草木部だけ離して差上げる訳に行かない、口明《あ》けに、一セット全部先生に献呈しますといってきた。一冊五千円ほどで十四冊だから相当の金高になる。それをタダで進呈とは気前のよい話だ。つまらぬ遠慮はしないでありがたく頂戴することにした。国訳だから本文を読むのは楽である。あちこち開いて見ると、よく知っている野山草が漢名で出ている。よく知っているというのはいちいち画が出ているからである。それに現代の植物学者が註をつけている。難しい漢名が今の何草と分るのである。ところが註によると長い間に、名が間違って日本に入っているものがなかなかあるらしい。しかし挿絵の点になると万暦の原本のよさは国訳には見られない。

田舎へ引込んで一番悲しくウラブレた感じがするのは、図書館と本屋の店である。小説でも読みに行くのなら図書館も間に合うであろうが、特種の辞書といったらない。標準となるべき古典となればどこにもあるようなものの外はない。本屋も、新聞の広告で見た本は、大抵ない。好ましくない出版社の本ならある。注文すれば二十日はかかる。

ところが釣りとか勝負事とか園芸の本は案外のものが来ていることがある。桜井元さんの「草木抄」が出ていたのには驚いた。立派な大本で桜井さんは在京中多年親しくしていたから、あの本が出た時、わざわざ持って来て下さった。やぶれ傘だの犬のふぐりだの翁草だの野草が大写しに美しく捕えて写真になっている。写真はご自分でとられるのだそうである。桜井さんは日経や朝日新聞の園芸欄によく書いておられるから、知っている人もおられようが、何でも珍品を集めるのがお好きであった。オーストリヤのタンポポだとか満州の翁草とかどこ とかのテッセンだとか。それが「草木抄」では何でもない野草を多くとり扱われたのは大変な進歩である。桜井さんは他人のところにあるものは何でもさらって行き、但し自分のものは滅多に人に譲らない。私ども蔭口をきいて「売らん親爺」。（氏は今は止めてしまわれたが、元は園芸を職とし、ガーベラなどは新種を作ってアメリカへ輸出されていた。インテリで植物の原名をラテン語でべらべらまくしたてる）

それについ先日、書店の本棚に「エビネ蘭」の一冊を見つけた。田舎にもこんな本が来ているのである。この本のことなど大いに書きたいが、お後は交替のお時間が来たようで。

（「越後タイムス」昭和四十九年三月三日）

満苑御礼

私も柏崎へ帰って、やがて一年になる。早い早い。怠けて何にもしなかった証拠である。まとまった仕事をしておれば、早いとは思われないはずである。人間何にもしないでいると、どんどん日がたって行く。せめて今年の後半に期待したい、そういって自ら慰めているのである。タッタ一つ懸命にして来たことがある。それは天気がよければ、町中を散歩し、なるべく露地にも入りこみ、外から一軒一軒の庭を見て歩き、植木鉢に何がつくられているかを見て歩く。ついでにどんな植木鉢が使われているかもいちいち見て歩いた。大抵千篇一律で、感心して見とれるようなものには出遭わなかった。

去年の十月、この柏崎通信を書きだした頃、椿二本と外に野草を少し持ちかえったことを書いたと覚えている。直太氏が私のために造ってくれた屋上庭苑は約四坪であった。この庭を見た人は錦鯉を飼うための池だといったそうだが、私は野草を集めることに専念した。どの植木でもそうであろうが、植えたようなのは面白くない。殊に野草は植えたのでなく生えたのでなければならない。それには少なくとも三年はかかる。私はもう年をとっている。僅かに一年が大切である。野草に生えてもらうためには、その大切な一年が積みかさなって三年かかるのである。のん気にしてはおられない。あせるようにして野草を集めた。

最初出かけたのは裏浜である。コウボウムギは根が深くてとうとう採れなかったし、ハマゴウも根が深く根を引っぱっている中に尻餅をついた。ハマナデシコは偶然白花を見つけたが、ハマエンドウは見つからず、その中にIさんの奥さんが探して来てくれた。

それから野草採集の手は広がっていった。上京するたびにMデパートの屋上を探す。いつも四、五種は持ちかえるが、いかにも小苗である。一人前の見られるようになるのは何時のことか。それから少し遠出の散歩の折は必ず根掘りとビニールの袋を持って出かける。専福寺の裏の竹藪で発見したセンニンソウとナツズイセンなどは、根掘りくらいでは手におえず、屈強の若者の手を借りたが、思いがけない獲物であった。

親戚を訪ねて、ヤブコウジと肥えたショウジョウバカマ、ユキワリソウをもらった。街の植木屋の店をのぞく。オミナエシがあったりキキョウがあったり、近頃では西洋のアワモリソウ（スパイレヤ）これは日本のショーマであるが、少し派手で、私の庭には似合わないかも知れない。

つい先だって桑山さんと加茂の青梅神社に詣でたというより、雪椿を見にいった。境内五万坪、二人でやっと抱えられそうな杉の大木が無数にあり、その間にいわゆる雪椿が藪をなしている。雪椿には千何百種とあるそうであるが、私はまだ納得のいくような雪椿にはお目にかからない。私には何でもはっきりした好みがあって、人がわいわい言っても動じない。

また同じく桑山さんと平井に行きUさんに案内されて、辺りを散歩した。Uさんは小京都といわれるが、なるほど昔は静かな、さぞ佳い仙境であったろう。福勝寺の境内で名も知らぬ野草を採集した。いずれ「キツネノボタン科」の草であるには違いない。その後間もなく親切にもUさんは、花のあるキクサキ・イチリンソウ、マイヅルソウ、オウレンなどを届けてくださった。こうした喜びは、たとえようのないものである。

それから東京に住むTさんと横浜にいる同じくTさんが、野草をどっさり届けて下さった。特に嬉しいのは、草ではない蔓性のハンショウヅルであった。去年の秋、Mデパートで白花のハンショウヅルを求めて帰ったが、私にはむしろ普通の紫色のハンショウヅルが欲しかったのである。この荷物の中には、キンラン、白花スミレ、ヒトリシズカ、アマドコロ、ササリンドウ、イチヤクソウ、エビネラン、キツネノボタンなどがどっさり入っていて、すごく喜んだ。

なお、京都や岡山の野草専門店からカタログをとって幾らか注文した。赤花ホタルブクロなどというのもあるし、この辺の山にある筈のクガイソウ、シュウメイギクなどなど。

四坪の庭は満苑になった。随分欲ばったものである。さらに名を挙げれば、手品師のようにまだまだある。イカリソウ、ヘラオオバコ、ゲンノショウコ、オケラ、等々、まだ名前の分らないものが沢山ある。これから牧野さんの図鑑と首っぴきで探さなければならない。しかしそうやすやすとは分らない。何事もじっと構えてかからなければならない。

私がこんなことを書いたとて、野草の専門家から見たらおかしいに違いない。しかし私は何を見るにしても、人に動かされず、私の目でよしとするものを見る。第一私は、いわゆる珍品を好まない。とかく専門家はどこにもない栽培に骨の折れるものを作って自慢にする。果してそれが美しいかというと、少なくとも私にとって魅力のないものが多い。金ピカやでこでこした焼物のようなものである。私の好む野草は初期の伊万里のようなものである。大抵地植えにしているが、鉢植えといえば赤い素焼の鉢が無難である。

植木鉢といえば、盆栽家はなかなか喧しいことをいう。中国の鉢を第一とするようである。しかし和鉢にもなかなか捨てがたいものがある。しかし盆栽家が推賞する和鉢は大抵私の趣味に合わぬものである。柳先生があまり植木鉢のことをおっしゃらなかったせいか、各地に出来る民藝館にも植木鉢は並べていないようである。私はいつか植木鉢について小論を試みたい。

とにかく、多くの方々の親切によって私の小苑はいっぱいになった。一言御礼を申上げる所以である。

（「越後タイムス」 昭和四十九年五月十二日）

閻魔市雑記

私たちが少年時代で、一年中で一番楽しみな行事は閻魔市であった。今のように毎日、テレビで日本中の隅々でおこなわれる催しを見て知ろう筈がなく、日本中で一番賑やかな市くらいに考えていた。土地のものも世間知らずで全国で大関級だなどと思っているらしい。私は明治三十五年の生れで五歳くらいからの記憶があると仮定して、明治四十年頃からの明治の末期、それから大正八年に東京の学校へ入り、その年の六月の市は見ていない筈だから、明治末の五年と大正初の七年、つまり十二、三年間の市に関する記憶である。それは何とも楽しいことであった。

当時一年中で楽しいこととといえば、年とりの正月、六月の閻魔市、七月の祇園さま、九月の諏訪神社の祭礼、せいぜいそんなものであったが、中で一番の楽しみ、今年のがすむともう来年のを待つというアンバイであった。

中学をおえて東京へ去ったのは四月で大正八年の市は見ず、また、私は去年五十三年ぶりに柏崎へ帰って来たが、帰ったのは六月二十六日で、市は既にすんでいた。従って市を見たのは正味五十五年ぶりである。

今私の家には一人の少年少女もいないから、この市をどれほど楽しんでいるか知れないが、年中何かと催しがあり、労音とかの催しで東都で著名な音楽家の演奏や劇も毎月おこなわれ、テレビでは、日本はおろか世界の祭を見ている。今の少年少女たちが果してどれほど、閻魔市をエンジョイしているか。

この度私は用事があって、十六日の早朝上京したので、十四日の夕方と、十五日の午前午後、一通り閻魔市を見た。閻魔堂へもいって見た。お堂には子供の時分に見た通り目のギョロリとした閻魔様が眷属をひきつれて控えており、白い頭巾をかぶった三途河《しょうずか》の婆さんが端の方にいる。人の手でべろべろになったおビンズルさんの像がガラス箱におさまっているが、子供の時見たよりずっと小さく思われる。

右手遥か上の方に地獄極楽の図は紙に描かれてボロボロになっていたと記憶しているが、今はペンキ絵の生々しいものになっている。裸の子供が丸い麩《ふ》のような石を積み上げていると、青鬼赤鬼が、いぼいぼのついた鉄の棒でそれをつき崩している。それが恐しかった。

一方阿弥陀様の慈服の下にいる子供は蓮のウテナの上に載ってかわいい手を合わせている。そんな絵がぼろぼろになっていたのである。ところがそれが今は生々しいヘタなペンキ絵に変っている。

私たちの子供の時代には閻魔堂の裏手に大きな見世物小屋がいくつもかかった。十二三日頃から小屋がけが始まる。学校から帰ると風呂敷包み（学校道具の入っている）をおっぽり出して、小屋がけの進行状態を見るのが楽しみであった。柿岡のサーカス、柴田のサーカス、サーカスなんて言葉はまだなかったかも知れない。軽業《かるわざ》、手品も「手づま」などといった。猛獣使い、自転車の曲芸、下がつぼまり上が開いた巨大な摺鉢のようなものの中側をオートバイでぐるぐるふっとばす。それに女角力、ロクロッ首、カブト蟹を怪獣のように見たてて巧みな口上を述べる。松井源水の独楽回し、また例のガマの油売り、その間ところどころに、カラクリがある。細い鞭でたたいて拍子をとりながら「八百屋お七」や新作「不如帰」のようなものなど、のぞきは、大抵日露戦争の勇壮な場面で、その勇ましさに血をわかした。

植木屋は中学校大門（今の高等学校）に限られていたが、金魚屋は各店の間にはさまっている。香具師（ヤシというとおこられるぞと戒められていた）は、何を売るにしても節をつけて歌うようにはやす。「ちょいちょい買いなよ、何でもよりどりみどりで一銭五厘」というようにいう。七色トウガラシ、歌のように由来をのべて一匙一匙袋に入れて行く。

どこかの片隅には小さな黒板に桁数の多い数字を書きならべて記憶術の本を売るものがあり、チョコンと小さな帽子をまぶかに冠った艶歌師は「呪の五万円」とか「新柳節」「松本訓導」

「平和節」というような歌をやるせないようなバイオリンをかなでながら「はい十銭」などといって薄っぺらな歌詞の本を売りつければ飛ぶように売れて行く。

バナナのたたき売りはもう始まっていたと思うが、植木屋、セトモノ屋のまけっぷりのよさ、時に買いてがとぎれると、「よくも貧乏人が揃ったもんだ」とか「はいおこう香を入れても卵焼に見える」。「はい買いなさるか、そうでしょう、奥さんの顔つきが違う。竜宮の乙姫さんそっくり」なんて人を笑わす。

植木屋だけは二十日過ぎまでのこる。その日を待って半値以下で買おうというのが、客の魂胆である。

それが今は殆ど様子が違ってしまった。昔からあるのはゴム風船や、綿菓子といったが、電気飴くらいなもので、歌のような売り声は全くきかれない。品物の前でだまってしゃがんでいる。植木屋なんかビニールの寝椅子に長々とねころんで買手を待っている。多少の値引はあっても、殆ど定価つきで、昔のように極端な掛値はしてないらしい。植木屋は中央通りと西本町に金魚屋は東本町三丁目にかたまっている。

総体を見ていると張子がセルロイドに変った感じである。売る方も買う方にも活気がない。一方ゴム風船のブーウゥウという笛の音ののどかさがなく、艶歌師の歌う哀調も聞かれない。ただ今年は天気がよかった。私たちの子供の頃、待ちに待った閻魔市になると必ず雨がふる。

入梅時だからである。それがどんなにうらめしかったか。むかし小学校では十五、十六日には半日で帰してくれたが、中学生になると、必ず意地悪く、閻魔市の最中に試験をする。「また試験か」がっかりであった。昔の先生たちの気が知れない、どんなにうらんだことか。

何にしても昔楽しかった記憶を反芻して、私は今も楽しんでいる。かえらぬ少年時代の思い出である。

（「越後タイムス」　昭和四十九年六月二十三日）

植物図鑑

先頃ちょっと良い話をきいた。外でもない私の知人がある花のパンフレットに何行でもない短い文章を書いた。その中に「植物図鑑に依れば」と書いたそうである。ところが実は彼氏植物図鑑を見たこともなければ持ってもいない。原稿を差出してから急にあわてた。早速、東京の親戚へ速達を出して「何でもよいから植物図鑑を送ってくれろ」と頼んだものである。その正直さ加減、世の美談とするに足る。

実は世の中ではそんなことは日常茶飯事で毎日何でもなく行われているのである。鳩子ちゃんではないが、もっと「シゴーイ」のが行われている。近頃、新聞雑誌には大抵園芸欄というのがあって、よく花や木の記事が載る。何のつもりか、学のあるところを見せたいのか、どうか知らないが、それによく万葉集や古今集をはじめ、近くは木下利玄や荻原井泉水の歌や俳句にどうあるとか何とか、それが例えば國學院大学の教授松田修氏のような方のを除けば、大抵座右のアンチョコから引いて知らん顔をしているのである。万葉集に出て来る植物を研究したり、またそれを集めて万葉植物園などを作っているところもある。しかし朝顔が実は桔梗だったとか厄介なものをいちいち覚えていて、ちょっと文章を書くのに万葉集にどうある、実朝の金槐集にどうある、水原秋桜子の句にどうあるなどをいちいち覚えていて書いているのであろうか。よいアンチョコが幾通りもあることを私でさえ知っている。世にも正直な「植物図鑑」氏何もあわてることはないのである。それにしても私は大学時代に厳しい先生に習って、常に「孫引きはいけません」と強く戒められたのが、生涯ついてまわって「よいことだった」と思っている。

さて、私は旧い牧野富太郎博士の『日本植物図鑑』改訂版を常に座右においている。戦後の昭和二十七年版で、牧野先生ご自身が扉に署名し、刊行者・北隆館の主人に贈られたものである。内容の植物は約三千種、野草山草など引いてもないものが沢山あるが、未だにこれを使っている。恐らく近頃では、もっと完備したもの、野山草専門の色刷りの図鑑も出ているであろう。

しかし長く使ったものは、ムゲに捨てられないものである。特に著者の牧野さんの履歴に何か引かれるものがある。土佐の出身だが小学校もろくろく出ない独学で勉強し、七十幾つまで東大の助手、助教授で通し、図鑑を手作りしようと石版術まで学び、驚くなかれ、氏がのこした押葉（腊葉）は五十万、聞いただけでもおぞけが立つ。動物の剝製でも閉口の方であるが、色が変りかさかさになった腊葉の五十万枚とは、想像しただけでもお化屋敷を想像する。(その学問的価値はよく存じている。私の親しい植物学者が、腊葉をやらずに植物の名前を覚えられるものではありません。ただ見ただけではダメです、そういってきかせた)牧野先生は葉っぱの切れはし、若芽を示しても立ちどころに名前をいいあてたそうである。牧野さんは博士にはなられたが、とにかく生涯東大の助手助教授で終った。それでも図鑑の収入が豊かだったのであろう。ところが先生は金の勘定がわからず、いつも収入に上まわる金高の本をどしどし丸善に注文されるのである。それで先生にはお金の管理者がついていて、先生にはただ食っていけるだけのあてがい扶持が渡されていたのだそうである。性格にはやはり天才人の異状なところがあったのであろう。先生の本から剽窃《ひょうせつ》する者に対する文章など我々から見れば、もう少しおだやかであってもと思うが、それは凡人の思わくであろう。死後文化勲章を受けられたのは嬉しいことであった。

とにかく私は先生の図鑑を机上の片隅において年中厄介になっている。今年は六月以来私は植物採集に四回出かけた。内一回は植物友の会主催のもので、これはただすたすた歩き県下の有名な大木の周りが何米、高さ何米などと新聞の切抜きを読んで聞かせて貰うだけで、大木や片隅の雑草を見る楽しさはまるでなかった。幸田文が丸善の「学鐙」に連載した木々の思い出は、古い大木は霊あるものの如くすさまじく、愛読していたが中断しているのは惜しい。

私は自分で三度、一人で野草の採集に出かけて楽しかった。二度はバスで百円ばかりのところ、椎谷と曾地である。椎谷は三階節に「柏崎から椎谷まで」とある椎谷であるが、海岸の町で、一方東側に小山がある。ちょうどホタルブクロとシモツケ草がめちゃくちゃに咲いていた。団体でいった時もそうであったが、この辺には、私の好きなユリ科に属するアマドコロとかナルコユリとかチゴユリに類するものが全然ない。その代り野性の菖蒲やシキンカラマツ、よくある奴だが、トリアシショーマ、ミヤコグサ、長葉のヒルガオなどをビニールの袋へおさめた。曾地は長岡へ行く途中の峠で、ここでは白花ミズヒキ草、実の小さなかわいいホオヅキ、割に葉の幅の広いチゴユリがいっぱいあった。水の流れに沿うてヘクソカヅラが可愛い花を咲かせている。ところがよく見ると、ヘクソカヅラと入り交ってボタンヅルと思われる葉がからまっている。えてこういう山草のある場所は竹藪があって、それにひっからまって、どの蔓がどこから出ているのか分らない。枝をたぐって根の方へ攻めよせて行くのであるが、途中から何が何だか分らなくなってしまう。ボタンヅルかと思って蔓を引っぱるとヘクソヅラの葉がついている。元の根の方へ行くと直径一センチもありそうな木とも、太い藤蔓ともつかないような大変なものになり手の施しようもない。つるはしを持った屈強な人夫でも連れて行かなければどうにもならないのである。葉はすべて落ち、ヘクソカヅラだかボタンヅルだかよく分らないものの一片をビニールの袋につめこんだ。根もあやしい。

この外に遠征、伊豆の伊東と岐阜の大萱の近く、滝ケ洞に友人を訪ねかたがた、出かけたが、もうそれを書く余地がなくなった。

（「越後タイムス」昭和四十九年九月一日）

冬仕度

今年も立冬は十一月の八日だった。十三日の夜明から初雪が降り約二センチ積もった。新潟は二十センチ、札幌は四十何センチとテレビは知らせた。柏崎では夕方までには、すっかり消えて雪の跡形もなくなっていた。何にしても既に冬である。それでも今月は十一月の末までに割に太陽を見る日が多く、新聞で見ていると、東京に雨曇の日が案外多かった。

「北越雪譜」によると越後の冬ごもりのことが色々でているが、あれは、越後の豪雪地帯での話である。それに比べれば、柏崎地方のはものの数ではない。近頃東京の友人知人からもらう手紙には、もう雪にうずもれて、ちぢこまっているだろうと同情めいたことが書いてある。寒がりの私を知っているからである。しかし、ここのところ天候の具合は案外に順調だ。

しかし冬仕度はしなければならない。六十年前、私が少年時代にくらべて冬仕度の様子も、かなり変った。あの頃は、どこの家も一年中の沢庵を自家で漬けるから、どこの家の軒下も、縄であんだ大根がいっぱいにぶらさがっていた。目にしみるように白い大根の片端が青い。暫くたつとU字を逆さにしたようにだらりと垂れてくる。サツマ芋やゴボウは穴を掘っていける。その山がどこの家でも裏手にあった。

私の少年の頃には、いわゆる石屋根と称し、小葉板で葺いた屋根に漬物石大の石をのっけた家が多く、所々瓦葺の旦那衆の家があった。瓦といっても東京の三州瓦のそれとは違い、出雲辺りで出来る釉薬のかかった赤紫の瓦だ。雪が積もると、その雪がどっと軒下に落ちる。その後滑り止めのついた瓦を二段か三段葺くようになった。それよりも風よけの囲いである。店屋ではやらないが、住宅地へ行くと、大仕掛けに丸太を組み、粗末な板と縄で綯《な》い合せて風よけにする。出入口には蓆《むしろ》をぶら下げた。中学校大門（今は高等学校）の右手には、当時の大旦那「前忠」の十軒長屋か二十軒長屋があって（前忠は縮屋で前田忠兵衛氏のことで倹約家で名が知られ、町のあちこちに貸家、長屋を沢山もっていた）長い風よけの板囲いが出来ていて、今でも目にちらつく。今街を歩いても、家の構造がちがって来たせいか、入口の板囲いなどは見られなくなった。（海岸に近い町へいったら風が強いから今でもあるかも知れない）

それに庭木の囲いである。柏崎は豪雪地帯とちがって、肝をつぶすほどの雪は降らないが、それでもこれは欠かせない。緑化運動などをどんなに景気よく叫んで見ても、冬期木を大切に保護してやらなければ、努力は無駄に終わる。風雪ばかりではない、今は自動車が心なく木にぶっつける。去年か国道筋や駅近くに植えた柳の木も、既にかしがっているものが少なくない。

このまま放っておけば、せっかくの街路樹も哀れをとどめることになる。

それでも町を歩いて見ると、庭木のある家はそれぞれ手当てをしている。頑丈な材料を使って本職の職人の手になり、これなら大丈夫と思えるのは役所や学校や実入りのいい医者や土建屋さんの屋敷のそれだ。ほかは、大抵老人や奥さんのお手製で、あり合せの棒切れや竹がビニールの紐で結えてある。関東のそれに比べて庭木がかわいそうになる。小さなツツジや灌木が、江戸時代の罪人のようにがんじがらめにしめつけられている。雪の量は多くなくても、どっと屋根からずりおちる雪崩《なだれ》のような雪のために、ムザンに枝は折れ、病人のように横ざまに寝たきりになってしまう。柏崎の町々を歩いて、実に大木が少ない。どうしたものか、私が少年時代からあって、周囲何メートルというような大木は不思議に榎ばかり、大きな木は威厳があってよいものだが、榎ばかりはどういうものか、ただ老醜といった感じで情ない。

冬仕度は自然、正月につながるのだが、一体柏崎は城下町でなかったせいか、これはといった特別の年中行事民俗習慣が乏しく、それも昔各家庭でやった餅つきと蚕玉づくり、天神様をまつるようなこともなくなったらしいから、そんな冬仕度もなくなったようだ。

さてこの辺で私自身の冬仕度を披露しよう。私が僅か四坪ほどの庭に雑草を植えていい気になっていることは、何度も筆にして人のひんしゅくを買っているかも知れない。それでも鉄面皮に書いておく。私は十一月の初め頃から用意を始めた。東京から持ちかえった自慢の黒紫一重の椿一本の外、みな野の草、山の草ばかりだ。大勢の方々の協力によって僅か一年で、草の生えようが植えたものでなく地から生えたもののように自然に近くなった。そこへ、まだ一度も花を見ないけれど、特に私の好きな「キツネノボタン科」の野山草を沢山入れた。それに「チゴユリ」とか「ホウチャクソウ」とか「ナルコユリ」とか百合でない「ユリ科」の植物も沢山入れた。こういうものの花が見たければどうしても来年を待たなければならない。

とにかく屋上の庭だから土が浅い。椿はゴボー根で深く土に入って行くものであるが、それが出来ない。肥料を十分やってだまして根を横にひろげなければならない。寒くなってから魚のアラを何ヶ処かに埋めた。支柱を何本も交叉して風に吹きとばされないようにしたことはいうまでもない。秋まで茂りに茂っていた野草、山草の茎を早く刈りとり、三、四センチにきざんだ。これを狭い庭一面にまいて、その上に五センチほどの土をかけた。来年の春までには完全に腐り肥料となろう。それが私の皮算用なのである。

以上がわが庭の冬仕度である。それは要するに私を養うための楽しみの肥料に過ぎない。ただ食って寝てガラス玉を眺めているだけでは仕方がない。仕事の方の準備おさおさ怠りない、とそう行きたいものである。

（「越後タイムス」　昭和四十九年十二月八日）

Ⅲ

隔週に六枚

私は隔週に六枚ずつ越後タイムスに雑文を載せてもらっている。別に主幹の吉田昭一氏から頼まれた訳でなく、押かけ女房のように私の方から持ちこんだのである。

「柏崎便り」と題しているが、一昨年の六月柏崎へ引込んでから、東京その他で特に親しんでいた――それも柏崎へ来たこともなく全く柏崎を知らない友人十何人かに、とにかく元気でいることを知らしたいのである。従って元来の柏崎人には必要のないことが時に出てくる。大方の読者諸君、寛恕を請う次第である。

人口八万と号する柏崎には日刊紙（但し日曜休）一つと週刊紙が五つ六つある。何故私が越後タイムスを選んだか、それには訳がある。主幹の吉田氏は同じ吉田姓でも親戚でも何でもない。越後タイムスは長い歴史をもっている。今年はいつか三千号、六十年になるという。日本全国でも珍しい例だろう。他の週刊紙はみな戦後に出来た新しいものである。数ある週刊紙の中で割に身ぎれいで、主幹の吉田氏がおっとりしていて商魂に欠けたようなところが先ず気に入っている。子供の時分から見なれている石井柏亭の題字が書家の字とちがって卑しくなく若々しくすっきりしているのが気持がいい。

タイムスの歴史は六十年、はっきりしたことは知らないが、創刊者は勝田加一、江原小弥太、内山省三その他、中央へ出ても立派に文筆で食って行ける人々であった。大正期の文壇に一期を画した江原小弥太氏の「新約」が連載されたのも私の学生時代である。惜しむらくは江原氏はいわゆる文壇に一人の知己もなく、出版社の越山堂帆刈芳之助氏が、ウソ八百版みたいな、人が顔をそむけるような誇大な広告を出したために、江原氏は大変損をされた。江原氏は柏崎出身の小説家文学者としてもう一度再吟味されねばならぬ。柏崎地方の文学青年よ、啄木や藤村や犀生を研究するのもよいけれど、地元の江原小弥太を研究せよ、江原氏には「新約」（三冊）あり「旧約」あり「野人」（三冊）あり、「江原小弥太短篇集」あり、「出家良寛」あり「心霊学」（二冊）等々等身を越えるものがある。私はその全部を読んでいる。江原氏の書いた断簡零墨といえども強い江原氏の個性に色どられている。

世の中にはおかしいことがいっぱいある。今年の春、柏崎日報社は「昭和五十年号」を出し（何判というか週刊誌二倍大の四十頁にわたる大冊子）、それに「昭和柏崎の人脈」と称し二百人ほどの人物を写真入りで載せている。どうした訳かその中に江原小弥太氏が欠けている。そのうめ合せか私を始め無くもがなの人物が笑顔を並べている。

それに浦浜の公園に行くと江原氏の後をついで長くタイムスの編集にたずさわった中村毎太（葉月）氏の大屏風のような何とか碑が立っている。中村さんに心あらばテレくさく恥ずかしいだろう。もっとも中村さんは歌を作った。歌や俳句を作る人にはとかく歌友俳友があり、十七字、三十一文字を指折りかぞえながら作るような門人があり、結社をつくる。結社の人々はとかく先生の歌碑を作り句碑を作りたがるのである。私の知人で五十年歌誌を主宰し、私はその創刊号からその歌誌の寄贈を受けていた。今は故人となられたが、不思議に人の長たる才と編集の能力があって北は北海道、南は九州（戦前は台湾）にまで弟子があった。私は歌に関する感覚がにぶく大きな声ではいえないが、五十年も歌誌をもらいつづけながら嘗てその一首にも感動を受けたことがなかった（私でも茂吉や白秋の歌に接すれば感動を受ける）。その友人の歌碑それも素晴らしい大きな歌碑がX県のM公園に立っている。他意はないが歌碑や句碑は立ちやすいものらしい。その点小説家は一匹狼で、殊に江原さんはその代表者である。

江原小弥太氏は今年九十三歳、まだお元気の筈である。およそ文学碑など望む人柄ではないが、ただ無いのは柏崎人の健忘症と非文化性の無知蒙瞑を天下にさらけだしているようなものである。

前置きが長くなった。私は大正八年柏崎中学を卒業してすぐ上京した。上京して間もなく東京で見聞したことを兄へ手紙で書きおくった。兄はそれを「東京便り」とか何とか題をつけ、

「人真似生」というあまり名誉でない筆名でタイムスに載せてくれた。今古いタイムスをひもといて見るとかなり沢山のっている。それから一昨年帰国するまで、五十何年間、タイムスを読みつづけた。紙上大学講座なんていうものに大友宗麟のことを書いたこともあるし、長崎地方の紀行文もあるし、五島や薩南の甑《こしき》島へ渡りキリシタン風俗をさぐった話を書いたこともある。五十何年のタイムスの全部は保存してないが、かなりの分量はある筈である。よく捨てなかったと吉田主幹に賞めてもらってもよい。

さて先に述べたように押かけ女房宜しく隔週一回六枚ずつ雑文を書いている。何かテーマを決めて書くのもよいが、雑文また可である。書きたいことが山ほどある。野草にほれこんだり展覧会を見て感心したり、癇癪をおこしたり、在京の友人に、こうして生きていることを話しかけたい。それでも、何か書きたいことがあっても期限が来ないと忘れてしまうから、書きたいトピックスを小さな手帳（日記）の端に書きとめておく。いつも十くらいの題がならび、一つ書いてしまうとまた二つくらい新しいのがふえている。気が向いたら続きものを書こう。

たしか最初、社から水曜日までということであったが、印刷所の都合で月曜日に原稿が欲しいという。それで今のところ大抵日曜日か月曜日の午前中に書くことにしている。三枚くらい書きだすと、いつもこれでは六枚で終らないと思う。書きたいことをしぼって、とにかく六枚目になると、レコードの一曲が終ったように筆が止まって一回分になる。

つい先頃まで、某校の小紙に毎週千百字ずつ書きつづけて既に三十何回になったが、この方は癇癪をおこしてやめたことはこの前書いた通りである。この方もなれて、千百字前後になると、筆がピッタリ止まって一回分が出来上がる。なかなか職業的である。

本当は二三日原稿をそばに置き、朱を加えるとよいのであるが、出来上がるとせっかちに、家の裏口近いタイムス社へ自ら届けに行く。

（「越後タイムス」　昭和五十年三月九日）

全山これカタクリ

先月、出雲崎のS氏の好意によって見事な雪割草の群落を見せてもらった。手ばなしで喜ぶ私に、親切なS君は、今度はカタクリの群落を見せたいという。それがどこにあるのやら聞きもせず、約束通り二十日の朝九時半発のバスで出雲崎へ向かった。相棒は再び荒浜のW氏である。一先ず、S氏の家に落ちつくと、いきなり権頭某の「小木城誌」というのを見せられた。目的地はどうやらそこらしいのである。私はこの日、カタクリを採集するには普通のスコップでは間に合わないことを承知していたから、小型のシャベルを用意し、これを担いで出かけた。ジンズボンをはき山歩きのエゲツない靴をはいていた。

出雲崎でまたバスに乗り、二十分ばかりすると、トンネルを手前にした何とかいう停留所で下車した。小木の城の麓らしいのである。私は小木の城なんてまるで知らなかった。家へ帰ってS氏の父君の編纂された「出雲崎編年史」（上）を見ると、「小木城山は出雲崎の背面一里十八丁を隔て高峰一千尺、三島郡の最高峰なり。麓より草深き樵路を辿りて、頂上に達すれば広境数十歩、欅の大樹古く天を摩して密葉繁茂し、東南三島古志の平野を隔て、魚沼の群巒《ぐんらん》を望み、延々銀蛇の如く走れるは信濃川なり、西北眼界開けて渺々たる蒼海に対し、真に天嶮の要害なりとす。本丸跡には欅の森林凄く中央に石祠あり、熊野神を祭る、大手口千貫門の跡には芳香無比の美草を生ず、山の半腹の土中今尚ほ城壁の残片を存す」全くこの通りで今も変らない。頂上まで僅か千尺というのだから三人とも七十路を越えた老人の登山には誂らえ向きである。ただ今頂上にはテレビやラジオ、電話などの中継所があって、その辺が少しピカピカしている。途中ところどころに自動車が乗りすててあり、家族連れの幾組かに出遭う。捕虫網を持った子供もいるが、蝶をとるには少し時間が遅い。家族連れは大抵山菜採りである。時に鶯の声となる。

さて道端の中腹以上の丘をのぞいて見ると絨緞を敷いたように、カタクリがいっぱいである。私はかつて、箱根の姥子温泉の前の広場でアズマギクとオキナグサが、同じく絨緞を敷きつめたように生えていたのを見たことがあるが、ここのカタクリは遥かにそれを上まわる。それも葉が大きくて、出たてのハランのようなのがある。

カタクリは百合科の植物で、斑入りの葉が五六枚、その斑も昔、よく羽織の裏にした甲斐絹のような茶、緑のブチで、その間から花芽が一本スーッと立ち、極く小さな百合そっくりの花が下向きに咲く。その可憐さが愛されて、近頃、何かと雑誌の色どりに使われている。麓の花は大方終っていて葉ばかりになっていたが、頂上に近づくにつれて花は盛りである。見とれて賛嘆するより外に手はない。昔はこの根からカタクリをとったものだそうで、戦時中食料不足の折にまたそれが役立ったらしいが、今はそんなことをする人はいない。道の側の崖を上がったところにあるから、わざわざ崖を上がってこの見事な花を鑑賞する人も少ないようである。私はただただ見とれて声も出ない。「出雲崎編年史」にある「大手口貫門の跡には芳香無比の美草を生ず」とあるはこのカタクリをいうのであろうか。花をとって鼻の先にもってくれば、かすかな匂いはする。「芳香無比」というほど強くない。編年史にあるのは、何か他にそういう花があったのだろう。それにしても、全山カタクリにおおわれているこの小木の山は幸いなるかな。

なお、外に私は何種類か好きな野草を採集した。白花イカリソウ、白花菊咲イチゲ、タチツボスミレ（これはどこにもあるが、ここのは花が多いような気がした）大葉のカンアオイ、それに黄花のスミレなどである。高山には黄花のスミレがあるらしいが、こんな低い山、それも僅か何ヶ所かであったが、とにかく珍しい。欲ばって幾株もとった。私は野山で野草を採集するたびごとに何時も天子様を思う。動物好き、植物好きの天子様は、那須高原などでよく植物を採集されると聞くが、一本しかないものは決しておとりにならない。二本以上あるものは僅かにその一本をお採りになる。我々下賤のものはつい不必要なものまで採りたがる。それでも近頃野草山草の流行につけこんで、何かあると根こそぎリックにつめこんで銭に代えるものがある。それに比べれば、我々のは僅かで、それも、わが庭で必らず枯すことなく、むしろ、山にあるより盛んな姿を見せて毎日わが目を楽しませてくれる。これは決して苦しい言い訳ではない。さて黄花のスミレについて思うことがある。我々はとかく変ったものに飛びつく。これは花ばかりではなく、美術工芸品にも共通していえることである。美しさにではなく珍しさに迷わされるのである。美しさからいったら、スミレはやはり藤色、紫のそれに如《し》くものはない。藤色、紫色であってこそ、歌にも俳句にもなるのである。小木の山で採集して来た黄花のスミレを早速わが狭い庭に植えた（本来なら花や葉はなるべくつまんで、丸坊主にして植えた方が活着によいのであるが）。珍しさを喜び、つくづく眺めていると、何かスミレとして、そぐわないのである。かつて黄色い牡丹を求めて育てたことがある。これは東洋の牡丹をフランスで改良したもので日本の業者は黄金の牡丹などとハヤシたが、さて求めて花を眺めて一向つまらない。牡丹らしい色であってこそ牡丹である。西洋アヤメ（アイリスというか）の黄、これも初めて見た時は珍しかったが、今ではいやらしいものとなった。

　全山カタクリとは私にとって近頃嬉しい見ものであった。

（「越後タイムス」　昭和五十年五月四日）

釣り落した魚

私は釣りはやらないが（全然やったことがないというとウソになる。小学生の頃、二十銭くらいの釣竿を買い、テグスという釣り糸や重りや浮きを買って近くの鵜川へ釣りにいった覚えがある）とにかく釣り落した魚は大きく思えるものらしい。

それで若い頃から、品物を買いそこねて今に忘れかねているものが色々ある。あまりにも判然覚えていて、大きく思えたなんてものではない。よい品は確かによかったのである。それを思いだすままに書いておくことにする。

たしか大正十一年、大学の予科から本科に進むと、毎年の行事だったが、その秋頃になると全史学科では研修旅行というのがある。全学生といっても、せいぜい十二三人で、それに先生が五六人はついて行かれる。最初のことで名古屋の七ツ寺で例の経箱や古文書を見せてもらった。それから奈良へ行き、東大寺や二月堂、春日神社などを見たが、夕方宿へ帰る途中、一軒の骨董屋があって、そこに蛸足の台時計──和時計──があった。たしか三十八円といった。買いたくて仕方がなかったが持ち合せの金では足りなかった。同窓で後にラジオで法句経の講義でならし神田寺の主管として有名になった友松円諦君に借金を申し込んだが、そんなものは買うもんじゃないと借金をことわられた。従って買えなかったし、今でも残念に思っている。

関東大震災は大正十二年九月一日、私が来年大学を卒業するという前の年であった。須田町の停留所の南方あたりに、喜雀苑という掘建て小屋の何でもや古道具店、趣味の店みたいなものが二十軒くらいかたまって出来た。今を時めく壺中居もその一つ。たしか片岡平弥だの時代屋だの、その中に当時知らなかったが、戯魚堂さんも店を持たれ花田屋の花見手拭を扱われたということである。そこで私は尺時計を買った。タッタの五円であり、今日もウチにある。ただ買いそこねて今も残念でたまらないのは、女の人がよくペンダントのように胸に下げて恋人の肖像かなんかを入れておく、それは真鍮製の楕円形の薄い箱（四センチくらい）になっておりその表面に、和蘭東印度会社の商標、例のＶＣＯを組み合せたシルシがついていた。十円はしなかったと思うが、どうして買っておかなかったか今に悔しい。

私は当時渋谷の神山に住んでいたが、宮益坂は焼け残った。坂の途中にガラスの飾り窓のある小さな骨董屋があった。ある日、その飾り窓に染付の上に赤黄緑などの赤絵の筆架があった。当時、その品がシナのものだということは知っていたが、今思いだして見ると、どうしても天啓の赤絵である。朝鮮の水滴の模様によくある三山風景のような形で、色の具合がどうしても天啓である。これはたしか価をきかずに、高そうで買わなかったと覚えている。買っておいたら私の持物の中で光ったものになっていただろう。もう五十年も前の話だが、その姿が目にちらつくほどであった。以上は学生時代の終り前後の話である。

戦後、小石川水道橋際の楠林南陽堂の主人が、私に丹緑本《たんろく》、舞の本「いづみ」(蜀山人旧蔵)を案内して来た。幸いにそれは手に入れて今も手許にある。その後間もなく横本お伽草紙の丹緑本(お伽草紙は普通二十三部あるが、横本は寛永から寛文頃の本で六、七種くらいしか残っていない)三冊本の文正草子を案内して来た。早速買うことに決めて待っているが、南陽堂はなかなか届けて来ない。あまり遅いので、催促すると、元の所蔵者が売らぬことにしたとの答、それでは仕方がない。

ところがそれから十年くらいたって、私は浮世絵研究家として知られる渋井清氏と共に、鵜ノ木に住んでおられた毒舌家で愛書家蔵書家の小汀利得氏の家に本を見せてもらいにいった。小汀氏は奇籍珍本を沢山もっていられ(驚いたのはウィリヤム・モリスのケルムスコット版チョウサーやローマ教皇グレゴリオ十三世の顕彰録のようなものまで持っておられた)、氏はいちいちその本の間に小さな紙をはさんで本を買った時のことを簡単に書いておられた。私が釣りそこねた「文正草子」三冊があった。間にはさんだ紙切れに、偶々水道橋の南陽堂に立寄った処、この本があり、持ち帰ったことが書いてあった。小汀氏は高価の本を沢山買っていられたから、無理矢理に、持ち帰られたのであろうが、私はむねんであった。そして元の所蔵者が引きとったなどと私をだました楠林のおやじが憎々しい。悔しさに血が沸いたが今となってはいたし方ない。ところが、つい先年、小汀氏は亡くなる少し前に蔵書を入札で処分された。神田の某書店主は私の本をとられたいきさつを知っているので、相当に高価の札を入れてくれたが、残念にも他の書店にとられた。

その後のことになるが、たしか名古屋の藤園堂の目録に、師宣《もろのぶ》の東海道絵図の折本五冊彩色本が出た。私は電報や電話で注文することを知らず、ハガキで注文したが間に合わなかった。悔しいので、誰が買ったか本屋に問い合せると、その主は故勝本清一郎氏であった。勝本氏がそういう種類の本を買っていることを知らなかった。また本屋は大体売り先を教えないものであるが、よく教えてくれた。

それから間もなくであった。九州福岡のあまり名の知れない本屋の目録に、たしか、寛文の仮名交りの「三綱行実」が（但し欠本）出た。三綱行実というのは元は朝鮮の大きな本で忠臣・孝子・節婦のことなどを書いた面白い挿絵のある本であるがそれを日本で美濃版の仮名交りの三冊本にしたてたものであった。これもハガキで注文したが、本は来なかった。例によって誰が買ったかと問い合せると、本屋は正直に国会図書館の朝倉治彦氏が買ったと教えてくれた。朝倉氏は知らない仲でもないので、何とかお譲りねがえないかと懇請したが聞きとどけて貰えなかった。

釣り落したから大きいのではない。その魚の大きさを私は夙《つと》に知っているのである。

まだ他に二三の例はあるが、今にいたるまで寝覚めが悪いのである。しつこいと蔑み給うことなかれ、物を愛し本を愛する人間はそんなものである。

（「越後タイムス」昭和五十年六月一日）

おこる

「おこる」なんて書くと幸田文氏の小説の題みたいになる。私近頃ちょいちょいおこるのである。自分でも気がついて周りの人にいうと、おこるのは未だ若い証拠です。おじいちゃん（私の兄）なんか随分おこんなすったのに晩年まるでおこらなくなりましたからネ、なんて慰めてくれる。

おこるのには何か理由がある。理由なくしておこるのは精神異常者である。私が少年時代に「加納のご」という精神病者があった。恐らく加納村の「五郎」とか「五八」とかいうのだったろうが、「加納のご」で通っていた。髯ぼうぼうとふところ手をし、田螺《たにし》のような目をむいて年中おこっていた。

私のは、それほどでもないが、つまらないことでおこることがある。例えば、店屋の戸を開けて入る。若い女店員が二人いるのに、二人でぺちゃくちゃしゃべっていて、客の相手をしようとしない。また、誰かにあげようと菓子屋へ入る。ガラス戸棚の中のをこれ何箇という。店員はその通り箱に菓子を入れたが、包装して客に渡すのを忘れて、戸棚の中の菓子の後始末を先にしている。店員の訓練がなっていないのである。昼時ある店に入ったが店の人は誰もいない。かなり大きな声で「今日は！」というが、何の音沙汰もない。三度目に大声をはりあげて、漸く奥からお神さんが出て来た。「どうも飯時で聞こえないで申し訳ありません」とも何ともいわない。一人で商売している訳ではあるまい、代り合って飯をくったらいい。「カラッポでは盗んで行きますよ」と冗談をとばしても、それが通じない。

柏崎の町で買物をしているとこういうぶざまには毎度ぶつかる。小さいことだけれど腹が立ちつっいおこるのである。先に店主の躾《しつけ》がなっていないといったが、今は戦国時代と同様、下《げ》剋上《こくじょう》の世の中で、ウッカリ厳しく仕付ければ、すぐ店員さんに逃げられてしまう。主人はサービスの悪いことを知っていながら小言もいえないのである。そうだからといって客側にたち、なっていないサービスにあって、にこにこしていられようか。

もう少し罪のふかい、私が腹を立てた話がある。私は一昨年帰国すると、誰でも欲しがる錦鯉には用はなかったが、ウルメ（メダカの方言）が欲しかった。近所に立派な店を張り錦鯉がウヨウヨ泳いでいる土田（特に名を出しておく）という店へいった。「メダカはありませんか」と訊くと、黒いメダカはないけれど緋メダカならあるという。仕方がない緋メダカで我慢することにした。黒いメダカにしても緋メダカにしても背中に一本筋のようなものが通っている筈だが、ここの緋メダカにはそれがない、少し変だとは思ったが買ってかえり育てているとだんだん大きくなる。鯉の子なのである。メダカでなかったからといって捨てる訳にも行かない。餌をやって飼っていると、今では十センチ近くなっている。だまされたのだ。大げさにいえば、詐欺にあったのである。笑ったりおこったりしたが、おこるまでには随分時間がかかった。

ところが最近、本当におこる事件がもち上がった。それは去る五月二十四日、五日に新潟・群馬のライオンズ・クラブの年次大会というのがあった。私は二十五日に家をあけていなかったが、その日に起こった事件である。ライオンズ・クラブとは何だろう。手許の辞書をひいて見たがロータリー・クラブのことは出ていたが、あいにくライオンズ・クラブのことは出ていない。私が在京の時分、私の教え子の中に両クラブの会員があり、比べて見るとロータリー・クラブの方が大体年かさで一流の紳士。ライオンズ・クラブの会員を見渡して見ると、やや若く二、三流の紳士というような気がした。いずれもアメリカで起こり、後に国際的のものとなったが、社会奉仕をしようという主旨はわるくない。

ところが先日の大会で二十五日に景気づけに横浜消防音楽隊を呼んでパレードしたらしいのである。その日私は不在であったが、帰って来て驚いた。庭いっぱいの紙吹雪（英語ではコンフェッティといい、宗教行事から起ったものらしい）である。二センチ四方の和紙様の西洋紙である。狭い庭だが一枚々々拾うのは大変である。全部拾ったと思うと二、三時間後にはまた庭いっぱいである。この日三度同じことを繰りかえした。ところが翌朝になるとまた同じである。

野球場とか相撲場で優勝した選手にコンフェッティをいくら蒔いても、それは一かたまりで片づけるのに苦労はない。また東京の八階十階の建物の三階あたりで紙吹雪を飛ばしても落ちる場所は決まっている。ところが柏崎の低い屋根の通り、それをどこか高い塔のような所から蒔いたと見える。その量たるや常識を越えたすごいものであったらしい。屋根へ上がって見ないが、屋根にどれほどたまっているか、また樋の中にどれほど入っているか。先月の二十五日から今日まで既に半月たって、まだ毎日吹雪は降ってくる。無論当事者はこちらが如何に迷惑しているかを知らないであろう。決して大げさにいっているのではない。疑う人があったら、家の屋根に上がり樋の中を覗いて見るがいい。今度の大会の記念に町へ大金を寄付した、ぐずぐずいうなという会員がいるかも知れない。ライオンズ・クラブとはいやしくも紳士の団体であろう。会員の中に一人くらい、この記事を読む人がいよう。知らぬとはいえ、いかに人に迷惑をかけたか、それを知ったら、何かしようがあろう。知らん顔していたら、それは紳士ではない。紳士の仮面をかぶった何かだろう。今度の紙吹雪には、私は本気におこった。恐らくこれは私の家ばかりではない。隣り近所はみな同じ迷惑をしたに違いない。一体どれほどの量、――恐らく人足どもが寄ってたかって紙を切りきざむのにどれほどの量と時間を要したろう。責任者は調査して謝罪する責任がある。疑うなら、その残骸はまだいたるところにある。幸いに私はこの紙面で訴え、責任者を責めるがこの近所近辺一般の人々は、いわば昔流にいえば無告の民である。ライオンズ・クラブのガバナー殿よ、どうしてくれる。私は本当におこっているのである。

――おこるのンはあったりまえでしょう。

（「越後タイムス」昭和五十年六月十五日）

帰郷二年

今日は昭和五十年六月二十三日。一昨年六月二十六日に五十三年ぶりに郷里柏崎へ帰って来た。丁度満二年たったことになる。その昔、大正八年慶應幼稚舎の舎長森常樹先生が足かけ二十五年勤め上げて還暦の年に幼稚舎を辞め、郷里熊本県佐敷へお帰りになった時、見送り人で東京駅はいっぱいになったという。その話をきいていた私も正味四十五年勤め上げて帰郷する。見送り人で上野駅はいっぱいになるかも知れん。私はそういうことが好きでない。それで帰郷の日と出発の時刻をひたかくしにかくし、（えてしてそういう秘密はもれるものであるが）私の教え子の一人に上野毛の家から上野の駅まで車で送ってもらい、その仲間一人と都合二人、それに柏崎から迎えに来てくれた甥の直太君、僅かに三人であった。まるで夜逃げのようである。（私が秘密にしたことを後から多少不平をいう人もあったと話に聞いた。）

ひる過ぎに直太君と二人、柏崎駅に降りたった。直太君の嫁さんとその長男直一郎君が車で駅へ出迎えてくれた。それから丁度二年たつ。周りの人々の理解とあたたかい愛情による平和な二年である。その間よく学びよく遊んだ。野草山草を友とし、本とガラクタに明けくれて二年が過ぎた。その間、たびたび上京し、貧乏の割にゆたかな買物をした。いずれ買物について書くつもりであるが、私にとって買物は楽しいのである。

五十年ぶりの柏崎の市内をよく散歩し、私の第一の関心事は他人の家の庭と木と花である。どこの家も植木鉢の五箇や十箇持たない家はないが、その木と花の種類を見ると、いずれも似たりよったりである。庭があれば必ず、大きな石があり、往々にして錦鯉が泳いでいる。概して大きな木がない。ついおとつい、高田（上越市）に行って来たが、少し街を離れると実に大きな樹が沢山ある。森の都である。柏崎も緑化運動の声は高いが、大きな木の少ないことは、何としてもわびしい。それを植木鉢で補っているのかも知れないが、仕入れ先が毎度市役所裏の市《いち》ときまっているので大方種類が限られている。いっそ市内の鉢、全部一種の花に統一したら、これも面白いなどとついいたずら心が沸く。

それに何時かちょっと触れたことがあるが、この年になって大仕事を始めた。命のある中に完成するかどうかあやしいが、私は大きいものが好きだし、よく人にもそういわれるが（大きな鉢やお盆を求めるので）、どうせとっつくなら大きいのがいい。近頃はやるミニ盆栽、豆本、いずれも私の嫌いなものである。余談ではあるが、豆本出版のマニヤ壺中庵氏が私にも一冊出せと何度足をはこんだか知れないが、私はついに応じなかった。とにかく仕事はじわじわと進行しつつある。日本のキリシタン史の中、この辺は案外、人に見落されている。今度手をつけて見て、つくづくそう感じた。若い頃、やった仕事の続きのようでもあるし、幸いに健康が許して、これが完成したら、多少の生き甲斐にもなろう。

もう一つは兄の集めた米峰《べいほう》（註：高野米峰）を世に出したい。これは日本の南画として第一級のものであることは間違いないが、美術史家とか美術批評家とかいうものは、案外臆病で、しかも直《じか》にものを見てくれる人が少ない。これまで格調の高い作品で、いわゆるその道の専門家によって発見された例は極めて少ない。世の声価が定まって初めて、いわゆる専門家は動きだし、もっともらしい伝記や調査とともに発表し賛辞を呈する。仙厓《せんがい》にしろ白隠《はくいん》にしろ、木喰《もくじき》にしろ、大津絵にしろ、泥絵《どろ》（泥絵などまだまだであるが）にしろ皆そうである。自分でものを見て、それに確信がないのである。米峰に対する北大路魯卿氏の評価は実に適格であった。今北大路氏が世にあらば私の仕事は案外楽だったに違いない。しかし真に佳きものは必ず認められる。そう信じて少しずつ調査を進めている。

今私は田舎に引込んで何の不自由もないが、ただ一点困るのは、書物である。私も人並に自分に必要な本は大体揃えているつもりである。しかし、何から何までという訳には行かない。殊に大きな内外の辞書類である。意外に何でもなさそうな本がない。例えば私は今琉球の近世史について書いたものが色々欲しい（古琉球に関するものは案外多い）。明治時代に参謀本部から出た琉球の地図が欲しい。同じく近世になってフランスで出た支那、朝鮮の地図が見たい。在東京の友人、殊に公私の図書館員の諸君が、私のために極力探し、そのあるものはゼロックスにとって送ってくれる。しかしそれがなかなか容易でないのである。そうして私の歯のたたない言葉で書いた章句がしばしば出てくる。こんがらがった糸をほぐすように、順次それに攻めこんでいく。苦しいがまた快ならずやである。

以上は特殊の本の話であるが、毎日の新聞広告に出る本の中、私の読みたいと思うような本は殆ど街の本屋に出ていない。私はベストセラーにとっつくのが嫌いで、自分で求めたものが後でベストセラーになったのなら致し方ないが、人がわいわい騒ぐとその本は買いたくないのである。新聞の広告で見て本屋に注文すれば少なくも、半月以上はかかる。その時、既に本は再版本になっている。近頃、古本値段では初版本が高く、再版以後になると問題にされぬ。本を売る時のことを考えて初版を望むわけではないが、既に人の注意を引いた再版以後の本を買いたくないのである。ベストセラーを好まないのと同じ心理で、再版本以後のものを好まぬ。それでつい昔なじみの東京の本屋に運賃かけて送って貰うことが屢々ある。これだけは田舎に住んでいると情ないのである。その他について、この町は一体にドエライ金持もないし、あるお菓子会社の外、景気のよい話もきかないが、空気はよいし、災害はないし、先ずよいところである。私は満足して老後を養っている。

（「越後タイムス」　昭和五十年六月二十九日）

ドクダミを植える

帰郷二年、私の狭い庭も私の庭らしくなった。誰が見ても庭だとは思うまい。野山草の藪である。樹木は東京から持ちかえった椿一本だけ、他は総て草木だから、冬になれば、何にもないノッペラボーの土山にかえる。その代り、今は全く草の間にかくれて見えないかわいい五輪の塔や石仏があらわれてくる。これでも街を歩いて見る金をかけたどこの庭より増しだと自分では思っている。形の悪い灯籠がない。変にこった心の字をくずしたような池がない。無闇に大きな石がない。松の木だのオンコウだのモッコクだのというわゆる庭木は一本もない。庭師を入れたら何にも知らないくせに皆むしりとってしまいそうな名もない草（柏崎人くらい野草山草の名を知らない地方人はない。各地の田舎に行くと、それぞれ野草山草にその地方の地方名がついている。柏崎人は何でも「ただの草」で片づけてしまう。これは珍しい事実である）でいっぱいである。その姿を愛していて名を知らない草もいくらかはあるが、わが庭にある野山草の名は大体知っている。帰省以来柏崎地方で採集したものが多いが、遠く諸方の友人から送ってもらったものもあり、上京するたびにデパートの屋上で買ってきたものもある。（近頃、東京のデパートの屋上には、野山草の種類が多くなった。柏崎ではせいぜい、キキョウやオミナエシやシャクナゲの苗くらいなものである。私が三十年前に夢中になったクレマチスなんかがはばをきかしている。）

さて私の小さな庭に咲いている野山草はどんなものであろうか、ショーマ、チダケサシの類（近頃西洋種のものもある）は既に終り、ナミキやホタルブクロやシモツケソウもすがれて来た。ウツボグサは、もう随分長いこと咲いている。どこの山へいってても道ばたによくある、珍しくもない草だが、私は好きで毎日あかず眺めている。それにクガイソウは私の好きな花だが、二か所から入れたので、毎年咲き方が少し違っている。一方はシャンと立ってお行儀よく咲くのに、一方はつんのめったように腰をかがめて咲く。一体に野山草、恐らく栽培植物でも同じであろうが、同じ種類のものでも、地方によって違う。「所変れば品変る」というのは通俗だが、事実である。

それに植える場所によっても違う。私は柏崎へ帰るとすぐハマヒルガオ（心臓型の葉の）とハマエンドウを植えた。ところが私の小庭は日当りが悪い。ハマヒルガオは勢よく伸び、蔓ははびこるが、絶対に花が咲かない。あの朝顔に比べて、愛想のない人のようなハマヒルガオの花を私は好むのである。ハマエンドウは荒浜辺りの海岸に行くと錦の段通を敷きつめたようにビッシリ花をつけるのに家の庭ではちらほらとしか咲かない。余程日光が好きなのであろう。

ああ大切な花を書きおとした。今丁度モジスリ（ネジリバナ）が咲いている。極楽寺の裏あたりで見つけたといって人様からもらったのであるが、元来なら十センチくらいで咲く筈である。他の草が伸びほうだいにしてあるので、彼も負けていられず三十センチにもなっている。この花のつき方、実物なしに説明するのは厄介であるが、花穂の周りにねじれて咲く、根性がねじれているのでないから、何かハイカラでシャレていて美しい。神様は色々いたずらをなさるものだと感心する。

ヤブレガサは春の芽の出たてが面白いのであるが、ほうっておいたら、ずんと穂がのびて見ばえのしない花をつけ、今もそのままである。近く咲きだすのは、オカトラノオ、キキョウ、オミナエシ、それにヤマユリである。去年の晩秋、椿に勢力をつけてやろうと魚のアラを所々へうめたのが、きいたか、その辺りにあるヤマユリが二メートルはとうに越えて三メートル近くになっている。都合五株あるから、これが咲きだしたら、こう近くては、その香りでムセかえるであろう。キキョウ、オミナエシの後からハギ、ミズヒキ、ゲンノショウコ、ホトトギスとつづく。ハギはあまり伸びすぎるから、晩春早く、新芽をつまんで短くしておいた。それでも一メートルくらいの高さになろう。何というハギか、花がよいので東京を引きあげる時、持ち帰ったのである。

それに素朴（これも特に不景気そうなのを選んで来たのだ）なノギク、ハマナデシコ、そしてリンドウと続く。こうして挙げて見ると、一つも珍しいものがない。山草を作っているといえば、その道の専門家はすぐ、コマクサはどうかエーデルワイスはどうか、チングルマはどうかというであろう。小さな植木鉢に土を吟味し場所を吟味し、細心の注意を払って作る野草山草などに私はあまり興味を持たないのである。どこにもある通俗ではあるが可憐な野草を私は好む。そうしてちぢかんでやっと生きているような姿を望まない。思いきり手足をのばした野生の姿が眺めたい。これは私が美術に向ける目も同じである。ゆがんだ茶碗、不潔な壺はごめんである。そうしていわゆる珍品もごめんである。

さて標題へもどる。ドクダミなどというと大抵の人は目のかたきにする。どこの道ばたにも空地を見れば、憎まれ小僧のようにはびこっている。しかしよく見給え、何と美しいではないか。四弁の（あれは花弁ではないそうであるが）あの白い花、可憐ではないか、心臓型の葉もよろしい。青い葉に日が強いと全体が赤っぽくなる。あまり荒地にあるといじけているが、肥えた土地に育ったのは生き生きして、しかも美しい。私は最近道ばたのを掘りとって来て二ヶ所に植えた。ドクダミは匂いが悪いというが、かわいいワキガの少女と見ればいい。バラにはトゲがあるではないか。

（「越後タイムス」　昭和五十年七月十三日）

奥南蛮の旅

縁起

秀吉はあの朝鮮征伐を始めるに当り、「唐《から》、天竺《てんじく》、奥南蛮《おくなんばん》までも」と言ったそうだ。その奥南蛮とは今日でいうイベリア、つまりスペイン、ポルトガルのことだ。私はこの夏（八、九月）縁あってその奥南蛮へ正味三十五日の旅をした。

大正の末期から昭和の初めにかけて、塾史学科の先輩たちは次々とヨーロッパへ留学した。松本信広氏を始めとして、恒松安夫、今宮新氏、それに先輩ではないけれど幸田成友先生。その頃、塾でヨーロッパ留学といっても、みな自費で、運のよい人が旅費だけ出して貰う程度だったらしい。

私もキリシタン史に手をつけて間もない頃だったから、イベリアというよりポルトガルへ行きたくなって、東京外語の夜学へ速成のポルトガル語を習いに行ったりした。大震災後のバラック建ての仮校舎はお堀端にあって蚊に攻めたてられて困った覚えがある。ちょうどその頃郷里の家に破綻があって、百年の店を閉じるか否かの瀬戸際で、ポルトガル行きなど言いだせる時ではなかった。その後、店はどうにか回復したが、その頃はもう幼稚舎の教師に満足して、道楽仕事にザヴィエルの研究などに夢中になり、特にポルトガルへ行きたいとも思わぬようになっていた。

ところが星変り時移り、しかも一昨年田舎（越後柏崎市）へ引込んで隠居を決めこんでいる時、思いがけなく友人岩谷十二郎君—君は私が昭和二十三年初めて文学部でキリシタン史の講義をした時の教え子の一人であった。塾卒業後私が引っぱって幼稚舎へ来てもらった。彼は幼稚舎の教員をするかたわら、スペイン語を学び、スペイン史に通じ、現在幼稚舎の教師たると共に文学部でスペイン史の講座をもっている。彼は三年前に、まる二ヶ月スペイン、ポルトガルを旅行し、どうしたことか、その時から何としても私をイベリアへ連れだしたいという。世によくある口先だけの誠意ではない。事ある毎に私を誘惑し、今年の一月になって、どうしてもと決心を迫る手紙をくれた。少しあわてた。

越後へ引っこんで既に二年半、二週間に一度ずつ健康診断を受けているO先生に相談したら、首を傾け、太鼓判は押せないという。そういわれると迷う。しかし岩谷君は断念しないで、病気が出たら出た時の準備はととのえている、どうだと迫る。数ヶ月過ぎてついに腰を上げることに決心した。さて行くとなれば仕度がいる、何を持って行けばよいか、岩谷君に問いあわすと、準備は一切奥さんと共に自分がする。シャツから下着から簡単服から、何から何まで君には持たせない、自分の大カバンの中へ入れて行く、身一つで出てくれればよいという。世に親切という言葉はあるが、こんな真実のこもった親切があろうか。ホロリとせざるを得ない。一切を岩谷君にうち任せ、ただ旅行会社との契約のために一度上京し、パスポートの手続きのために新潟の県庁へ出かけた。

何もかも岩谷君の世話になるのであるが、私には私のプランがある。己を空しうするという言葉があるが、事実岩谷君は己を空しうして私のプラン通りにしてくれた。プランといってもそう面倒のこともない。四百年前に来たバテレン達の故郷が見たい、その子孫（子孫といっても、バテレンに子供のある筈がない。但しバテレンの書簡によると、日本人の聖職者はとかく男女間にスキャンダルが少なくなかったらしい。つい近頃読んだ現代の話にコインブラ大学の学生が、聖職者が美しい婦人とデートすると笑っていたなどという記事を読んだ。）の顔つきが見たい。それに天正の遣欧少年使節たちが立ちよった地の幾つかは訪ねて見たい。イベリアにあるよき図書館、文書館のいくつかも見たい。遠慮しながら欲ばっている。但し闘牛とフラメンコは見ないでよい、スペイン最大の観光地の一つグラナダも心が進まない。回教の芸術はミニェチャーとか古いタイルのあるものは見たいものがあるが、大体、繊細の装飾過剰で魅力を感じない、それにイベリア航空が網の目のごとく張りめぐらしているが、一切飛行機を使わず汽車で旅行する。汽車の窓から外が見ていたいのである。そのいちいちを岩谷君は全部きいてくれようというのである。

ここで岩谷君について特に紹介しておきたいことがある。彼は大学でスペイン史の講義をしているくらいだから、スペイン史に通じているのは当然として、彼はおよそスペインに関することなら何でも知っている。事実私は舌を巻いた。彼は弁慶の七ツ道具か、花魁《おいらん》の櫛、笄簪のごとく、（この比喩失礼）体中にアンテナを張りめぐらし、スペインのことなら何でも吸収していると見える。例えばパリーから国際列車で西部の国境を夜中に越えたが、彼曰く、スペイン領へ入ると軌間がひろがって動揺が少なく乗心地がよくなります、という。汽車の窓から湖のようなものが見えてくると、フランコが政権をとって彼は盛んにダムを造りました、それでスペインの水の問題は解決したのですという。タクシーに乗ると、このタクシーはイタリアのを改良したものでどうとか、プラットフォームの向こう側に汽車が止まっている、彼はすぐあの機関車の部分はイギリス製で客車はフランス製ですという。街を歩いて某デパートの前を通ると、このデパートは、フランコの奥さんが資本を出しているのです。汽車の窓から海が見えてくる、近頃フランス南部の土地が高くなりましたから、イギリスやフランスの金持がこちらへ別荘を建てるのです、アパートは一フロア幾らですといったように、それこそ掌を指すがごとく事もなげにいう。彼がすごくスペインを愛していることはよく知っているが、ひょっとすると彼の国籍はスペインではないかと疑う。昔、杉田玄白が解体新書を翻訳する時手伝った一人前野良沢は、朝から晩まで和蘭でなければ夜が明けない、人呼んで前野のことを和蘭の化物といい、本人も蘭化と号した。私はひそかに岩谷君のかげ口をきいて「西化先生」と号し奉った。

八月三日羽田発、パリーに三泊して八日昼頃、マドリッドのチャマルティン停車場に下りたった。幸いにT女史が出迎えて下さり、税関も簡単にすんで、宿へ着いた。宿はドクトール・フレミング街のマンションの十階である。主人は藤村重夫氏、観光事業に従っている。広い室が四つ、岩谷氏の大学での教え子である。ここを根拠として毎日出かけ、二泊、三泊、五泊、七泊して荷物をいっぱいぶら下げて本拠へ帰ってくる。（荷物は総て私の買物である。）荷物がふえると帰る時が心配で、私が気にすると、岩谷氏、欲しい物は何でも買いなさい、必ず持ちかえって見せます。大船に乗った気で、陶器やガラス器や古い油絵まで買ってくる。総てそういうあんばいなのである。

七日に宿に着き、翌日、早速ほど近くにある日本大使館へ行った。あいにく土曜日で、月曜日まで用事が足りない。それにおかしいのは、スペインの日本大使館というのに受付はスペイン人であった。（ポルトガルでも同じく、受付はポルトガル人であった。）奥の室から日本語が聞えて来るのに、また幸いに岩谷君がスペイン語が達者だからいいようなものの、スペイン語を解さない日本人がむしろ多いであろう。とにかく係りの人（日本人）に会って図書館や文書館へ入れてもらう証明書のようなものを貰い、さらに文部省のその係りの人への紹介状をもらった。これから私たちの活動が始まるという訳であるが、日記風に書かないで出たとこ勝負で書くことにする。

ザヴィエル城

スペインへ入ればザヴィエルと言わず、人はみな彼のことをハビエルという。私は、昔幾らかザヴィエルのことを研究した。古版本も集めた。数年前、その古版本のコレクションを塾の図書館へ寄付した。殊にその中にトルセリニのザヴィエル伝は初版あり再版（再版の方が珍本）あり、その英、仏、伊、西の翻訳あり、またルセナのザヴィエル伝、一六〇〇年版はたしかエボラだったかの図書館の特別目録を見せてもらった時、何れも珍本中の珍本とあり、あっさり寄付したことを少々後悔した。私はザヴィエルに心を惹かれたが、何か物足りないものを感じた。それは若い頃、アッシジの聖フランチェスコの伝記を読んだからでザヴィエルには何かしみじみしたところがない。どうしてもバスク人、十六世紀の聖人という気がする。喜望峰を迂回したバスコ・ダ・ガマがバスク人ということは知っていたが、あの画家のピカソがバスク人と知って、驚きもしまたなるほどとも思った。ザヴィエル城へ向かったのは、八月十四日であった。前日、汽車でパンプロナへ行き、「三人の国王」Hotel tres Reyesというホテルへ泊った。いい落したが、私はイベリアの旅行ではいつも汽車は一等、旅館は二等であった。(二等といっても日本の一等くらいの設備はある)(ヨーロッパの街の名前や旅館の名前には聖人や皇帝の名、または大使といったような名のが多い)翌十五日、この日は偶然聖母被昇天の日であり、ザヴィエルが鹿児島に上陸した日であることを知った。タクシーで宿を出た。道筋にオリーブやポプラの木のある中に所々に松林がつづく。宿の前にある松を見ると葉が日本のそれとちがって針のように強くなく、フワァッとして弱々しい。日本人が盆栽の好みにする強いところが全然ない。ただ相当高い松林がつづいているのを見ると如何にも日本の風景だ。またこれはいたる処に生えているが、日本のオミナエシによく似た野草が一メートルかそれ以上にのび、畑らしい所にはヒマワリが相当広い畑になっている。日本のそれに比べて背が低くせいぜい一メートルくらい、松もヒマワリも油をとるのだそうである。タクシーはぐるぐる回って山へ上る。サングエスタの町を通る。木下杢太郎氏が行かれた頃は(五十年くらい前)寒村らしかったが、今は相当の町である。四囲に山をめぐらした丘の上にザヴィエル城は立っている。広大とはいえないが相当の城である。跳橋《はねばし》があり、中に入ると中庭があって案内人が説明してくれた。ザヴィエル城といっても、ザヴィエルの生れたそのままのものではない。話すと長くなるが、ザヴィエル城は十六世紀の初め完膚なきまでに破壊された。ザヴィエル生存当時の遺物として唯一のものはザヴィエルが洗礼を受けた高さ約一メートルの石造の洗水盤である。城は今世紀になって、イエズス会の手で復元されたものだ。城の中へ入ると、ザヴィエルがふだん日をすごしたという室があり、家族団欒《だんらん》の室あり、武器庫あり、台所あり、たしか三階まで上がったと覚えているが、人の住まぬ家具のない石造の建物はいかにも冷たく淋しい。しかし、私にとってさすがに感慨は深かった。私は粘土質の城の周囲を丹念に歩き、枯れた雑草の種子を約二十種くらい採集した。私はパリーに着いた時からセーヌ河の河岸にある雑草の種子を採集する度にポケットに入れ、宿へ帰って整理した。スペイン、ポルトガル全体で百種くらいの種子は得たであろう。現在花を見てこれはよいと思うものにはまだ種子が実っていない。枯れて何だか分らないものばかり、その中何種か何十種かこの越後で芽ぶくであろう。

私は木や花が好きである。街路樹なども色々調べた。ポプラ、プラタナス、マロニエ、アカシヤ、ユリノキ、アカシヤに葉がよく似てさらに葉が細く黄色い大豆科の花が咲く。何というのか日本に移したいと思った。街路樹に松を植えたところもあり、私の知らぬ木の名をタクシーの運転手や紳士やセニョリータに訊いても、誰も答えてくれなかった。

近頃ザヴィエル城を訪ねる日本人がなかなか多いらしく、そのために日本語で吹きこんだ説明のテープが備えられている。

カテドラルと宮殿

パリーに着いた時、その日にモンマルトルの丘へ連れて行かれ（ここの小さな会堂の地下室でロヨラ、ザヴィエル以下誓いを新たにし、イエズス会の基礎ができるのである）そこの会堂、また有名なノートル・ダームのカテドラル、スペインへ入ってバルセロナの十二世紀建立とかいうカテドラル、その他どんな小さな町へいっても大袈裟にいえば十メートル歩けば会堂があり酒場がある。ゴチック式が多いが、ロマネスクあり、アラブの分子の加わったのもある。概して古いものほど美しい。但しそれは外観だけである。今度初めてヨーロッパにわたり、カテドラルなるものの実物を見て驚いた。建物で一番美しいのは会堂の全景をとったエハガキである。一度中に入ると、うす暗く、大抵正面にステンドグラスの窓があって、青、赤、紫と美しく（しかし私は今度実物を見て、あのガラスはどの位古いものだろうか、本当に古いものならば、もっと美しくなければならぬ筈なのにと思った。）ステンドグラスを見ている中に段々中が明るく物が見えるようになる。教会建築の術語を知らぬので、何といってよいか、正面の内陣とでも申すべきか、その内陣の両翼に各々祭壇のようなものが沢山あり、そこにあふれるほどの装飾品である。恐らく篤信の信者が金にあかして作らせて奉献したものであろうか、聖器の数々、美しいどころかごたごたして煩瑣《はんさ》にたえず、むしろ醜いのである。中には聖人の生首のようなものがむきだしに飾られ、失礼ながら有田ドラッグのいやらしさである。私はキリスト教建築の美しさは聞いたことはあるが内部の醜さについて語るのを耳にしたことがない。どこのカテドラルであったか、私達が信者の邪魔にならぬように後のベンチに腰かけていると、一寺僧が、「汝らはハポネスであろう」といい、先に立って内部を案内し、ハポンから来たものだと大きな陶器の花瓶を見せてくれた。末期の九谷の見るに耐えない品で私はむしろ恥じて顔が上がらなかった。爾来、私はカテドラルは外で眺めることにし、内には入らないことにした。

次に宮殿である。宮殿もいくつか見た。スペインではエル・エスコリアルの離宮、セビリヤのアルカサールの宮殿、ポルトガルではシントラの宮殿、その他を見た。宮殿といえば、バッキンガムやベルサイユの宮殿が話題にのぼるが、私は勿論いずれも見ていない。しかし宮殿なるものを見て贅沢の限りを尽しているが、決して美しいものでないということを知った。先ず王族の肖像油絵がある。華麗な寝室がある。対面の間がある、武器庫がある。また必ずといってもいいタペストリーがある。中にはご自慢のゴヤが下絵を描いたというタペストリーがある。たとえば日本でいえば横山大観下絵の綴《つづ》れの錦《にしき》である。ゴヤの絵はいいとしてゴヤの絵に似せたタペストリーが果して美しいであろうか、私は甚だ疑問である。それよりも古い時代の模様を主としたタペストリーの方が如何に美しいか。それに王宮の調度である。箪笥の表面は平らなのが自然であるが、如何にしてその表面を波打たせ、それに金銀の金具をつけて、それが美しいであろうか。各室にある時計なども私は特に注意して見た。根津美術館にある清朝の王室の子供だましのあの時計、あれと大同小異である。あれを人は美しいと思うだろうか。私は王侯というものは湯水の如くに金をかけた華麗な装飾の氾濫した家具の中におられてお気の毒の方々であったと同情した。

ベレムの塔

ポルトガルへはセビリヤから汽車でいった。スペインやポルトガルの汽車は不思議なことがあって、時刻表には出ていても、第何日と第何日には出ないということがある。第一日が日曜で第三日は火曜日である。途中、乗りかえる筈の駅から汽車が出ず乗合自動車が迎えに来た。その終点アヤモンテから約一キロ歩いて国境の川がある。税関を通りフェリーボートで河を渡ればポルトガル領ビラシアル・デ・サントアントニオ駅である。夕方リスボンに着く筈のが夜中の一時半頃になった。宿はいつも前の宿で次の宿に連絡をつけてもらうのであるが、ポルトガルはいま革命騒ぎで連絡がついていなかった。それに、タクシーを拾うのにも苦心、軍人が乗っていたのに便乗させてもらって、やっとホテル・ディプロマティコに入ることが出来た。夜半である。

翌日、念のために遊覧バスに乗り、ベレムの塔やコーチョ（馬車）の博物館などを見た。海かと迷うテージョ河の河口にベレムの塔がある。ジョアン三世がバスコ・ダ・ガマが東インドに着いたのを記念して造ったものだそうである。ゴチックとアラブ建築を交ぜこぜにしたようなものであるが、ここへ来た時、私はひどく感動した。ザヴィエルもポルトガルを発つ時、この塔を見たろうし、年々日本へ来るポルトガルのナウの乗船者、カピタン・モールもバテレンも、ことごとく、この塔をかえりみて大海へ乗りだしたのである。大理石とは見えぬ白堊の建物である。私はまたテージョ河を見た時、すぐこれは長崎の海とつながっていると思った。リスボンは七つの丘の上にあるというが、長崎もまたポルトガル人が発見した港で、坂があり石だたみがあり、ポルトガル人の指導ではあるまいかとつい思う。最初遊覧バスで来たが、再びタクシーで来て、小橋を渡りベレムの塔の中を隈なく見、頂上に上って、対岸を見た。しかし対岸など遠くて広くて見えないのである。ポルトガルは良い河を持っている。リスボン、否、ポルトガルの過去の繁栄はこの河口の港にかかっている。ベレムの塔はその河口にある。ベレム（ベレン）は確かかくれキリシタンのお祈りの文句にあったと覚えているが、ベレムはベツレヘムのことだそうである。

この近くにコーチョ（馬車）の博物館がある。案内記にはコーチョの博物館とあるが、今は船の博物館と同居の形である。十六世紀以来のポルトガル、スペイン、イタリー、フランスなどの立派な馬車が十数台並んでいる。わが天正少年使節達は旅行中、常に、先の王侯貴族の差廻しの馬車で旅行した。正使二人副使二人、それに教師らを交ぜて常に十人ほどの人数であったという。多分、少年使節らが乗った馬車はこんなものであったろう。試みに車輪間の幅を計って見ると約二メートルある。こんな馬車が通ったからには当時の道幅は余ほど広かったに違いない。箱根の旧街道の一部を見たことがあるが到底二メートル幅の馬車は通れそうもないように見えた。その近所にまた民俗博物館のようなものがあって一覧した。各地方別に列べてあったが、時代の新旧が、かなりへだたっていて疑問がのこった。

図書館、文書館

マドリッドでは先ず最大のビブリオテーカ・ナシオナールへ入った。日本大使館でもらった証明書を持って出かけたことはいうまでもない。但しここには日本関係の本の少ないことは聞いていた。案内所で、日本関係の書の目録の在所を訊いて目録をくって見たが、目ぼしいものが出てこない。野村兼太郎《のむらかねたろう》の何とかいう本があり、ラチが明かないので特別室のような処へ行くと、少勢の人が熱心に古文書を見ている。また戸棚にはここの図書館で発行している古文書の複製などが並んでいる。実は十年前にこの図書館でレオナルド・ダ・ヴィンチの未刊の文書が発見され、「マドリッド手稿」として世界の著名な書店七氏が発行人となり、それが出来上がったばかりで、私達はそれを見ることが出来た。厚かましくも原本を見せて欲しいといったが断られた。(それは分っていたのだが)

ついでに一般の閲覧室を見せてもらった。かなり大きな室で百人は十分入ると思われたが静粛で周りの小高い処には書棚があって新旧の辞書類や参考書がずらりと並んでいる。いちいち見て行くと当座のものばかりでなくかなり古い辞書類があり、美術辞典の大揃物(各々別、日本に美術辞典でこれだけ大きなものはない)が幾組もあった。試みにその中から一冊二冊引きぬいて見ると原色写真の貼りつけたものは幾ヶ所もちぎりとられたのがあり、またある頁の四分の一は明らかにカミソリで切りとられていた。どこの国にもそういう人がいるのかと思った。

セビリヤでは、インド古文書館へいった。セビリヤは支倉を東道していったバテレン・ルイス・ソテロの生誕地である。大きな建物で、閲覧室は縦長で、二列に大きな机が並び、司書とも見える婦人は小柄で美人で感じのよい人であった。目録を見せてもらい、ただすと日本に関するものは、フィリッピン文書の中に入っているという。フィリッピン文書といっても大奉書を二つ折にした位の大きさで、一包が十センチくらいの厚さがあり、それを牛の皮の帙でつつみそれを紐で結んである。ヨーロッパ人は無器用で、いわゆる駒結びになっていて仲々解けない。まごまごしているといかめしい制服を着た係りの人が解いてくれた。日本の古文書さえ読めない私に、十六世紀のスペイン語の古文書が読める筈がない。それでも日本に関するものかどうかは感で分る。しかし古文書といっても当時の手紙であるが、その大きさが殆ど一定しているのは不思議である。ただ見ている中にタイプライターで使う紙を少し厚くしたような紙のは無事であるが、ザラ紙に書いたものは、めくっている中にぼろぼろちぎれ、小片がバラバラ落ちるのである。中にはもうどうにもならなくなって、ぼろ屑をかためたようになっている処が幾らもある。しかし自分が見ている最中にさけて粉になるのは気がひける。十センチほどの包みの中に日本に関するものは一つもなかった。フィリッピン文書は、このような包みが幾つあるか知れない（恐らく十幾つとあるのであろう）。どうせ新しい発見など出来よう筈はないのだから、この一包でやめた。

ただ先に目録を見せてくれた婦人が特別室のような立派な室に案内され、そこで古今景勝図という中国の地図（手彩色。嘉歳次）があり下の方に倭と琉球が別に線で小さくかこんであるのが珍しかった。私は東京を発つ時、イベリアにある、日本の耶蘇会版六種、正しくいえば五種を相なるべくは、それを全部手にとって見たいと思った。

その第一は、スペインの旧離宮エル・エスコリアル（ここには図書館の外に美術館もある）にあるサン・ロレンソ文庫の Guia do Pecador（一五九九年）と「倭漢朗詠集」（一六〇〇年）の二本である。殊に「倭漢朗詠集」は世界の孤本である。これには面白い話がある。たしか戦争前だったと思うが、木村毅氏がこの文庫で、この書物を見た、しかし氏はこれが既に世に発見されているものか否かを知らなかった。帰朝後、何かの雑誌に発表されて問題となった。慶應の自慢の「秋草の壺」に似た話である。エル・エスコリアルには、王様が蒐集された美本の図書館があって、どうかと思ったが、事務室のような室へのこのこ入っていった。年輩の黒衣の僧侶（オーガスチン会士と聞いた）に話すと、すぐ話がわかり、館員に命じると、力のありそうな男が、反り身になって沢山本をかかえて来て大きな机の上にどさりと置いた。ここに「ぎや　ど　ぺかどる」の上巻と問題の「倭漢朗詠集」があるのである。どさりとおいたその一番下はこの本がぞんざいに扱われて二冊あり、他のは立派な皮表紙がついて三方金になっているが、明版の絵入の「三国志」（これとて、そうやすやすどこにもあるという本ではなかろうが）それに明徳堂徐氏永伝、捷法鍼灸（弘治千成冬十月）というお灸の本がこれも皮表紙をつけて三方金になっていた。

さて「ぎや　ど　ぺかどる」の方は上巻だけで、表、裏表紙とも揃っており、綴糸も恐らく元糸であろう。ただ表紙の色が、後に出てくるビラ・ビソーサの「マノエル文庫本」や天理図書館のとちがい表紙が青色で、但し大きな桐の紋五つが雲母摺りで摺ってあるのは何れも同様である。堂々たるものだ。

もう一つ「倭漢朗詠集」の方は表紙と扉の間にホゴ代りに入れた横本キリシタン版の断片が綴じこんである。

（表紙は浅黄色）薄紫の糸はとりかえたものと思われる。裏表紙は右側三センチくらい欠けている。誰が書いたか多分日本人の筆であろう、貼紙して鉛筆で左のように書いてあった。

WA-KAN RÔEISHÛ vol I (II is missed)

The Anthology from the famous singing Poem in Japanese and Chinese.

KEICHÔ（A. D. 1600）at the 5th printed in the Jesu Collegio in AMAKUSA（?）in Japan.

次にエボラの図書館でやはり受けつけで証明書を出すと、暫くして係りの人が応接し、話はわかって、特別室へ次の二冊を持ち出してくれた。

De Institutione Grammatica, 1594.

Vocabulario de Lingoa de Japam, 1603.

共に立派な皮の表紙がついている。日本大文典と日葡辞書である。「ぎや　ど　ぺかどる」の時いい落したが、いずれも厚手の雁皮紙で、さらりとして新しく虫一つ入っていない。いずれも日本で複製本が出ているが、本物を手にとって見るのは格別である。殊にこの本のあり場所がよい。エボラはリスボンからタクシーでいって一時間はかからない。日本に関する古文書、古刊本の多いところとして知られている。日本びいきの大司教（ドン・テオトニオ・デ・ブラガンサ）のいましたところで、一五九八年版のイエズス会書翰集はこの司教に献呈されたのである。

次にエボラよりさらに東、ビラ・ビソーサへ足を延して、ここでは「ぎや ど ぺかどる」の下巻を見た。「マノエル文庫」に属し、先のエル・エスコリアルの上巻と合せて完本となる訳である。私が五種六冊といったのは、そのためである。但しここでは本が出てくるまでやや難儀をした。受付から若い司書のような人の部屋に通されたが、氏はここへ勤めてまだ八ヶ月とかで図書館の中の様子をまるで知らない。目録でもないかと訊けばないという。ここには豪華絢爛たる表紙の本が一般に見せるために美麗な館の中に並べてあるが、書庫の中では本を入れた棚に網戸がついていていちいち鍵がかかっている。サア、ここの図書館に七十万冊の本があるという（それは少し疑わしい）が、私どもにメクラメッポー探して見ろという。そこで私、どうせダメだとは思ったが、目を皿にして古めかしく豪華な本を片端から見ていった。ところが、見つかった。「ぎや ど ぺかどる」を見つけたのである。取りだして貰って見るとそれは何と千七百何年のスペイン版で、キリシタン版ではない。がっかりしていると、僧服を着た古参らしい人が小さな薄い赤い箱をもってあらわれた。その中に私の目ざすキリシタン版が入っているのである。しかし、余りにも箱がきっちり出来すぎていて、箱の蓋（本は縦に入っている）は開かないし、無論箱の中から本をとり出すのが難儀である。僧服をつけた人と若い司書らしい人と二人がかりでやっと本が引きだせた。表紙は黄色で天理図書館本（但し天理本は裏表紙だけしかない）と同じく黄色で鮮やかに桐の紋が如何にも桃山の古活字版といわんばかりに品を保っている。それに左肩に縦一五・七センチ、横三・二センチの題簽がついている。ウス桃色で印刷である。エル・エスコリアルの上巻とビラ・ビソーサの下巻と、しかしこれは表紙の色も違い、要らぬお世話だが一緒にすることは出来ない。しかもエル・エスコリアルの方の取扱いの無雑作とビラ・ビソーサの丁重さとは天地霄壌の差である。

しかし、もう一つオポルトに左の一書がある。

Flosculi ex Veteris ac Novi Testamenti, 1610.

惜しかったが帰る日が迫って、これだけは涙をのんで割愛した。見た本に就いては書誌的な記述は詳しくして来たが、ここでは一般の読者のために省略した。

結　語

イベリアも近頃、人が多く訪ねるようになった。旅行していると、往来で、駅で、盛り場で、旅館で、いたるところで、黒い髪をして鼻の低い日本人に会う。私は有名なプラドの美術館のことは一度も触れなかったが、実は三度行った。行くたびに日本人に会う。行きずりにパリーに三日立ちより、ここでもホンの一寸ルーブルに立ちよったが、ミロのビーナスと並んで写真をとっているのはきっと日本人である。しかし自らもその例にもれないが、あまり誇れるような風采をしている日本人を見かけない。もっとも日本人は大抵学生で、他の国の人も学生だが鼻が高いだけ少し上等に見える。

それにしても奥南蛮、イベリア、スペイン、ポルトガルには日本人が沢山いる。マドリッドだけでも商社その他の人で五百人はいるという。ヨーロッパ人は食事の時、ナイフとフォークを持って食べるなんかいっても始まらない。今ではイベリアを知っている日本人が案外多いのである。私はイベリア滞在中、いつも汽車旅行をした。そこで観察したことを最後に述べる。

我々はとかく緯度でもって簡単にものをいう。キリマンジャロは赤道直下にあって雪をいただいていることを忘れがちである。ピレネー以南はアフリカだなんかいうが、緯度で比べて見ると、ピレネーは北海道の南端で、マドリッドは青森あたりである。ジブラルタルをへだててアフリカと接するアルヘシラスがせいぜい関東である。

私がパリーに着いた時、マドリッドでは四十度だと聞き、フランスに長くいた友人からはスペイン、ポルトガルは夏暮らしにくい処だから体に気をつけろと注意され、古い本（七十年前）を見るとマドリッドは酷暑厳寒の町でかなわんというようなことが書いてあった。しかし、私はマドリッドに着いて驚いたのである。さすがの汗っかきの私が汗一つかかず、朝晩は涼しい風が吹き、昼も木蔭へ入ると、さほど暑さを感じない。コインブラは冬、このくらい雪がつもるといってきかせた友人の寸法は五十センチくらい、リスボンはまるで降らないという。

マドリッドでもヤシの木は生えているし、いわんやセビリヤへ下ると、熱帯植物が繁茂し、道ばたのシャボテンはすごいものだし、ブーゲンビリヤの花が白壁の家を真赤に染めている。汽車の窓から見て一番多く見る木は、スペイン、ポルトガルともオリーブで、ポルトガルに多いのはコルク、それにイチヂクである。青桐の膚をもう少し白くしたような木、皮が縦にさけて生成するらしい大木、何というか誰にきいても名を知らない。偶然会ったアメリカの婦人で木や草の詳しそうな人に例の青桐の白っぽいのを何と申すかと訊くと平気で「プラタヌス」と答えた。とにかく汽車に乗って行けども行けども、駅近くならないと家がない。どこの街にも電柱はないが、鉄道の沿線にはそれがある。日本の碍子《がいし》は例外なく白い陶器であるがスペインではガラスである。各駅実に花を以て飾る。また陶板でもって飾る。これは恐らくアラブの影響であろう。花は別として見るべきものではない。ここに住むスペイン人とポルトガル人、我々日本人からすれば人のいい怠け者の標本といえるだろう。しかし彼らは日本人のように旧いものを弊履の如く捨てず、美術を尊び、学問を大切にする風が見られる。（いわゆる新教育などは彼らの与《あずか》り知らぬところであるが）それに適当に野蛮である。

私は奇縁を得て奥南蛮を簡単ながら旅行した。パリーへ行きたい、ニューヨークへ行きたいなどとはツユ思わない。もし再び外国へ連れだされる機会があったら、再び奥南蛮へ行きたい、そう思うのである。もし秀吉の豪語したごとく、彼を唐、天竺、奥南蛮へ連れて来たら、彼は恐らく目を回したろう。

今度の旅行では、終始、岩谷君に徹底的に世話になった。

グラシアス！　オブリガード！

（「三田評論」七五三　昭和五十年十一月）

六枚と千二百字

小泉（信三）先生の文章の中に、たしかアメリカで、あなたの職業は何かと訊かれて、ライターと答えたという一節があったように覚えている。ライターとは説明するまでもなく、文筆で飯をくっている人のことである。作家、評論家、学者の一部などがそれに当る。特に学者の一部としたのは、元来、本当の学者なら文筆では飯がくえない筈のものである。年中出版社の企画を忠実に守っている学者は、近頃では別荘も建つようになった。

文筆というのは四角の原稿用紙に一字一字字でうずめて行くことである。私も若い頃からずいぶんつまらないものを書いた。それに私の場合、本が正に出来上らんとしている時に出版社が潰れた例が二度もある。川上澄生氏ではないが、学校で月給をもらっているのでそんなに愚痴をこぼすこともない。

要するに私の文章は金にならない。それでも世間で金になっているつまらない文章よりオレの方が幾らかましだとは思うこともある。それに不思議なことに時に意外なところから声がかかることがある。よく人からあんなものにもお書きになるのですかといわれることがある。得意どころか極りが悪いが、せっかく声をかけてくれたから、つい書く気になったので、一種のはずみである。

私が今ここ二年ばかり定期的に書いているのは、この越後タイムスと、私が長年世話になった慶應幼稚舎から、子供のために出ている「幼稚舎新聞」の二つである。越後タイムスの方は、創刊に兄が関係し、私が学生時代から書いたものを繰って見ると意外に多い。一昨年六月柏崎へ帰ると、十月頃から私の方から進んで二週間に一度ずつ書かしてもらい、「柏崎だより」と称している。無論原稿料なしのその上に、十数人の友人に送るためにその分の購読料も自分で支払っている。この週刊紙が気にいっているのは、主宰者の精神が清潔だと思うからである。

大抵の田舎の新聞は出世した人の提灯持ちを書いて小遣を貰い、秘密をもらすと脅迫して金を巻き上げる。また時めく政治家の悪口などは絶対に書かない。私がいつか田中角栄氏の悪口を遠慮なく書いたが、他の週刊紙（こんな小さな柏崎市にも週刊紙が五つ六つある）であったら無論没書にされたろう。その点越後タイムスは公正で清潔である。その点が気に入っている。もう一つ他の週刊紙が、読む記事より広告面が多く、つまり商魂たくましいのであるが、タイムスはおっとりしている。こちらから原稿料を払っても載せて欲しいのである。

もう一つ慶應の幼稚舎で出している。タブロイド判の週刊紙、この方は毎週書いている。

「幼稚舎新聞」の方は「幼稚舎の歴史」というのを書いて今は五十何回目である。越後タイムスの方は一週間おきに六枚（一枚が四百字のことは先刻ご承知のことだろう）、幼稚舎新聞の方は三枚足らず千二百字ということになっている。これも長年ごひいきに与《あずか》ったところだから原稿料はロハである。ただ地元にあるタイムスは、社がすぐ宅の裏口に近いから、原稿をとどけるのや校正を見せてもらうのも便利であるが、東京へ千二百字ずつの原稿を速達で送り、それがウマく届いてくれればよいがと気にかかる。二三回分まとめて書いて送ればよいようなものの、それがなかなか出来ない。一回分書いては私が郵便局へ速達を出しに行く。

さて、その六枚と千二百字であるが、近頃なれて、書いている中に、自然に六枚、千二百字で筆が止まりピリオドとなる。長い新聞記者生活をしていると、注文通り何枚にでも書けるものだそうであるが、私も幾らかその修業ができて来たらしい。

去る九月下旬、スペインから帰ると間もなく、東京のある雑誌社から三十枚、某出版社から近頃、流行る寄せ集め本の原稿十九枚とプラス「かこみ」原稿三枚、もう一つ某雑誌社から写真一枚原稿二枚という注文があった。めったになく（生涯にも）、注文が重なり少々あわてたが、それより三十枚、十九枚、三枚という風な注文である。三十枚の方は材料がありすぎるから加減して書き書きすればと思っていたが、十九枚の方は少々気になった。

ところが、さて書きだして見ると、三十枚の方はきっちり三十枚、十九枚の方もピッタリ十九枚でピリオドとなった。三枚、二枚の方は朝めし前、すぐ出来上がってそれぞれの雑誌社出版社へ送りとどけた。我ながら、オレもまんざらでもないと思って得意になりそうになった。

しかし考えて見ると、バカな話である。ビール一ダースに牛乳三本すぐ届けろと電話があって、「はいはい、毎度有り」商人のようなものである。近頃の流行作家というのか無闇に新聞に名ののる名士諸君は、得意になってそれをしているのである。

自分から出た仕事なら、二十枚の三十五枚のと決まっている筈がない。五十枚になるか百枚になるかも分らない。自分から出た仕事をしないで年中、電話のかかってくる御用を承っていい気になっていてはいけない。学者の書く学術論文の稿料など知れたものである。私は年中材料に金をかけてただみたいな原稿料で書いている尊敬すべき篤学者を何人も知っている。ところがカツ一丁、チャーシュウメン一丁というような注文になると、原稿料もバカにならないのである。私みたいなものでも私の方でたまげる程の稿料が支払われたことがある。有名なるが故に、たのまれればお門ちがいのどんなことでも書く学者がいる。蔵がたち別荘が出来るわけである。


（「越後タイムス」　昭和五十一年一月一日）

近火頻々

年も七十を越えると、知人友人の死が近火のように思えて来る。この春からふた月にもならない中に、大体同年の友人が三人も向こう側へ岸を変えた。

その第一が佐藤恒一君。彼はおそ生れだから私より一つ年が多いことになるかも知れない。しかし彼は出雲崎の出身で、柏崎中学は同級生であった。大正八年中学を卒業してかち、彼は早稲田の文科、私は慶應の文科へ入った。彼は学校を出ると鶴見あたりの女学校で英語の教師をしていたといい、一昨々年私が五十年ぶりに柏崎へ帰るまで絶えて彼に会わなかった。

しかし荒浜の渡辺さんの仲介によったか、私は五十年ぶりに彼を出雲崎に訪ねた。海浜の町に特有な旦那衆の大きな家、家へ上れば広い座敷がたくさんあり、障子をとっぱらえば大広間となる。入口を入ると土蔵の前に小庭があり、二股の椎の木、灯籠の正面の壁に和蘭船だったかアメリカ船だったかの額があった。如何にもご大家の感じで、彼は太平洋戦争以後引きあげて来たという。自分のことは棚にあげて彼は立派な老人である。私とちがって体は大きく、土地の旦那衆然としていた。ご長男が何か事業に失敗し土蔵の中は空っぽになったというが、今は立派に立ち直って盛んだという。その他の息子さん方はそれぞれ立派な会社に勤めお嬢さん方もそれぞれ有望な方々へ嫁いでいられるという。

驚いたのは、彼の妹さんが、東京のではない日本の古典籍界に君臨している弘文荘反町茂雄氏の夫人になっていられるという。反町さんは東大を出て一誠堂の小僧時代、その振出しからよく存じている。よく存じまた私が尊敬している人である。佐藤恒一君の父君吉太郎氏は良寛顕彰のために全力を尽くされたお方で出雲崎編年史の大著もあり、東都の文人墨客との交りも広かった。

佐藤君と話していて如何にも気持がよかったのは、彼が心底から出雲崎を愛していることであった。話の節々にそれがよく出ていた。その佐藤君の逝去の通知をもらわなかった。柏崎日報にも越後タイムスにも出ていなかった。葬式がすんでから柏新時報でやっと知った。私が一月十七日にお悔みに上ったら初七日の仏事の最中であった。

彼は私をなつかしみ、花好きの私に雪割草やかたくりの群落をわざわざ見につれていってくれた。

次に二月七日の小竹久爾氏。氏も私と同様明治三十五年生れという。どういうものか、これから交際はつづいたかも知れないが、実際少、青年の時代は無論名前は知っていても、長い間、お目にかかったことがなかった。在京の頃、越後タイムスの読者大会の時、二、三回挨拶を交したに過ぎず、柏崎に帰って来た時、タイムスの吉田氏と共に宅へ見え名文の会見記か何か書いて下さるということであったが、そういうことを好まない私は予め辞退した。それでも桑山氏とご両氏で作品展覧会の時の外二三回訪問して会った。訪問したというのもお店へゼロックスを頼みにいったついでに上がれ上がれといわれお茶をいただいて帰ったのと、あまり冬眠ばかりしていられるらしいので一度お見舞に上がって少時間話した。その時、私の心にのこったのは、柏崎で先生として私が尊敬しているのは勝田忘庵先生ただ一人といわれた。これは私にもよく分る。私は小竹さんを知ること少ない人間であり、二、三度お目にかかっても情熱の士とも思われないのに、私の兄のために作って下さった縹亭余技帖や、忘庵先生の若い頃の作易繫帖の複製、これは常人の容易に企て及ぶところではない。それに晩年の忘庵先生のために尽されたこと、その外人の知らない陰徳を多々施されていたらしいことである。ただ忘庵先生の教養、力量の抜群なことを認めるのにやぶさかでないが、晩年の忘庵先生がどうしてああ気魄がなくなったことだろう。書もぬれ額も、諸君よく見給え。中年以前の作品に比べて気がぬけてしまっている。私に一つの解釈がある。私は学生の頃、屢々柏木（東京）のお宅を訪ね、その後柏崎商会の時代にも度々お目にかかっているが、何故か晩年心が貧しくなられたためと思う。

第三は赤星五郎氏の逝去である。これも通知に接せず、二月二十日付の新潟日報に、院展の佐多芳郎なる人の記事によって知り得たのである。私は経済界のことを一向に知らないが、赤星氏はたしか鹿児島出身のウツ然たる財閥であって、五郎氏はその一族の一人である。どこで氏を初めて知ったか記憶がないが、多分駒場の民藝館であったかも知れない。氏は李朝の陶磁器の収集で有名であった。氏は李朝の立派な壺が二十円か三十円で買えた頃、事業の関係で朝鮮におられたらしい。氏も慶應の多分法科出身ではないかと思うが、確か私より一級上だったようである。私は鵠沼藤沢のお宅へ李朝を見せていただくために屢々参上した。小さなコンクリートの蔵庫をつくり、その中に桐箱がいっぱいつまっていた。よい頃の収集だから一つもそつがない。

殊に白磁の壺に素晴らしいものがあった。時々夢にまで見たくらいである。私は氏にハガキを書いて泥棒が入るかも知れませんよ、ご用心ご用心などといった。そして是非図録を出すことをお勧めした。何年かたって××書房からA５判の解説付の図録を出された。その序文だか後記だかに、吉田君にそそのかされてこの本を出す気になったと書かれていた。本文は氏の意を体して同じく慶應の文科出身（漢文科）の中丸平一郎氏が書いた。それは大分前のことになるが、その後本屋で再版を見た。

その後氏はガラス、それも日本のガラスに興味を持ち、時に李朝をガラスにかえられた。また妙なことが一、二回あった。急に電話があって山形へ旅行したが清親（浮世絵）の一かたまりを見た、買うべきや否やと。他人のそんなことに答えられよう筈がない。

氏は大様でこせこせせず、そのくせかん高い声で言葉は少しぞんざいで、それでいてどこかご大家の御曹子の概があった。

（「越後タイムス」昭和五十一年三月七日）

朝の一服

私は近頃、時々朝抹茶を頂戴することにしている。何という人か著名な登山家に、何故山に登るかと訊いたら山があるからだと答えたという。

私のお茶がそれである。とにかく好きな茶碗があるからだ。茶道というものは、なかなか良いところがある。それ以上にいやなところがあるから、お茶には近づかない。私は若い頃、約一年ほど生花の先生（古流）に来てもらって、花を生けるところを見せて貰った。最初からの約束で私は一切手を出さず、ただ先生が花を生けるところを側で見せてもらった。なかなか合理的で、ある型があってその型を守っていると、とにかく一応見られる作品ができあがる。よくできていると思った。ところで一年も見ているとつまらなくなり、厭きが来てやめてしまった。

茶道にもかすかな憧れを持っている。ところが茶人というと嗅味が強いし、第一その雰囲気がいや味である。それよりそこで使われている道具に目をやると興ざめである。デパートへいって、茶道具の飾ってあるコーナーが一番醜悪である。私が上野毛に住んでいた頃、すぐ近くに五島美術館があり、その入口の売店に家元が推薦する茶碗が二つ三つ何時もならんでいたが、厭味に耐えないものであった。

茶道を心得ていなくとも抹茶はのめる。お茶をのむには茶碗があれば足りる。とかく物は安かろう悪かろうであるが、茶碗はその限りではない。現代作家で最高の茶碗造りは荒川豊蔵氏といい、一個六七百万円するそうであるが、私は買えもしないが、そんなのが欲しくない。強さもヘラ目も万事意識していて、自然な作品ではない。大自然を巧みにミニ化した盆栽のようなものである。ごうかいに見えて鬼の面である。人間国宝文化勲章のご仁についてそんな悪態をついてよいのか、お世辞をいわず、思った通りを正直にいったまでである。近頃あまり物事を正直にいうと損をすることがあることを実地で知ったが、性分で仕方がない。

それではお前はどんな茶碗でお茶をのんでいるのか。それを正直に白状しよう。古いものが三箇に現代作家の新しいものが五箇、都合八箇、現代作家のものは暫くおくとしよう。古いもの三箇の中、二箇は自分で買ったもの、一箇はひと様に貰ったものである。二箇は二箇とも安南の茶碗で、その中の一箇は今から約四十年前、近頃、えらい羽振りの羽黒洞氏が本郷湯島の自宅の一部にごたごたと品物をならべていた時代、うす暗い物置みたいなところに、丁度茶碗が入っていそうな黒塗の箱があった。紐をといて明けてみると白い茶碗が伏せてある。明るいところで見ると、まぎれもない安南の茶碗である。形がよく肌がよい。一本ニューがあるが、よく繕ってある。見込みには重ね焼の跡がある。いくらで買ったか忘れたが、当時の羽黒洞のことで大した金ではない。安南の茶碗ではトンボが流れたような模様で有名な茶碗がある（よく色んな図録に出ている）。しかし私は何にも模様のないただ白い、十分使ったあとのあるこの茶碗がとても気に入った。私は自分の見方に甚だ頑固である。他人がいかに悪口いっても自分がよいと思ったものはよい。世の中には人に見せて悪口いわれると忽ち、手離したり、かくしたりする人がある。ひとの目などどうでもよいではないか。自分の目を信用しないでどうして買物などできよう。（口径一二・二センチ、高さ七・三センチ）

もう一箇好きな安南茶碗がある。これは去年の何月だったか上京した折、渋谷東横デパートの本店、何階かで、南シナや朝鮮、僅かに日本の品を狭い一角に並べて売っていた。たまたま安南の茶碗が五、六個出ていた。それぞれ見どころがあり、厭味のものは一つもなかったが、一箇特にゲテな、見込みの重ね焼の跡は大きく、外はゴスで何だか訳のわからぬ模様が大きく描いてある。掌でごしごし絵ノ具をなすりつけ、その上にちょんちょんと筆を走らせて燕のようにも見えるし、それが三ヶ所その間ぐりぐりうず巻きのようなものがあしらってある。いくら伊万里の職人でも日本人ではこうは描けない。大胆不敵である。どう見てもゲテ物である。しかしひょいと見てもじっと見ていても美しいことは変らない。私は五つ六つの茶碗の内この一箇を選んだことを感謝した。まだ一度もこの茶碗でお茶をのんだことはないが、使って益々よくなるのは相当後のことだろう。（口径一四センチ、高さ五・五センチ）

最後に古伊万里の茶碗で、正直にいえば、荒浜の渡辺米蔵さんから貰ったのである。これは三箇の中、一番執着がある。恐らく昔の貧しい人の飯茶碗だったのだろう。在京の頃、柏崎へ帰った際渡辺さんを訪問した。渡辺さんの収集にはソツがない。それにどういう秘法があるのか渡辺さんが出して下さる煎茶が誠にうまい。色々見せていただいて、この茶碗を見た時、私の顔が物欲しそうに見えたのだろう。気前よく上げるとおっしゃる。帰りに新聞紙に包んでいただき、そのまま東京へ持ち帰って愛撫した後、桐箱に納めた。（口径一二・八、高さ五・三糎）見込みを見れば底に奇形の花型のようなものがあり、それを離れて二重の線があり、さらに口元に二重の線がある。余程粗末に扱われたのであろう。それに外側が甚だ美しいのである。古伊万里にこういう現象があらわれるものか側面ぐるっと辰砂《しんしゃ》のようなまた、釉裏紅のような色が帯のようにぼうっと浮んでいる。虫食いのような小さなホツみたいな穴がぽっぽつと沢山あり、そこへ三箇所に折れ松葉が無造作に描いてある。それが何ともいえず美しいのである。

以上三箇の茶碗、ともに愛している。その道の玄人はどう思うか知れないが、ひとが何と思おうと私の評価は変らない。この茶碗に美しい緑の泡が立つ。美しくかつうまい。いい気なものだと笑わば笑え、私は平気である。

（「越後タイムス」　昭和五十一年四月十八日）

木を植える

先月だか先々月ころからの朝日新聞に石坂洋次郎君が、毎日曜「老いらくの記」というのを書いていた。多分石坂君の方が二つばかり私より年かさと思うが、学校は私の方が一年先に出た。彼と同じ教室で戸川秋骨先生の講義を聴いたこともある。学生時代、私は彼と直接の交渉はなかったが、親友の北村小松が、中に立って彼の消息はいくらか知っていた。学校を出て大分たち彼が田園調布に、私が上野毛に住むようになってから、彼が日課の玉川散歩の途次、時々彼は宅へよって世間話をした。ある時、私になやみごとがあって、彼に打ち明けようとしたら彼はすぐさえぎって、私にそれを言うなといった。「僕はすぐ書いてしまうから」といった。彼にはそういうよいところがある。

彼の「老いらくの記」は例によって例のようなものである。もう想が枯渇して物を書けなくなったが、昔書いたものの余沢で生きている。お手伝さんが二人、自動車の運転手さんが一人、それにコリーだか大きな犬と住んでいる。(先年奥さんを亡くされた。)それに彼は小説家であるから「こと」には興味があるが、私は「もの」に興味をもつ。彼の書くものにはまるで「もの」が出てこない。ただ彼が近頃毎朝の新聞の消息欄で死亡の記事を見ると何となく注意すると書いてあった。

新聞の消息欄で、死亡のことと なると、近頃私もよく注意して見るようになった。そして必ず年齢に注意する。というのは今年六十四歳までが明治生れだから、それ以上の年齢の人の記事を見ると、また一人明治生れが減ったなと思う。そうして私が数少ない明治生れで、何かネウチが出て来たように思う。若い人が見たら、古い山高帽や蓄音器がまた一つ屑屋に払われたかと思うであろう。相見たがいであって致し方ない。

さて毎度いう通り私は木や草が好きである。この間、むかし書いたノートを整理していると、昭和九年から三十七年まで、園芸日記というのが二十二冊出てきた。うち二冊は丸善で買った小さな舶来のノート、他はみないわゆる大学ノートである。懐しくはあるが、何の役にもたたない。しかし私の木や花への遍歴が詳しく分る。それに私が何をやるにしても、如何に贅沢な人間であったかが分る。贅沢なんて修身の方からいって必ずしも感心した性質ではない。しかし私は腹の底の底の方で思う。やはり贅沢はやってみるべきだと。殊に絵や工芸品などで—花でもそうだが—一年中倹約をして物を買っているようでは、その目は伸びない。私が七億何千万円のアンリ・ルソーの「世界の楽園」を買う訳にはいかないが、時にせいぜい三千円、五千円のソバ猪口に百万円の贅沢をするとする。子供のために百万円のピアノを買いオートバイは買えても、タカが二、三千円の猪口に百万円を支払うのには勇気がいり、また、その素質が必要である。金ムクの恵比寿、大黒に百万円の金を出すのは何でもないが、タカが古びた根来のお椀に何百万円を出すのにはそれだけの素質がいる。一億円の蓄金をふところにしてニコついていても、欠けたお盆に百万円を出せる人は、それだけの素質にめぐまれているのである。

私の筆はとかく横道にそれる。そこに私の文章があるといえば、いえないこともない。実は緑化運動の真似ではないが、この年になって好きな木を植えたいのである。昭和九年以来の園芸日記を見ても、私は草花の外にいろんな木を植えている。しかし折角植えた木も家が変ればそのままになる。家が定着しなければ木は育たぬ。私は東京で初めて自分の家を持ったのは昭和十五年十月であった。それまで私は学生時代の下宿生活を別として、何時どこの家に住んだか、表示して見る。

大正十四年四月　東京市外大久保百人町

昭和二年六月　東京市外調布鵜ノ木

昭和十年七月　東京目黒区中目黒

昭和十三年七月　東京世田谷区玉川町上野毛五二五

昭和十五年十月　自宅（玉川上野毛二一七）

昭和十五年にすべて自分が設計し専門家に見て貰って二十七坪の家を建てた。（当時既に戦争のために三十坪以上の家は作れないことになっており、外に書物を入れるために五坪の掘建小屋を建てた）

大地主T氏の角屋敷で借地百二十五坪、当時径三十センチくらいの桜の大木が一本あった。東京では花の後必ず毛虫（柏崎地方では椿も桜も花の後で毛虫が出ないのは不思議である）が出るので地主さんに頼んで、惜しくも桜の木を切って貰った。家も新しく庭は全くの更地から始めた。垣根にはドウダンとツゲ、（それにカナメ）それから次々に雑木を植えた。近頃では、庭に雑木を植える人が出て来たが、当時、庭に雑木を植えるなど人の笑いものであった。例えば、クロモジ、ナラ、クヌギ、ホウ、ケヤキ、ハゼ、アズサ、ゴンズイ、マンサク、シラカバ、ネムノキ、ミズキ、トチ、等々、それにツバキを沢山植えた。「光源氏」というのの外ツバキは全部一重で茶花に使えそうなものばかりであった。（なお当時、アメリカ水木を植えたのは最も早い方だったろう）

木を植えて大きくなるのを待てば歯がゆい。木ではないけれど例えばシナ蘭の新芽が見えて三枚葉か四枚葉の一人前に開ききるのには三年はかかる。木ではそんなことはないけれど年月は恐ろしい。昭和十五年に家を建て木を植え昭和四十八年六月、東京の家をたたんで越後へ引き揚げる頃は、私の家は妖精の住む森の中の一軒屋のようになった。僅かに一重の黒椿と雪白の肥後椿二本をもって田舎へ帰って来た。

ところが近頃、また一本二本と木を植えはじめたのである。一メートルほどの私が特に選んだ木である。その二本はウィーンから来たマロニエとブレオッティというどこの産か知れないが赤花のマロニエ、それに印度産かと思われるソケイ、みな一メートルほどのものだから花の咲くのは早くて五、六年先、遅ければ七、八年後、それまで私の命がもとうとも思われぬ。美しかったら誰が眺めてもよい。

（「越後タイムス」　昭和五十一年六月十三日）

我が家を弔うの記

去る五日また上京した。昭和四十八年六月帰郷以来もう三年三月たった。その間ピストンは大袈裟にしても、屢々上京した。しかし私が長く住んだ上野毛へは一度もいったことがない。家のことは全部土地会社に任せたのであるが、借地を返す時、因業な地主さんは建物（建物の中にはブロック製の書庫あり、半鉄筋製の建物もあった）一切を取りこわして返せといったということで、当然、屋敷はそのままでも建物は全部姿を消した筈である。借地百二十五坪、建物は私の設計で、二間《けん》の床の間だの七尺の廊下だの今の時勢からいえば効率のわるい、幾分特色のある建物であった。それに、普通の人の植えるいわゆる庭木、松だのモッコクだのコウヤマキだのツツジだのは一本もなく、ホウだのケヤキだのハゼだの、ナラ、クヌギ、コブシ、ゴンズイのようなものを植え、その上、野草、山草を無闇に植えた。帰郷する二、三年前に野草に詳しい木刻家の長沢さんにお願いして野草、山草によい環境を作ってもらった。飛石のようなものを所々に十四、五入れたのである。石の下に野草の根が入りこんでよく育つのだそうである。私は大抵のことを世間の人より少し早くやるので、今から三十何年か前に庭に薪にするナラやクヌギを植える人はあまりなかった。（近頃そういう傾向になって来たが）それに石仏をおいたり、シナ甕をおいたり、どうやら私の家らしい格好になっていた。

時々上京しても、既に家はないし、あの木や草はどうなっているか、見るのが少しこわかった。それでどうしても上野毛に足が向かなかった。ところが去る五日、上野毛のカトリック教会に若き友人の結婚式があり、披露宴は芝のプリンス・ホテルであるのだけれど、思いきって式に出席かたがた我が家の跡を見ることにした。こわごわであった。

渋谷から自由丘で乗りかえて上野毛の駅に降りる。駅前の店が少しキレイになったようだが、大した変りはない。駅から三分くらいなところに我が家はあった。下を電車が通る橋を渡って二百メートルほどいくとわが家の跡にくる。その間にコンクリート建ての安アパートが建って先ず目ざわりである。それからとぼとぼ歩くとわが家の跡にくる。あの自慢の生け垣の半分はなくなり、それも手がとどかず、むさぐるしくなっていた。私の家の垣根はドウダンを植え、その根元にツゲを植え、春からドウダンは若緑、秋は紅葉し、下のツゲは濃い緑、この垣根ばかりは前を通る人がよく嘆声を上げた。垣根の中には、雑木の外に、ハクレン、ツバキ、ボケ、モクレンと花木を植え、それにホウが大木となって五月頃になると強い匂いを辺りに散らす。垣根の間に一年中、何かかにか花が咲いているので、誰いうとなく「花のある家」といわれていた。それに入口にネムの木を植え、近頃珍しくなくなったがアメリカ・ミズキを植えたのが、いずれも大木となって、あのおとぎ話に出て来そうなネムの花、その前に白いミズキの花が咲く。近所にアメリカに永く住んだ人がいて、ミズキの花が咲く頃になると一枝欲しいと所望された。但しネムもミズキも大木になって枯れた。椿は二、三十種、いずれも一重、茶花に使えそうなものばかり、苗で買ったのがいつの間にか大きくなって、花は美しいが、春になると毛虫が出て、その退治には骨が折れた。

家はもちろんなく、木や草の中、大きな木、ホウと、ハクレンと、マユミが、不格好のまま残っていた。それに白い小さな家が一軒建ち、半分は自動車の駐車場になっていた。私のひそかにおそれていた末世の姿である。味気ないこと限りなし、心のなかで、歎声をもらした。

私の家は地主さんの角屋敷だったのだが、少し離れて両隣の家がある。いずれも会えば挨拶するくらいで、親しくもしていなかった。どうせ共通の話題のあるような人達ではなかったからである。ただ両家とも三年前と少しも変らず、折からキンモクセイが枝いっぱいに咲き、あるところではあの小さな花がこぼれてミカン色の毛氈をしいたようになっていた。あの時分、私が外から帰って来る時、ことに夜さかんに匂ったが、今昼この辺りを歩いて見て、その匂いがしないのである。

それからすぐ近くの五島美術館へ入ったが、昔の切符売り、事務員の人は皆変っていて知った人が一人もいない。昔なら向こうから会釈の一つもするのである。美術館では美術館の蔵品で、殆ど顔見知りの品物がならんでいた（国宝、重要美術品も何点かあった）。そこを出てすぐそばの、昔、島津貴子さんが初めて世帯を持たれた時の小さな家、大きな趣味のわるい洋館を建てたまま一度も住まなかった美空ひばりの家、皆標札の名が変っている。そればかりではない、辺り近所の標札を見ると、大抵、代が変っている。僅かに三年の間にである。

私のいた時代よりよくなったと思えるものは一つもない。前に住んだ人の屋敷は二つか三つに分けられて小さくなり、せせこましくなっている。懐しさというようなものが感じられない。ただ昔の我が家を弔うような気になったのである。

なお近所にある大地主の家敷の木、モウソウダケの藪や何だか知れぬ大木が、昼なお暗く繁り、昔、苗であったサクラの林が見上げるばかりに大木になっている。これは小きみがよかった。誰か昔の人に遭うかと思ったが、それも誰にも会わなかった。むしろ会わなかったことを喜んだ。教会に神父さんで知った人もいたのだが、その誰にも会わなかった。それでよいと思った。

（「越後タイムス」　昭和五十一年十月十七日）

強きを助けて弱きをくじく

十一月十日、天子様の御在位五十年のお祝いがあるという。おめでたい限りである。天皇制とか何とかいわないで、私は今の天子様の大のひいきである。その正式の日も決まらず、ただその噂が新聞にのると、東京都知事、美濃部亮吉氏はすぐ、その会には出席しないと言いきった。何故か、私はその時すぐ、昔、誰かの随筆にあった「強きを助けて弱きをくじく」という題を思い出した。たしか戦争中で羽振りのいい軍人をからかった文章だったかと覚えている。

歴史をひもとくと、室町時代の末、後奈良天皇の頃、皇室の式微《しきび》その極みに達し、御所の築地の中を乞食や物売りがうろうろしていたと伝えられている。後奈良院のご親翰が割に多く遺っているのは、恐れながら天子様のアルバイトのせいではなかったかなどという人もある。皇室の御権力は地におちて、足利氏やその陪臣が専横をきわめていたのである。

しかし、出世街道を大股に突っ走っていた織田信長や豊臣秀吉は、向かうところの強きをくじき生活のどん底におありになった皇室に手をさしのべた。皇居を修理し、屢々献物をおこない、伊勢の神宮にまで手をさしのべた。

今、天子様は国民統合の象徴などといわれているが、何の権力をもお持ちでない。恐れながら天子様をバカだグズだといっても誰一人咎めるものがない。ところが今仮に共産党の党首宮本顕治氏を二枚舌だといったら、ただではすむまい。実は私は最近、日本共産党中央委員会出版局で出している「日本共産党紹介」なる一本を読んだ。極楽のようにいいことばかり書いているけれど、私ども自由人の住める世界ではない。洗脳に洗脳を重ねる組織が網の目のように出来ていて、何とも恐しい。しかしその組織作りには感心した。

私は大の天皇びいきではあるが、この天皇制が千代に八千代につづくものとは思っていない。世界の歴史の流れから見て、そうあるべきものではないからである。しかし天皇も我々も共に仕合せになる世界をひたすら望んでいる。皇居に火焔ビンが投げこまれたり、三大節に天子様が国民にお会いになるのに、防弾ガラスの中でなければならぬようなことは、天皇にとって、また我々にとって最大の不幸である。天皇も我々もともに鼓腹撃壌《こふくげきじょう》の世の中を希求する。

しかも天皇制からの推移が手荒な手段であってはならない。天皇も我々も天国のようにはいくまいが、極めて聡明な手段によって推移し、お互い様仕合せになりたいのである。しかし今の自民党政府のような、ワイロをとっても外国から貰ったのだからよいとか、ワイロをとってても何の道徳的責任を感ぜず、またオメオメと選挙に出るとかするようであったら、天皇制は早くゆらぎ、それも手荒な手段に訴えることにならないとも限らない。私はひたすらそれを恐れている。

さて美濃部亮吉氏である。氏の尊父達吉氏は戦時中、天皇機関説をとなえて、囚の人となった。他意はない「機関説」などという言葉が傀儡《かいらい》を連想する感情論から来たものであろうか、それは一に皇室を安泰におくためのものであったに違いない。それを、洋服をきちんとすきまなく着こなし女たらしみたいな声で、庁内の女子から花束など贈られて得々としている彼亮吉氏は、強いもの組合なんかには至って弱く、無闇に人をふやし東京都の財政を危殆《きたい》におとしいれている。天皇の治政五十年式に出席しないと一種の弱いものをくじいて人気を博そうとし、最も弱い天子に無礼をはたらいて得意なのである。これぞ「強きを助けて弱きをくじく」外の何物でもない。後味のわるい話である。

昔から俠客などで強きをくじいて弱きを助ける話が伝わっている。昔は無鉄砲な人間が案外多かったから、あるいはそういう人が、一人や二人いたかも知れぬ。しかしそれもよく吟味しないと、まちがいが起こる。そのあべこべなことをして世を渡ったこま鼠のようなチンピラ俠客も割といたのであろう。

しかし今の世の俠客風情は、恐らく例外はないといったらよいであろう。小金大金をばらまいて、さらに大金をごっそりかっさらって行くのが、今の政治家俠客である。総理大臣の位置を利用してさえ金をもうける。沙汰の限りである。その上、金ににらみをきかせて、舞台を暗転させ、飛ぶ鳥跡をにごさないような格好にする。

初めに述べたように、私は天皇びいきである。直接天皇に接した訳ではないが、読んだ限りのお人柄、見識、学識、責任感等々、崇拝すべき人物である。ご在位の五十年はおろか七十年でも八十年でもご長命をねがいたい。

しかしこの体制を崩壊させ、しかも尋常でない手段で（悪い想像をすれば）血を血で洗うような手段を引きよせるのは、今の自民党の亡者諸君ではないか。強きを助けて弱きをくじきかつ朝から晩まで金々々で暮している首相以下の自民党のお歴々ではないか。そういう目で見ると、現代の大新聞がみな「強者を助けて弱きをくじい」ているように見える。なさけなや。

あの天皇の皇后と共にご団欒の写真は、平和の象徴である。くりかえして言うが、この天皇と共に平和の世を永く維持するのは今生きている政治家の責任である。自由を愛する私には、如何に絵に描いた餅が美しくとも、共産党は御免である。

（「越後タイムス」　昭和五十一年十月三十一日）

長寿法なし

短命法はあるけれど、長寿法はないというのが私の持論である。多くの人がこれに反対するだろう。統計的にいって明らかに日本人の命が年々延びているではないか。医学の進歩によって、統計的に日本人の寿命は延びている。それは私も認めるにやぶさかではない。それはこれまで幼児の死亡率が著しく減少し、不治の病とされていた結核が殆ど心配なくなり、ガンも早く発見されれば、かなりの率助かるようになった。また地方々々によって粗食の小村や漁村に長寿者の多いところがある。医学者は統計をとり、玄米を多く食べていたせいだとか（近頃、稗や粟を常食する農村、玄米を食っている所さえ探してもないだろう。）またよく海草を多くとるせいだとかいう。それもそうだろう。そうかといって、今それを応用して長寿村にしようと思っても、それは無理である。とにかく、寿命はその人その人の背負って来た運命で仕方がないというのが私の信念である。

短命の方は、簡単にできる。不養生をすればてきめんである。それでもニコチンがどうの、アルコールがどうのといっても、毎日煙草の吸い殻を所きらわず林立させ、また毎日一升酒をあおるように飲んでいても八十、九十へイチャラの人がいる。その人の持って生れた定命である。短命の方は酔っぱらって自動車を運転すれば、電信柱にぶつかって命を失うことはいとやすい。

しかし長命の家というのがある。家系を丹念に調べて行けばすぐ分ることだし、昔の儒者や蘭学者の家系などによくあった。今は会社で誰が社長だか知れないが有名な銀座の資生堂の福原氏、その何代かの信義氏と親しくしていたが、私の家では六十歳以上生きた人がいませんといっておられたが、ご当人の信義氏も六十になるかならない中に亡くなられた。

医学の進歩は、もろもろの病気に関する対策を講じ、昔はそのままオダブツになった盲腸炎や胆石病なども腹をさいて、とってしまえば、がらりと元の体になる。その他昔なら当然死ぬべかりし病気にかかって今はピンピンしていて医学の進歩のありがたさを感じている人がどれほどいるか分らない。

しかし、人間には、その人その人がもって生れた定命というものがある。木彫家平櫛田中氏のごとき百歳を超えて、未だにカクシャクとし、これから先三十年分の仕事の材料、よき木材をためている人がある。それは、別に平櫛氏が特別の養生法を講じたためでなく、おのずから生きてしまったのである。とにかく普通の場合、八十まで生きれば長寿の方である。その上生きのびて、さて長寿法というと、自慢げに長寿法の講釈をする。早寝早起きとか、毎日五勺の晩酌をかかさないとか、足が弱らないように、毎早朝マラソンをするとか、物を気にしない（性質でそんなことができるものでない）とか、腹八分目に食事をするとか、もっともらしい我が長寿法を述べる。私はいつもおかしく拝聴している。いくらか敬老の精神を持ち合せているからである。

病気になったら、その病気を医者に直してもらう外、長寿法はない。さてわがことに移る。私は今年七十四、早生れだから年が明ければ確実に七十五歳になる。柏崎へ帰ってから年々敬老の日に餡だの敷布だのいただいて恐縮している。私の定命はいくつで、いつまで生きられるか知れないが、内心ではもう五年、八十まで生きたいと思っている。私は今別に持病がある訳でなく不摂生もしない方だし、不健康には見えないらしく、人に会えば「長生きする」といったようなお世辞をいってくれる。人間は一体にお世辞を好むものである。私は昔、あるえらい人を知っていて、その取り巻きが時々その先生を囲んで会を開き心にもないではなかろうが、お世辞をいう。私は毎度そばで聞いていて、よくあんなお世辞がいえるナアと思い、また先生もよくそのお世辞をうれしそうに聞いていられるナアと思っていた。

本当に人間はお世辞を好むものである。タマにはお世辞をきいてカンシャクを起こすものがあってもよかりそうなものだが、そうではないらしい。正宗白鳥くらいになったらお世辞をきいて、やな顔をして帰って下さいくらいいいそうである。白鳥は某文士が訪ねて、お暇の時、寄せて下さいといったら、「暇はない」と答えたそうだ。

正直なところ、私はもう五年、八十歳まで出来るものなら生かしておいて貰いたいと思う。定命がかくあらんことを希う。それには二つの理由がある。一つは今手をつけ志しているある仕事、これがもう五年かかれば大体完了すると思う。それが完成すれば、いくらか私の生き甲斐になろう。世のため人のためなどとはいわない。手ばなしで始終世のため人のためなんていっている奴は大抵ずるい、こすい人間である。

もう一つ八十まで生きのびたいというのは、今年から植え始めた花木の花が見られようと思うからである。内では、もう空地がなくて木を植える余地がない。それを工夫していろいろ植えたが、今夢中になっているのは、西洋のマロニエとプラタナス、インドのソケイ、熊本の肥後椿、それに日本のトチの木などである。プラタナスは今、日本にあるのは木の膚がひふ病みたいで嫌いである。ところが西洋で見たプラタナスは好ましかった。プラタナスといっても何十種もあるという。マロニエは日本のトチの木と同種のものであるが、これも西洋のは口紅などつけてシャレている。インド原産のソケイは藪みたいなものだが、黄花で私の好きな花である。マロニエはウィーンから将来されたものの外に、日本で求めた赤花、それに親切な友人が、ロンドン、パリー、コモ湖（北イタリヤ）、マドリッドその他各地の花木の種を集めてくれつつある。マロニエ、プラタナス、クリの種子からというのは、生きている中に花を見るのは無理であるが、それでもそれを待つのが楽しい。

（「越後タイムス」　昭和五十一年十一月十四日）

寒がりのくせに

私は自他ともに許す寒がりである。子供の時からの寒がりであった。冬になるとシャツを何枚もかさねて着ぶくれている。背中を丸くして着ぶくれているのはあまりよい格好ではない。幼い時からの習慣にもよるだろうが、やはり体質である。昔私が教えた人で後にアイス・ホッケーの有名な選手になったM君などは、真冬でもいつも上着の下は薄いアンダーシャツ一枚で汗を流していた。顔は寒中でも出しっぱなしではないか、体だって同じだと、年中裸で日本中を歩き回っている奇人がいた。理屈はそうか知れないが、他人がそれを半日まねたら参ってしまうだろう。

寒がりのくせに、私は妙に暑い国に魅力を感じないのである。近頃夏になると、ハワイやグァム島やタイなどへ行く人が多い。私が行ったら、また別に面白いものを見つけてくるだろうが、年中カトレア（カトレアは確か南米）のような華やかな西洋蘭が咲き、極楽花とか別名のついたストレリチヤ（これはアフリカ産だったか）だの何だのかんだの派手な花が季節のみさかいもなく咲く。ブーゲンビリヤとかハイビスカスとか、今日本の花屋のどこにも売っている花が夏も冬も区別なく咲いている。それにシャボテンである。何か奇怪の形をした胴体に蠟細工のような照りのあるこれも美事な花が咲く。私は熱帯植物に興味を持たないから産地などごっちゃにして語っているであろう。そんなことはどうでもよいのである。美しいかどうか知れないが、ラフレシャなんて花は直径が一メートルもあるそうである。熱帯に行けば、そんな花が季節もなく咲いているらしい。それにヤシの類も何十種もあるらしいが、無闇に幹の太いのもあれば背の高いのもあれば幹がヒョータンのような格好をしたのもある。アンリー・ルソーの絵で見るとなかなか面白いが、現実には、私はああいう熱帯の風景が大体好きでない。それに今ホテルとか喫茶店に飾ってあるいわゆる観葉植物というのが大体熱帯性のものである。

西洋人もそうらしいが、大体の殊に若い日本人が熱帯植物を好むらしいのである。一時新婚旅行のメッカになった宮崎県などはヤシやシャボテンでグァム島かハワイの出張所みたいになっているらしい。そんなに遠くへ行かなくとも伊豆半島でも温泉のあるところ、どこもヤシの木、ハイビスカス、ブーゲンビリヤで熱帯をよそおっている。

それに熱帯に住む鳥や蝶、みな原色の、人はキレイというかも知れないが私は気味がわるくていやである。小鳥やの店先で見るオウム、インコ、何とかホレ、キレイネと子供に指さして見せる母親の気持は分るが、あれが年中側にいたら私は困る。いやである。その上二十年この方はやって来た熱帯魚なるもの、これも何ともエタイの知れない形をし毒々しい原色である。よくテレビなどで熱帯の海底を見せてくれるが、珊瑚礁だのバケモノみたいなイソギンチャク。タコだって、子供の揚げる凧は愛嬌があるが、現実のタコは何ともいえない気味のわるい、いきものである。（西洋人はバケモノといって食わないそうである）沖縄の海洋博覧会の折など屢々見せられ、美しいものとして見せてくれたのだろうが、私はいつも気色がわるく、あんな所へ行くものかと思った。酋長の娘とよい仲になったのなら別な話だが、熱帯の自然には全く魅力がない。

そこへ行くと、日本の自然は美しい。日本というと人はすぐマツやスギを思うだろうが、私は下賤の生れで、そんな庭木なんかでない、ただの雑木で結構である。山へいけばいくらもある。ナラやクヌギ、ケヤキ、ホウノ木、ヤマボウシ、トチノ木、コブシ、マンサク、ヤマモモ、ミズキ、サンシュウウ、ヨロンゴノ木（エノキ）、田園へ出れば、ヤチダモ、海岸へ行けばコウコノ木（ネム）、数かぎりなく何でもなくて良い木がある。クスノ木は私の大好きな木だが、柏崎のような寒国では育つまいと思っていたら、何げなく諏訪町を歩いていると、かなり大きなクスノ木が立派に茂っていた。私の子供のころには全くなかったニセアカシヤが、今海岸へ行くとメチャクチャにある。この木だって手当てをしてやれば大きく育ち立派になるのである。

それを植樹祭などというと、どうしてマツやサクラやスギに限るのだろうか。雑木それぞれ立派である。ただ雑木というとバカにして手当てをしてやらない。もっとも柏崎の街を歩いていると各家庭にあるゼニを使って植えた木の外、見てやらない。私は街を歩きながら、持ち主のない大きな木を市の側で世話してやってもらいたいと思う。宣伝本位の植樹祭などいらぬお世話である。早い話が市役所の前に何年か前に植えたらしいイチョウの木が確か六本植わっている。その中の一本をのぞく外、みな（多分雪のためであろう）かしがっている。市長さんなどは毎日車で通っていられるだろうからご存じないであろう。かしがった木がそのまま大きく育ったらどうなるか。サクラの苗を植えて木を植えたと宣伝するより金はかかるだろう。このイチョウを掘り起して真っ直ぐにし支柱をたててやって貰いたい。

それに、日本に住む蝶や鳥、これも日本らしくどこまでも地味で美しい。蝶の中でもっとも派手かと思われるアゲハやムラサキタテハ、アサギマダラといっても知れたものだし、鳥でもオオルリ、コマドリ、カワセミ、アカゲラなどといっても知れたものである。ここにいう知れたものというのは熱帯のあの派手姿にくらべてずっと美しいという意味である。

寒がりだけれど、あの熱帯の原色の花、蝶、鳥にくらべて我々は自然にめぐまれている。湿気はないかも知れないが、年中暈繝《うんげん》細工のような自然の中に暮らし、唇の厚い酋長の娘と手づかみで物を食う。ああ、いかな私が寒がり屋でもこのままでいい。雑木雑草みな美しいではないか。四季の季節のはっきり目に見える日本の自然、今柏崎では盛んに雪がふっている。既に数日やむことがない。明日、善本稀籍の展覧会を見るために上京する筈であるが、果して汽車が通じるや否やが気がかりである。あの善本も熱帯にはないのである。

（「越後タイムス」 昭和五十二年一月十六日）

装飾の遠慮

装飾とは何のことか、別にひらきなおっていうほどのこともないが、それでも念のために辞書を引いて見る。「①よそおいかざること、かざりつけ・かざり、②よそおい、みじまい」などとある。要するに飾りのことである。店を造っただけでは芸もないから、看板を上げたり、暖簾をさげたり、オツにすまして生花をおいて見たりする。ある場合はそれが成功し、シックの店だと客を呼ぶこともあろうし、また時によればやぼったい店と人の軽蔑を買うこともあろう。それはその店の主人の見識である。

しかし今、我々をとりまく総てのもの、あまりに装飾が多すぎて困る。人はそう思わないだろうか。それで私は始終、買物に苦労するのである。ものごとに頓着しない人は、私みたいな苦労はないのかも知れない。何も趣味だの風流だのといっているのではない。

例えば朝、歯をみがく時、口をそそぐコップが欲しい、昔からあったような筒型のごく当り前のコップが欲しいのである。ところがこの田舎町のどこの店へいっても、何の飾りもないコップが売っていない。そうかといって上京した折、幾つかのデパートの売場へ行って見てもそれがない。変な模様がついていたり、筋が入っていたり、途中から上がふくれ上がっていたり、安もののカットグラスみたいなものであったり、当り前の筒型のコップがないのである。ただ最近上京した折、某デパートの見切品売場でやっと見つけて一個買って帰った。去年の初秋だったか、程よい茶碗があるので、自分でお茶を立てて飲んで見よう、囲炉裏だの瓶掛ではおおげさだし（それに私は瓶掛なるものの形がきらいである）魔法瓶を買って来て自分でお茶を立てて見よう、それで上京した時、幾つも魔法瓶の売場をさがした。それがまた何と花いっぱいの飾りのついた子供のおままごとの道具みたいなものばかりである。せめて何にも飾りをつけない白いままにしておいたらよいではないか。日本中の家庭で何の抵抗もなくあれを使っている。それこそ「バッカじゃなかろか」といいたい。形だって殆ど一色である。もう少し工夫はないものか、今日本の家庭、料理屋、旅館で使われている魔法瓶の数は想像を絶するものがあろう。みんな黙ってあの仕着せを使っている人々のお目出たさ。

それに手紙を書こうとして用箋、封筒、今は規格が決まって寸法は同じになった。その用箋一つをとっても、偽の和紙に風流らしく、手で引いた線で区画してある。いやらしいといったらない。ごく当り前のものと思えば何々会社と名を入れたらよかりそうなもの、婦人子供の使う用箋など沙汰の限りである。どれにも要らぬ飾りがいっぱいついているのである。

もう大分前の話になるが、私が上野毛に小さな家を建てる時など困った。経師屋に襖を張らせようと思って、見本をとって見ると、いずれもあられもない模様がついている。ひとは誰も文句をいわず、経師屋の見本で満足するらしいのである。いたしかたなく、私は日本橋の榛原へいって白無地の鳥ノ子（紙）を買って来て経師屋に渡すと、経師屋は不思議そうな顔をした。それに電燈の笠に困った。デパートや電機器具の店へいって見ると、みな装飾過剰でキンキラキンで見るに耐えない品物ばかりである。私は無装飾の電球をおうて下が明るければそれでよいのである。上野万世橋から広小路へ行く通りの電機器具屋を軒なみ歩き、とうとう浅草の何町といったか、食料店に関する品物なら何でも（屋台店まで）売っている一町がある。そこで漸く昔の人力車夫の饅頭笠をもう少し深くゆるくしたような平凡でよい笠を見つけた。襖の引手は柳先生にお願いして、槐《えんじゅ》の木を丸く引いたこれも平凡なのを作って貰ってよろこんだ。三年前東京を引き上げる時、いんごうな地主は、家を全部こわして返せということであの電燈の笠や槐の引手は全部とり外して持ちかえった。

私がいっているのは、何も風流だのシャレだのといった装飾のないものを望んでいるのである。つまり装飾の遠慮である。近頃、何を見てもそうでないのである。お菓子箱でも包み紙でも、文房具でも小家具でもすべて余計なものをくっつけてあって、いかにしたら醜いかを競っているかのごとくである。昔のものは、余計なものをつけず、いかに丈夫に長く持つかを心がけた。今は机でも本棚でも少し厚い木と見れば必ず、張り合わせものである。昔のものは、大切に使い毎日雑巾をかければ益々黒光りがして美しくなった。偽物でない本物の民藝とはそういうものである。ところが、浜田庄司氏が「民藝の看板のあるところ民藝なし」と言われたが当然である。いらぬ装飾を避け誠実に親切にと作るのが民藝である。今は、時代に遅れて、もう作る人が一人になった。忽ちこの人は無形文化財とかになってベレー帽を冠って芸術家と早変りする。泥人形に作者の署名をするのである。それに今は、あらゆる方面にデザイナーという専門家が出来た。私の知人にも本業を堕落させないためにアルバイトとしてデザイナーをやっている人を知っている。この人は目が見え物のわかる人である。私がこんなモッタイらしい模様をつけない方がよいではないかというと、彼曰く、それは分っています、何にも描かないで無地の方がよいに決まっています、ただそれでは金になりません。また私の知っている尊敬すべき書物の装釘家は、黒一色を使って、その中にただ一点朱を入れた。企業家はこんな小さな一点のために二色を使う必要がないのではないかといって、その朱の一点をとり去った。

とにかく私は美しいものが欲しく、世の中がすべて美しくあって欲しいと願うものである。余分な装飾は遠慮なくとり去り、美のために必要な朱の一点はケチケチしないでとりあげる。

私が願うような世界を出現させるためには、偉大なる指導者が必要なのではないだろうか。

（「越後タイムス」一月三十日）

遺言状

今年は私にとって佳い年ではなかった。とりたてていうほどの病気ではないが、五月以来、健康を害していたからである。

去年の新潟日報十一月二日号に「佐渡とトチノキ」という記事が出た。筆者は伊藤邦男氏。私は新聞社に問いあわせて筆者の身分、住所をしらべ、さらに新聞の内容を詳しくただした。佐渡は今観光地として草木もなびく盛況であるらしいが、私のいきたいのはそんなところではない。赤泊の奥にトチの木（栃）の老大木の原始林のような群落があるらしい。筆者と何度も手紙を往復し、花の季節は五月半ばと聞いたから、そのころ一人で出かけ、泊るところがなければ百姓家にでも泊めてもらうよう連絡し楽しんでいた。

ところがその頃になって、何か出かけて行く勇気がないのである。無理をして人に迷惑をかけてはと思い、思い切って断念し、先方に平あやまりに謝った。

六月に入って、東京で友人の令息の結婚式があり、私は乾盃の役を仰せつかっており、その翌日は私の教え子達の会合があってそれにも招ばれていた。やはり上京の勇気がない。寝ているほどではないが、自分でよく分る。元気がない。何かかにか机に向っていても疲れ、それで昼もひまさえあれば、ベッドにすべりこんでいた。この度の上京も止めることにした。帰郷以来四年間、二週間に一度ずつ健康診断のためX氏に診てもらっている。X氏の人柄を私は信頼し、何でもいう通りになっていたが、今度の疲れが何であるか別にききもしなかった。

その中に前から心がけていた小さな本の原稿を五十枚ばかり書きだした。読み返して見るとなっていないのである。急に気分がわるく精神が弱ったような気がした。いつぞや人間の肉体と精神は一つものだと書いたが、その通りである。X氏は少々心臓が弱っており、その中、腎盂炎におかされていると聞き、その方の薬をもらって呑んだ。

その中にどうも右足が妙にビッコになり、夜明けになると右手がしびれたりしている。私は大した病気とも思わないが、かくれた、たちの悪い病気をもっていることを自覚している。二十年前に軽い脳血栓をわずらい、暮から正月にかけて四十日入院した経験がある。この脳血栓という奴、伏兵で、根をつめたり、あまり気おって仕事をすると、何時顔を出すか分らないと聞かされている。不勉強だから先ず心配はないが、年中心はあせっている。

ビッコはなかなか直らない。晴れ晴れした気分になれない。私は普通の人に比べて一日でも半日でも長生きしたいというような生に対する執着は希薄な方だと思っている。私の病気中、方々から都会に出てよい医者に診てもらえとすすめられる。あるごひいき筋の小団体では無理にも私を東京へ連れて行き、一週間ばかり病院へ入れて精密検査をさせるなんて手紙が来た。私はいちいちそれをことわり、私は人間の男の平均寿命を生きた、今更名医にかかって半年一年の長命を望まんや、ロクな仕事もしないで恥多しであるが、私にしては十分報いられた生涯だ。感謝はするがといってやった。

血色はよく食欲はあり、病人らしく見えないらしいが、何時脳血栓がおそってくるか分らない、これは無気味である。やはり生死のことを考える。それで遺言状だけは書いておこうと考えた。日をおいて何度も書き直した。遺言状などというと、人は縁起でもないと考えるかも知れないが、福沢先生が「自伝」の中で遺言状のことを陽気に書いておられる。

大抵の人の遺言状といえば、先ず財産のことだろうが、私にはそんな余計な心配はいらない。一番気にかかるのは、野草、山草、花木の行末、殊に近年外国に住む友人達から送ってもらった、木々の種が生えた。あれがどうなるだろうくらいなものだ。

ただ一つ葬式について、書いておきたい。

密葬にして極く親しい人僅かに立ちあってもらう。極く質素倹約（落語のケチ兵衛の葬式くらいでもよい）、造花の花環などはごめんである。もし冬の季節でなかったら、野草いっぱいで飾って貰いたい。時間は極めて正確、しかも短時間、お経はもっとも簡略で短く、その代り寺には厚く遇す。戒名は断然不要、親にもらった吉田小五郎で沢山、何々院何々居士は余計なお世話だ（これは既に常福寺の牧寛禅に話してある）。私もこれまで長い間に香典というものを送った。しかし私は田舎に隠退し、先方の代は変っている。従って雀の涙ほどの香典が集るだろう。そこで香典返しをせず、僅かながら私が長年勤めかつ愛した慶應義塾幼稚舎と、その一部を柏崎植物友の会へ遣わされたい。
外に花田屋の平和と繁栄を祈る外にない。
私が葬式の時間を正確にといったのは、柏崎が、時間的に出鱈目なところであり、東京で、葬儀を統率する係の人の不手際のため、会葬者が如何に迷惑するか、毎度見て来た経験による。しかし私の葬式など密葬にして会葬者せいぜい十人くらいなものだから（東京にいたら少しは多かろうが）こんなことというだけ笑止な話である。

最後に近頃健康は殆ど回復した。それでこんなものを書きだしたのである。

（「越後タイムス」　昭和五十二年十二月十一日）

デュッペル大尉

今年の六月は、いやな月であった。私にしては珍しく気分が悪く、用事のための上京も見合せてしまった。そこへ本塾商学部の入学試験問題である。店では東京の新聞が四つ、新潟の新聞が一つ、地元の新聞が一つ来ている。それに甥が慶應の記事が出ているといっては週刊誌を買ってくる。どれかの新聞、週刊誌に、殆ど毎日でている。しつこい、しつこい。それに我が幼稚舎の入学補習塾のことまで出ている。気分は一層悪く毎日快《おう》として楽しまなかった。

七月の「三田評論」を見ると、高橋誠一郎先生が、昔は入学試験なんてわずらわしいものがなかった。それでも希望者がふえて試験の時期が来ると、軍部がチョッカイを入れて強硬に入学を頼みにくる話が出ていた。それで終戦直後の米軍から一人、否応なしに入学を強制された話を思いだした。

私の幼稚舎長在任は昭和二十二年四月から三十一年の三月までである。私の在任九年間、いわゆるメンタルテストは終始、心理学の主任教授横山松三郎先生に一切を任せ、外に幼稚舎の先生方総出で、体格検査、人物試験をし、それを綜合して総点数を出した。
幼稚舎は現在、塾の中で最も昔の塾の面影を止めている。恐らく塾の中で、幼稚舎の卒業生ほど幼稚舎を愛し幼稚舎を卒業した誇りを持っている学生はいないだろう。私が幼稚舎へ入れてもらった頃（大正十三年）大学の先生で子弟を幼稚舎に入れようなんていう人はなかった。今は幼稚舎の出身者は無論、およそ塾を知っている人は誰も彼も幼稚舎へ入れたがる。入学難はここに発するのである。

他のお方は知らないが、私が舎長在任中、その採用選考はワンマンで、私が一人で責任を以て事に当ったが、ともかく入学希望者に対しては選考を公平にし、極力情実を避けることを第一とした。その結果、志願者がふえればふえるほど、年々福沢家の縁辺、塾内教職員の子弟、在舎生の弟妹等の多数に不合格の烙印を押さねばならなかったことは、本当に情において遺憾のきわみであった。しかし当時私は幼稚舎の入学考査に対し、あらゆる非難にたえ、人情を殺してやっていたつもりである。

ついでにつけ加えると、もちろん私は当時そのテストが受験児童の良し悪しを選別するのに完全であるなどとうぬぼれていたわけではない。時間にも制限があるし、児童の性質や気分からしてたった一日のわずかの時間で判定することの限界は十分あるのだが、ただ可能な範囲でできるだけ妥当な方法をとってやっていたと思っている。

私が就任した昭和二十二年度は二月十八日から二十三日まで試験をし、二十四日に合格者の発表があった。

ところがその三月十九日午前に米進駐軍軍政部のデュッペル大尉なる人から召喚を受けたのである。何事ならんとお堀端の第一生命のいかめしい建物に入っていった。日本人だかアメリカ人だか分らないような若い日本人の通訳が私をデュッペル大尉の前に連れていった。ずんぐりむっくりしたスルメのように無表情の大尉は、私に向かいあった椅子にかけろといった。一寸不自然な沈黙がつづいた。彼はいう、先日幼稚舎では入学試験があったろう、その中にワタナベ・ノボルと称するものが受けて不合格だった。日本人みたいなアメリカ人みたいな妙な日本人が横からツベコベいう。要するに不合格だったワタナベ・ノボルなるものを幼稚舎へ入れろというのである。私は既に発表したものを、そんなことは絶対に出来ないと断った。ところがしつこいのである。ふだんは弱虫のくせに、そういう時になると、私も案外強くなる。押し問答は二十分以上続いた。私はどうしても出来ないと突っぱった。

ところが最後の場面になった。大尉は赤くなって、それでもきかなければ命令するといい出した。当時進駐軍の命令は絶対である。万事休す、涙をのんで退散し、早速本塾へ戻り、永沢学務理事に報告して、ションボリ帰宅した。今になって何故書面による命令書をとっておかなかったか、千載の恨事である。

（「三田評論」七七五　昭和五十二年十一月）

着ぶくれて春を待つ

私は子供の時から寒がりやであった。そういう生れつきだから何としょうもない。幼い時から親の仕付けだと見たところで始まらない。私は今シャツや着物（和服）を沢山着ているが薄着の人の真似をしてシャツを一枚ぬげばクシャミをするだけである。

一体に体がほてって、シャツなど何枚も着ていられない体質の人があるらしい。私が昔教えた人で、小学生の頃から上着の下は年中アンダーシャツ一枚（この人の父親は琉球のお方であった）の人があった。また品川力氏、柏崎出身、書誌学者――は毎朝タワシで体をこすり、薄いシャツとこれも薄い上着（ワイシャツだったか）一枚で通している。氏は既にいわい七十を超え、毎日自転車で古本屋や図書館をかけまわっている。いつかも書いたが顔は年中むき出しである、体だってその筈だと年中裸で街を歩いている人があった。こういう人は常人ではないのである。ガラスやセトモノをばりばりかじり、カブト虫やクワガタをかりかり食べる人があるのと同様異例の人間である。私はそういう人を決してバカにはしないが偉い人とも思わない。

品川氏に会うと「偉いですネ」とはいったが。

　私は普通の人間であるが、寒がる方は少々度が過ぎる――自分でよく心得ている――二週間に一度ずつ健康診断のために医者へ行くが、医者はいつもあたたかくして風邪をひきなさんなといってくださる。書斎も寝室も少し贅沢かも知れないが、ややいい設備をしてもらっている。部屋にいる中はいいが、外に出ると寒い、外に暖房をしかける訳には行かない。従ってシャツや着物をかさねて、ふくれている訳である。

　冬ふくれるのは自然であるらしい。雀を見たまえ、人は雀なんかとバカにするが、私は雀を日本の小鳥としてなかなかよい姿、色あいだと思っている。たまにはいいが毎日、インコやオウムと暮らすことを考えると、どんなに救われるか、この雀が冬になるとふくれる――いわゆるふくら雀である。

　さて、私は越後でも柏崎に住んでいるが、どんなに寒いのか朝の天気予報で聞くと午前六時今は東京も柏崎も大体0度前後である。ところがアナウンサーのいうのを聞いていると、東京では昼八度になりますとか十度になりますという。それは東京は昼になると殆ど毎日日が出るからである。日は如何にあたたかいものか、東京に住めば、昼はガラス戸の中にいてストーブを消してもさほど寒くないのである。

　ところで柏崎ではそうはいかない。昼になっても二、三度である。一月の日記をくって見ると日の出た日が四日、それも朝方長くて三十分、ふだんは日が出たかと思うと忽ちかげり、ちらりちらりと雪になる。その雪もちらりちらりと思って十分もすると、芝居の雪のようにこんこんと降ってくる。また三十分もするとちらりちらりに変り、一時やむ。三分もするとまた降ってくる。気象台は義務的に一日に何度か予報を出すが、予報など出せる筈がないのである。私は日本アルプス（北）にタッタ一度登ったことがあるが、気象は二十分と同じ状態をたもっていない。北国の平地はそれと同じなのである。

日が照らないから何時も空は鉛色でどんよりしている。タマに夜ガラス戸をのぞくと、さむざむした雲の間に月がのぞいていることがある。何か明日はよいことがありそうだと胸をときめかしていると、明けて見ると雪がちらちら降っている。

但し雪は殆ど毎日ちらちら降るが、今年はどういうものか地上に雪が何もない。（一番多い時で四センチ）木に囲いをしたのも無駄ごとのようである。そうかといってウッカリしていられない。今夜降りだして明日朝までに五十センチ（柏崎では一晩に一メートル積るようなことは先ずない）積らないものではない。

それに柏崎は風の強いところである。小雪はふってもちょっと風流に舞い、かと思うといきなり横なぐりに降ってくる。時には下から吹きあげることもある。とにかくこれが十二月から翌年の三月まで続くのである。三月になった春になったと悦にいっていると、いきなり吹雪になることが、三月どころか四月になってもそういうことがある。本当の春のくるのは四月半ばすぎである。それで着ぶくれてひたすら春を待ちわびるのである。

そうかといって、木や草は、それにたえるばかりかじっとしていない。スノードロップや水仙など先月から咲いているし、蕗の薹《とう》は既に目をさましふくらんでいる。

柏崎地方の冬はこうなのである。こうでも説明しなければ柏崎の冬は分りっこない。ただ寒い、風が強い、雪が割に少ないでは東京の人には分るまい。柏崎の冬はこうなのである。高田・長岡・新潟・また豪雪地帯塩沢となれば趣はがらりと違うであろう。私は住んで見ないから、よく分らない。

しかししかしである。柏崎に生れ住みついている人には、それがよく分らないのである。飯を食うごとく当り前のことだと思っている。それどころではない。雪がなく寒くないと体がひきしまらないなどといっている。氷点下三十度の帯広の人もそう思っているかも知れない。かく申す私も十八歳まで柏崎で育ったのである。五十三年間東京に住んで柏崎へ帰って来たら、この気候が苦痛になった。着ぶくれてひたすら春を待つより仕方がない。

追記

一月二十八日にこれを書いたところが三十日、三十一日と雪は少しずつ降りつづき、二月一日の朝にかけて愈々本格的に降って来た。吹雪、吹荒れ、屋根の雪は忽ち六十センチ、軒のカネッコウリ（柏崎方言つらら）一メートル、地上の雪は根雪となるでしょう。

（「越後タイムス」　昭和五十三年二月十二日）

小使いさんの手紙

今更年賀状のことを書くのも時期外れだが、年々年賀状のふえるのも困りものである。私は一年一度の年賀状を虚礼だとも思わないし、これがなければお互い様、生きているか死んでいるか分らない。敗戦後しばらくがそうであった。

印刷した年賀状の端にて一二行、直筆で何か書いてあるのを読むのは別して楽しいものである。私もそうしたいと思うけれど、数が多くて思うに任せないのである。ひとから貰ったのに書いてあって、自分で何も書かないのはショッテるようで気がひける。後で、あああああと思うのである。

年賀状は色々な人からいただく。私は今をときめくような人は避けているから、それほど多くないが、私が長くいた学校に嘗て勤めていた給仕さんや小使さん（私はそういう人から割に多く貰う方だろう）に年賀状をもらうと嬉しいし懐しい。嘗て給仕さんだった人が今はなかなか偉くなっているのがある。それは、なお嬉しい。それに昔、お手伝いさんだった人から貰う。

これも嬉しい。たった二年しかいなかった人が、よく忘れず賀状をくれる。中には下田の人で自分の家の畠でなったザボンを送ってくれたりする。

さて最近、私がいた時分からいた学校の小使さんから長い手紙をもらった。長い文章で字も立派なのである。今度停年でやめるようになったという挨拶である。学校時代の色々の思い出を書き、私に関することも、よく覚えていて感謝の気持ちを書き、結局、よい学校に勤めて円満に退職するのは満足だという風に結んであって私は感心した。礼儀作法、今の大学出たての会社員の手紙より、余程ととのっている。私は給仕さんや小使さんに親愛の情をもっていたから、手紙をくれたのであろうが、立派な手紙で感心した。この小使さんは頭はつるつるに禿げ、剽軽で芸人であったが、殊に歌舞伎絵のようなものを描いて見せてくれた。

また昔、給仕さんをしていた人で、給仕さんをしながら夜学に通い後に高島屋に勤めて、美術部で手柄をたてて出世し、今は銀座に堂々たる画廊を開いている人がいる。私は偉い人だと思っている。ついこの間あたり、あまり立派な目録をもらったので驚いてお礼を述べた。

それから僅か二年ばかりだったけれど、六十の坂を越えたお手伝いさん、この人のことも忘れない。伊豆下田の人でお寺さんの生まれだそうであった。弟を大学に出すために自分達女きょうだいは、、お嫁にも行かず身を粉にして働いた。その中に弟は大学を出て住職となりお嫁さんを迎えるにつれて、自分達は寺にいられなくなった。妹と二人共通の狭い土地をもっている。そこにザボンの木があって子供の頭より大きな実がなる。今でも毎年大きなグサグサの荷造りでそのザボンを送ってくれる。

この人は心のきれいな人であったが、少し変っていた。何か用事ができると、私の都合などかまわず、私をおっぽり出して行ってしまう。派手好きで、六十一をすぎているのに髪を黒く染め、いつも白粉をべったりぬっている。赤いものが好きで、着物、足袋どことなく赤っぽい。私が年をとって白髪の出るのは自然だし白粉なんかぬらない方が立派だというと「女はそういうものではありません」という。

お寺（真宗）の生まれでお経やお釈迦様のことなど色々よく知っている。私にお説教らしく話をしかける。私の家では私に飯を食わせるだけで別に用事はなかったから、彼女はいちにちテレビを見ていた。人形芝居の里見八犬伝が余程気に入ったらしい。私にも見ろと盛んに勧めるのである。私が振りむきもしないで机に向かっていると、わざわざ出かけて来て、テレビを見ろという。私はとうとう見なかった。

何でも占いがすきで、何をするにも占いに見てもらう。私にも見てもらえというのである。その私が占いや手相なんて大嫌いときている。しかしこのお手伝いさんは極めて善人であった。いい落とすところであったが、このお手伝いさんがくれる手紙も立派で、文字よりも文章が立派であった。

ついこの間もらった小使さんの手紙、今いったお手伝いさんの手紙、いずれも立派なのに感心する。そこへ行くと大学を出た今の人の文章、手紙で感心する場合は少ない。無論自分のことは棚に上げてである。

手紙には昔から型があった。季節のことから、書きだし型があって、終りまでそれに従っておれば一通りの手紙ができ上がる。それをどの程度に破るか、破れるか、それによって味わいのある手紙が出来る。思うままを思う通りに書くのが一番いい。一時「…今日この頃でございます」というのは誰が始めたのか、随分多くてウンザリした。

昔の殿様の手紙など型通りでしかも用事の外に何も書いてない。それで立派々々と思う。

大体文学者の手紙が一番面白いのではないか。小使さんの手紙からとんだところへ来てしまった。

（「越後タイムス」　昭和五十三年四月十六日）

印を捺す

ここに印を捺すというのは本に判を押すという意味である。それでは蔵書印じゃないかと人はいうであろう。ところが蔵書印は永年心がけながら、あいにく気に入った蔵書印が手に入らなかったのである。

もう三十年以前になろうか、勝田忘庵（書家、篆刻家）先生に二つの蔵書印を作っていただいた。一つは「小五郎文庫」もう一つは「このぬし小五郎」（共に木印二顆ともよくできている。

ところでどういうものか本に捺して見ると何かそぐわないのである。その一つ「小五郎文庫」の方を押した本を某氏に見せると、その人は大層賞めた。しかし私は気に入らない。約十冊ばかりの本に捺しただけでそのままになってしまった。誰か著名な篆刻家にツテを求めて作って貰おうかと思ったが、如何に著名でも出来たものが私の気に入るかどうか分らない。嘗て私は京都の陶工河井寛次郎氏に金を送って抹茶の茶碗をお願いしたことがある。ところが出来て届いて来たものは私の気に入らない。その訳を話して人に上げてしまった。河井寛次郎といえば著名である（人間国宝をことわった人）、その茶碗をもったいらしく人にあげても筋は通るが、それでは虚言をつくことになる。せっかく河井さんに作ってもらったけれど気に入らない、それでどうか貰って欲しいと正直にいって人にあげた。そういう例がある。如何に著名な篆刻家にお願いしても必ずしも私の気に入るとは限らない。

それで私は印を捺しておきたい本は沢山あったが、近頃までとうとう蔵書印を捺さずにしまった。

その点、兄は忘庵先生に作っていただいた印をよく捺した。掛物にも捺せばマットに入れた絵にも押す。時には絵の中に捺す。よく俺は印を捺すために本を買うのだと冗談をいっていた。それがどういう風の吹きまわしか、ある特定の本だけでも印を捺しておきたくなった。どんな本もいう訳でなくある限られた本である。私のことだから天下の珍本奇籍など持っていよう訳がない。しかし長い間である。それに縁である。私のところにも身分不相応の本がちょいちょいまぎれこんでいる。何でも人真似はしない方である。近頃は本屋が専門家になり外形は勿論内容まで詳しく研究していて目こぼしはない。掘り出しなんか心がけたら、あべこべに掘り出されてしまう。私の古本あさり五十年、昔は意外な本が何でもない本屋の棚にあった。古い話だが西鶴の一代男がタックの一円（今なら二、三千万円）で出た時代もある。丹緑本が子供のいたずらとして十五銭で売られたという話もある。

総じて古本は安かった。郷土史や会社の歴史などはタダ同然であった。和本でも特種のものの外は皆安かった。私は絵が好きだったから絵入りの本をよく買った。それも江戸時代も古く寛文以前のバカらしい挿絵に興味をもった。関西で懇意な古本屋に、寛文以前の絵入の本なら何でもいい送って欲しいと頼んでおくと、完全なものもあるが欠本や端本なら続々出てくる。見ればどれを見てもいやなものはない。何れも面白い。下絵を描いて刻ったのでなく、刀で絵を描いたという趣きである。明治二十年頃版画のことを刀画といったことがあるが、字義のとおりである。

ここでは本の名前ははばかるとして、善本などというものではないが、とにかく私ごとき者のところにありそうもない本がいくらもある。この世で偉い先生に会うのもありがたい、友人に会うのも総てこれご縁である。何しろ、五十年古本と付き合っていれば、その間に色々縁が結ばれる。それには多少本を見る眼の修業が大切である。漫然と本の棚を見ていても本の方から飛びこんでこない。また人真似で見ている人はせっかくよい本があっても、気がつかない。佳さとか面白さは自分で探さなければならない。とにかく人より十年早くその尻尾をつかまなければならない。本の方で必ず尻尾を出している。

思わせぶりの書き方をしたがとにかく因縁によって、私みたいな者のところにも意外な本が入っている。その意外な因縁を何かの形で残し、感謝の意を表さなければならない。それには蔵書印を捺しておくのが近道である。

ところが先に書いた通り、私のところに不幸にして気に入った蔵書印がない。忘庵先生に作っていただいた印は二つとも悪くないが、どうも本に押して見て似合わない。殊にうすよごれた古版本にそぐわない。実際に捺して見た結果である。

知恵をしぼった末、二つの印を捺すことにした。その一つはずっと昔、陶工宮本憲吉氏に作っていただいた陶印、蔭刻の白字「小五郎」の三字、二・五センチの一・二センチほどの長四角、これは何に捺してもよく似合う。その横に忘庵先生作の楕円形の中にただ「吉田」とだけ、おとなしい隷書で縦十一・五センチの横十センチ、印材は乾漆《かんしつ》のようである。先ず富本さんの「小五郎」を先に捺してその心持右寄りの上に忘庵先生の印を捺して見た。なかなか宜しい。和本ばかりでなく洋書にもよく似合う。

四、五日来、とっとき（柏崎言葉、虎の子）の本を取りだしては謹んでこの二つの印を捺している。それも既に前の持主の印に邪魔にならぬ場所を探して遠慮がちに捺す。前所蔵者に富岡鉄斎などというのもあり、著名な天下の愛書家某氏のものもあり、天下の古書籍商月明荘反町氏の印のあるものも少なくない。とにかく息をのみ謹んで捺す、これが当分続くであろう。縁は異なものである。

（「越後タイムス」　昭和五十三年七月二十三日）

風鈴

毎年のことながら立秋は過ぎても、まだまだ暑い、東京から来る手紙も来る手紙も、暑さにゆだっている様子である。テレビで温度を聞いているせいか、御地も同じこと御自愛を願いたい云々と申し合せたように書いてある。ここでお化けの話でもすれば、多少涼しくなるかも知れないが、あいにく私はお化けや河童に興味がない。（河童は芥川龍之介の影響を受けてか、興味を持つ人が多い）

末期の浮世絵師大蘇芳年の美人画の中に、「三十二相」とかいう一シリーズをなしたものがある。…相を洒落て「眠たそう」とか「情なさそう」とか「涼しそう」とかいってそれらしい美人を描いている。「涼しそう」がどんな絵であったか忘れたが、うろおぼえでは風鈴なんかぶらさがっていたような気がする。風に吹かれた風鈴の音を聞くとたしかに涼しそうな気がする。涼しそうな気がするだけで、本当に涼しくなるかどうかは受け合えない。

風鈴については色々思い出がある。在京の頃、デパート三越の何階だったか、天井に一メートル四方くらいの格子を組んで、少なくも百個以上の風鈴をぶらさげ、扇風機で風を送って百個以上の風鈴が一時にちりんちりんと鳴っている。その中にただ一個だけ特別に良い音のがあった、如何にも涼しいのである。ところが私の耳が悪いのかその良い音の風鈴が百個も押し合っている中のどれであるか分らない。店の人を呼べばどれであったか分ったかも知れないが、私は私で判断したい。うるさいほどちりんちりんと鳴る中のただの一個はとうとう分らず、あきらめて買わずに帰った。今でも惜しいことをしたと思っている。

次は十何年時か夏のことであったか東北盛岡の若い友人を訪れた時のことである。プラットフォームに下りたつと、辺り一面風鈴の音で生きかえった心地がした。この時の印象もはっきり残っている。

風鈴といえば、今出来の新しいものも三つ、四つあるが、古物商で買った古いものはやはり三つ四つある。古物商の話ではこの風鈴はシャンシャンシャンと馬の身につけたものということである。私は長い間、夏冬かまわず、この風鈴を書斉の軒先につるして、いい気持になっていた。ところが近頃夏になると部屋にクーラーを入れて貰ったから、戸は閉めきりで、鈴の音を聞くことが出来ない。この風鈴を幾つか買って比べて見ると、よい形のもの必ずしもよい音とは限らない。町に売っている風鈴の音をよく聞いて見給え、いやァな形のがむしろよい音の場合が多い。そうかといって音を聞くためのものとはいいながら、いやな形のを買う気がしない。

風鈴といえば、我々老人が連想するのは夏の蚊帳である。今は下水が整って都会では蚊帳の必要がなくなったが、昔は青い麻の荒目に赤い布の縁どりがあって、それに真鍮の釣り手が四方の隅（大きいのは六方）についている。夕方蚊帳をつる時、朝、蚊帳をはずす時、真鍮の釣手がぶつかり合ってちゃりんちゃりんと涼しい音がする。浮世絵の夏の風景にはよく蚊帳の内・外の美人が見られるが、絵を見ただけで真鍮の釣手の音が聞こえてきそうである。

今はクーラーなどというものが出来て、そのために風邪をひくなんておかしなことが起こっているが、昔はそんなものがない。それでも出来るだけ涼しさを呼ぶように工夫した。九尺二間の小さな家では、蚊いぶし（柏崎地方ではハマゴウの葉や枝をたいたのである）をたいて家の中を煙でいっぱいにし、その上足りないで渋扇でばたばたあおぎ、その中にピシャリ手のひらでたたいて蚊をつぶす。

旦那様の家では六月頃になると障子をとりはらって簀戸《すど》にする。幾ら風の通りがよくなるというでもないが、それでも何だか夏が来た涼しいような気がする。いつも扇や扇子は欠かせない。年々衣匠を新たにした扇や扇子を方々から貰う。一時無地の扇に画家が画を描き、それをまた蒐集する人が出て来た。

またご大家となると、台所の床下に深い大きな穴を掘り、冬中にオガクズの中に雪をため夏まで持たしておく。夏の料理にはガラスの小さな簀の下にその雪をのせ、その上に刺身をのせて出したりする。

何にしても小さく低い家に住む人は暑く、広い座敷を幾つも持った家に住む人は風が通って涼しい。殊に柏崎は海岸だからその差は激しかった。しかし今はいわゆる昔の裏長屋というものはなくなった。ただ田舎でいいことは、都会とちがって夜の戸締りを厳重にする必要がない。いい加減に戸を明けっぱなしにしていても空巣をねらわれるというようなことがないのは幸いである。

また昔、涼しいといえばギヤマンであった。ギヤマンの金魚鉢に金魚を入れて、金魚がこちらを向くとバカに大きく見える、それが不思議であった。あるいはノキシノブに同じくギヤマンの赤白の玉がぶらさがっているのも涼しげであった。

最後に一つ、江戸時代の随筆で読んだのだが、昔江戸に贅沢な分限者があった。座敷の中の欄間をガラス板でかこい、そこへ金魚を飼って眺めたという。当時人のド胆をぬく風流だったろう。それがバレてお上からお咎めを受けたとか。


（「越後タイムス」　昭和五十三年八月二十日）

水で顔を洗う

私は今、毎朝水で顔を洗っている。この寒いのに、わざわざ水で洗う必要はない。ただ、この冬からそうしているだけである。何の功徳があるか、功徳なんか宛にしていない。ちょっと冷たいと思うのが功徳といえば功徳である。勿論水は水道である。不思議なことは冷たい水で口をそそぎ、一杯冷たい水を呑むのが、それほど冷たく感じないのである。この冬から始めて不思議に思うのである。

私は昨年から何となく心身の衰えを感じている。少し仕事をすると労れるし、年賀状を大分はしょって何百枚か書いても、一昨年あたりに比べて労れがくる。それで恥ずかしげもなく昼日中ベッドへもぐり込む。戯魚堂さんは去年逝ってしまわれたが柏崎には他に七十、八十を越えてオートバイをばたばたさせたり、青年みたいな化物みたいな人が何人かいる。何時かも書いたことがあるが、医学の進歩によって人間の寿命は大幅に延びたが個人的に長寿法というものはない。一家で大事な大黒柱が如何に手を尽しても四十、五十で逝ってしまう人もあるし、朝から晩まで酒をくらって、冬中外套を着ないのは俺一人とうそぶいている人もいる。前にもいったが、その人が持って生まれた定命である。

その定命に非常な執着のある人もあり、案外恬淡たる人もある。私などその気楽の最たる方だろう。いい仕事をしなかったのが残念だが、マア我儘に思うように生かしてもらった。まだ仕残した仕事が少しあるが、それが成るか成らぬか運命である。私は今それを盛んに考えている。大松さんのように「成せば成る」のかも知れないが、それは我々凡人の世界のできごとではない。

ところで私が電話嫌いなことは大抵の友人に伝えて、先刻知れわたっている筈である。気のきいた人は電話をくれて、私にそう伝えて下さいなんて心にくい人がある。どういうものか電話は私にとって半分聞こえて話の確認ができないのである。

次に最近自分で自分を感じることは、テレビの漫画である。私が自分でテレビの漫画を見るなどということは全くないが、甥の孫が心をうつろにして見いっている漫画を私も横合から見ることがある。短時間ながらその漫画を見ていて筋が全く分らないのである。第一漫画の絵そのものに好意が持てないのだが、何のことやらさっぱり分らない。こうも頭が悪くなったのかと自分を考える。それにやはりテレビに写る対談である。電話と同じく耳の悪いせいもあるに違いないが、お互いの話のやりとりが分らない。やはり自分の頭を考える。ところが時過ぎてニュースが出る。ニュースの話ははっきり分るのである。頭が全部滅茶苦茶になったせいでもないらしいとやや安心する。

それからもう一つ私の近況をお伝えしたい。外でもない読書力が極端ににぶくなったのである。昔なら半日もあれば読めた筈のものが二日も三日もかかる。もっとも昔は一冊の本に向かえば集中力があって外の本などに気が行かなかったが、今は本を読んでいる間に、新聞や雑誌や会報や広告誌がはさまって来る。これではいけないと思いながら会報や広告雑誌に目が移ってぺらぺらとめくる。中には必要な記事もあるし、バカげたものもある。そのバカげたものから次に移って、本筋の読書を忘れてしまう。バカバカと自分にいうのである。

それに近頃の本は、定価を安くするために活字を小さくして本の大きさを縮める。昔の四六判の本で半日で読めそうなものが、活字の字数からいって一倍半くらいな分量が入っている。私は昔、漱石の本を原本で集めて読んだが、どれも菊判で四分あきの活字は今の十ポイントくらいの大きさではなかったか。余談になるが、私は漱石の原本を全部、当時、越後の見附にいた姉のところへ送った。

姉は小地主のところへ嫁ぎ、今から六十年前に四十余日の新婚旅行をしたという人だ。その姉は後とり息子が東京の某医科大学の事務員になり再び郷里へ帰る見込みがないので、夫婦で田地から家屋敷、家財道具全部を始末して息子の家に同居した。地主といっても大地主の分家で、それでも何十年か住みついていたのである。家をたたんで上京する折、何もかも整理し、燃えるものは皆燃した。私が姉に送った漱石の原本何十冊は全部風呂にたいたということである。「吾輩は猫である」は初版揃いではなかったが三冊揃っていた。「虞美人草」「それから」だの「彼岸過迄」とか「道草」とか「鶉籠」とか「心」「文学評論」とかみな表紙で覚えている。姉は本を読むことが何より好きな人であったが、古本で売る（無論そういうものにそうそう値の出て来た頃と思うが）というようなことに関心のないひとだった。今思えば惜しい。とにかく今回は私がボケて来たことを書くつもりであった。ボケた頭で何ができるか。それでもまだカードを作ったりしている。変な話である。

追記——柏崎では冬でも水で顔を洗うのが当り前だそうである。

（「越後タイムス」　昭和五十四年一月十四日）

わが庭は藪

来てみればわがふるさとは荒れにけり
　庭もまがきも落葉のみして
　　　　　　　　　　　　　良寛

これは、良寛の作で私がそらで詠める唯一の歌だ。多分良寛が托鉢に出て晩秋久しぶりに五合庵に帰って来ての歌なのだろう。研究家にすれば、はっきり何時の歌と分るのかも知れない。

私は昨年の夏以来、気分を悪くし、今年の二月からは本式の病気になって二度も入院し、そうなると好きな植木や草に手を出す気がしなくなった。冬に入って鉢ものに水をやるのさえ億劫になって、水をきらし枯らしてしまった。すぐ目の前にある小さな庭の草木がどうなろうとかまいつけなかった。良寛が長い托鉢の旅をつづけて家を明けたのと同じ結果になった。幸い葉の落ちるのは椿一本きりで他は私が愛する野草山草ばかりだから、落葉で困るということはなかったが（落葉がつもっても気にならない）、野の草はほうっておけばバカみたいに株が大きくなりはびこるのである。山百合や鬼百合が一メートル半にも伸び、糸すすきも憎らしいほどに場所を拡げた。木は椿一本といったが、もう一本黒臘梅《くろろうばい》の小苗が何時の間にか伸びて二メートルほどになった。それに植えた覚えのない秋海棠《しゅうかいどう》が椿の木の下ちらちら桃色の花を見せている。それに水引が所きらわずはびこり、萩（この萩何というのか仲々良い花だ）が全盛で右方のてすりを越えて下に垂れ下がり下から見上げる人の人気をはくしている。それに釣鐘人参、それに野菊、野菊といっても色々あるが、たった一本、臈たけてと言っていいほどの気品をもった現《げん》の証拠《しょうこ》が小さいが到るところに愛くるしい花をつけている。そこへ柏崎へ移ってから始めて白花の曼珠沙華が咲いた。赤花は毎年咲いたが赤白ともにモダンの洒落た花だ。墓地などに多いからといって嫌うのは匂いが悪いといってどくだみのかれんな花を避けるのと同じくバカな話だ。何しろ地膚が見えないほどぎっしり草の葉でうずまっている。よく見れば春咲いた海老根蘭《えびねらん》の葉が青々と生気を見せ、また徳川家の紋どころそっくりの寒葵《かんあおい》などがある。

まだ落したものがある。素晴らしく大きく木のようになった虎抜《イタドリ》、升麻《ショーマ》、油点草《ほととぎす》、地にへばりついている山万年青《やまおもと》どれ一つ誰も庭に植えるようなものはない。どこにも誇るべき珍しいものは一つもない。わが庭は藪である。その庭に私は満足し、誇っているのである。さすがの良寛に見せたら呆れたかも知れない。私にはそれで十分なのである。庭師を入れたら恐らく全部ひっこぬくであろう。

野草山草ひっくるめて雑草ということにしよう。この雑草のかげに幾つかの一メートルばかり五輪の塔と石仏何体かがかくれている。今は全く雑草のかげにかくれているが、秋になり冬が来て雑草がすべて姿を消すとやおら、姿をあらわす。この石仏には曰くがある。私が上野毛の家をたたんで引きあげる時、何人かの知人は、まさかあの石仏まで越後へ持っては帰るまい。その時は第一に所有権を譲りうけよう、そう思っていたらしい。豈計《あにはか》らんや、私は燈籠から石仏、大甕、電燈の笠（家を建てる時、この単純な笠を探すのにどれだけ骨を折ったか）襖の引手（これは柳宗悦先生がわざわざ槐《えんじゅ》の木でひかして下さったものだ）、門燈（これは元船のランプで前々から神戸の船を解体して部分品を売っていたのを買っておいたものだ）、玄関の戸を開けたてする毎にいい音のしたチリンチリン（これはイタリーのを友人の河野建美氏が模作して下さったものだ）、何もかも、洗いざらい持ち帰った。それでコンテナーが四台もいった。（四人くらいの家族の引越にはコンテナー一台で大抵間に合うものという）

とにかく、病気のために半年ほどは寝たり起きたりしていて、この藪の庭をいっこう構いつけなかった。構う気がしないのである。殖えすぎた株をへらしたり、早くから伸びほうだいに伸びる芽をつまんで高さを調節したり、花の終った後の始末をしたりする気がしないのである。雑草の彼等にすまんすまんと思いながら手が出ないのである。

近頃やっと病気もおさまって来た。吾が庭の荒れたのを見てつい良寛の歌を思いだした。しかし荒れたこの藪の庭を見て私は満足なのである。六年前に帰って来た時、考えていた庭が漸くそのようになって来た。

下にもう一つ三坪ほどの庭を作ろうとした。そこには白花の熊本椿一本と木瓜《ぼけ》を主とし、自然石は一切使わず、関東地方の大谷石に似た中山石とかいう黄色味を帯びて大谷石に比べてずっと堅く重い石、それも土台や塀に使った石を程よく並べたり積んだりして小さな世界を造ろうと思った。しかしこれを始めた頃から病気になり、暫くとりやめになった。しかし私の体が本ものになったらまた始めたい。ここも今は文字どおり藪になっている。この町の人は狭い庭に無闇と大きな自然石を置き松を植える。それに対する私の小さな抵抗である。私は藪の庭で満足している。

（「越後タイムス」　昭和五十四年九月三十日）

緑化運動

二週間ほど前、姉の法事に招ばれて新発田へ行って来た。町はきれいで何となく活気を呈していた。これは新発田に限らず、高田へ行った時も長岡へ行った時も感じたことだが、賑やかな街を外れると、大きな木がある。つまり緑が多いということであった。これは昔の武家屋敷の名残と大きな寺や社が多いからであろう。柏崎へ帰ってくると今更のようにのっぺらぼうで淋しい気がした。

今はどこへ行っても緑化渾動をやっていて、従って園芸が盛んである。柏崎でも植物友の会というものがあって、それを中心に会誌を発行し集会や展示会を催し、なかなか盛んである。その上街を歩いていると、どこの家も季節の花の鉢植を五つや十、入口に出していない家はない。家の人も前を通る人にも、この鉢植がないよりはいい。しかし柏崎のは本町通りは無論木木が少なく、横町へ入ってもまた同じである。新発田や高田や長岡はそうでない。羨しいのである。

柏崎に緑が少ないのは理由があると思っている。それは風のきびしいことと、その風が潮風だということである。小さい鉢なら冬家に取入れて保護してやることも出来るが、大きな木となれば松は中心に丸太をたて四方八方に縄で釣り、あるいは板囲いをする。そうはいうけれど、それはただでは出来ることではなくて容易ではないのである。それで木が老い、栄養が足りないで空洞が出来倒れそうになれば、やすやすと切ってしまう。現に今その問題が起こっている。本町一丁目の浄敬寺境内の三本の松の木の中一本が老いやつれ、倒れれば人に危害を加えないとも限らない。植物友の会の人々とわたり合ったらしく、その果ては切ることで納まったらしい。私も一応木を見に行って来た。大木には違いないが、空洞に人が住めるほどの大木ではない。この木を生かす法はないことはないと思うが、楽でない寺の財政ではむつかしかろう。今日まで生きて来た老木、在家のものは少なく、多くは社寺のものである。在家のものとしても意外の経費がかかる。私はその例をこの目で見て来た。所は東京の渋谷、天現寺の慶應の幼稚舎である。六、七千坪ほどの庭の一部に太さ径一メートルほどの欅と公孫樹と二本あり、うち欅が何となく生気を失い、殊に欅は新緑の頃というのに葉がパラパラ落ちる。東京の学校の校庭にこれほどの樹を持っているのは珍しい。日比谷公園内のその方の係の人、植木屋に相談した結果、地面がしまって水はけが悪い。木の回りかなり広い面積の土を五十センチくらい入れかえ、根本に十分水が行きとどくようにブリキの樋で導く装置をし、あの時確か四十何万円くらいかかったと覚えている。やはり老樹を助ける手段はないことはない、が失礼ながら寺にはそれだけの余裕はないだろう。誰が見ても残したいと思う樹の場合、公の金を使えばいい。公のそんな金はないと言われたら、将来、そういう金の予算を組ませればよい。緑化運動もそこまで行かなければ効果はうすいであろう。

それに私に一つの案がある。昔、女の子が生れると桐の苗を一本ずつ植えたものだという。桐の木は成長が早い。その子がお嫁に行く年頃になると、その桐は箪笥一棹の材料になったという。昔はそれでよかったろう。今では小学生、中学生の間にミニ盆栽でなく大樹を尊ぶ思想を植えつける。学校の付近の空地、あるいは寺社の境内の片隅にポプラでもニセアカシアでもエノキでも植えた子供の名に於て一本植え、名札をつけて、小学生なら四年生位から始めてその木に責任を持たせる。冬が来たら、何か棒きれを添えて保護してやり、春になったらポプラやニセアカシアには、無闇にわき芽が出るから退治してやる。木は丈三メートルを越えれば大丈夫である。A君の木は三メートルになり、B君の樹は四メートル半になったと楽しいではないか。これは一つの案である。

桜や楓ばかりが木ではない。よく手のとどいた雑木が勢よく伸びて行く姿は目ざましくその樹の成長にあずかった人は楽しいに違いない。私は一つの空想を述べたが、自分は何にもせずべんべんとしているのではない。私の家も昔のような空地がない。土蔵は六つあった中五つがつぶされて店の建物となり、残した一つの蔵の周りはセメントで囲んで車の置場になっている。店と残された土蔵の間三四十坪の空地があった。

そこへ生長の早い栃ノ木を一本植えた。この栃ノ木の西洋種をマロニエという。日本の栃ノ木が一本、外にウィーン、パリ、イタリアのどこかのマロニエで一本ずつ計五本ある。植えた日と、木の丈はノートに書きこんである。日本の栃ノ木はシャンデリアを上回きにした蠟燭のように白い花をつける。それで一名キャンドル・フラワーの名があるのである。ヨーロッパ生れのマロニエは、その上ワインをきこしめしたのか、桃色のがあり、口紅をさしたのがある。(このバタくさい木はどれも苗や種子で友人から貰ったものだ)

やがてこの空地も店の拡張のために建物がたち柏崎には珍しい評判の木が切られるようになるかも知れない。うらめしやである。

(「越後タイムス」　昭和五十四年十一月二十五日)

街路樹

私はよほど緑が好きと見える。何にも知らんくせに木や草のことになると夢中になる。緑化運動についで今度は街路樹である。昔から街路樹なんてものあったんだろうか。日光街道の杉並木とか箱根の旧街道の杉並木も強いていえば街路樹かも知れない。しかしはっきり街路樹と歌ったのは明治五年から東京銀座の煉瓦街が出来はじめ、京橋まですっかり出来上ったのは明治八、九年だったが、確か道の広さは十八間で、その両側へ街路樹が植えられた。松、桜、楓をかためて植えたらしく、当時の錦絵によく見えている。

「昔恋しい銀座の柳」と歌った柳に変ったのは明治二十年以後だ。これも私のところに石版画の明治二十四年の銀座煉瓦街がある。たしかに柳である。地方でもこれを真似て柳を植えたらしく、関達二さんの句に確か「新潟や橋々柳々かな」というのがあった。街路樹はとかく根本を人が踏みつけ、埃《ほこり》を冠るから余程丈夫の木でないとつとまらない。それで色々研究された結果なのだろう。鈴懸の木つまりプラタナスの木が多い。それから、公孫樹、欅、柳、青桐、ポプラ、アカシヤなんてのが普通である。珍しいのは栃の木、私はこれに大賛成なのである。私の知っているのは東京でお堀端の警視庁の横丁から虎の門の方へ。木ががっちりしていて、葉も天狗の羽扇よろしく、それに花がよい。柏崎のように砂地でよく育つかどうか知らないが山よりの方なら大丈夫育つだろう。一昨年の秋、佐渡の奥に栃ノ木の群落があると聞いて何としても一度行って見たいと思ったが病気のために断念した。

さて街路樹である。私、柏崎くらいの小さい町では、街路樹は不要だと思っている。商店街は別として横丁裏通りの家々で奮発していただいて、せいぜい好みの木を育てていただく。好みの木だから松でも楓でも、実のなる柘榴でも何でもよい。普通庭木に肥料をやる人はないが庭木だってご馳走が嫌いな訳ではない。ごみの中でも近頃妙な化学的な化物みたいなものは別として魚のアラとか縄、䗪の死骸など何よりのご馳走だろう。捨てないでどんどんうずめてやるがいい、私が屋上で実験した椿の元気になったのなどはそれに違いない。

私は柏崎くらいな小さな町に街路樹は不要といったが本当に私はそう思っている。東京でも丸ノ内その他お堀端のような特別の地区は別として電柱電線が地上地下縦横に走っている。そんな所へ木を植えて見ても木がふとって立派になると、電線と触れるとあって遠慮なくちょん切られてしまう。その上下水だ水道だ何だといって地面は掘りかえされ邪魔だとあって切られてしまう。それに根本のきわまでコンクリートで固められ、水の通りが悪い。木はついしょんぼりとして生気を発する余地がない。東京でさえその有様である。

いわんや柏崎に於ておやで、柏崎も中央通りというのか、駅から東北へワンキョクして中央通りへ出て、さて中央通りに二、三年前から柳の並木が植えられた。私のいわんことではない。感心によくついて夏になるとかなり葉が茂る。すると植木屋だか土方だかが来て、長く伸びた枝は情容赦なくごしごし切りきざまれて哀れな姿になる。要するに街路樹の役目を果す頃になると、オットドッコイ、茂った枝の上を電線が走っている。これも感電とか何とか何とか我々の知らない危いことがあるのだろう。ほんとに哀れな街路樹でございとくる。それは最初から分っている。分っているものを植える必要はないのである。それを注文する役人も、引き受ける植木屋にも誠実さが足りないのだろう。そういう抵抗はどこにも起こらないのだろうか。この前にもいったが、私は下凡な生まれのせいか、いわゆる庭木を好まない。いたずらっ子のようやあばれん坊のような雑木が好きである。山へ入って見るとなるほど自然は雑木が相和して自ら大調和の美をなしているが、どこにも銘木なんてものが植わっている訳ではない。一ところ不調和のところはあっても、大きく見れば大調和をなして如何にも美しい。これは不思議のようで不思議でない。

これは人間世界にもたとえられようか、愚かの者も賢いものも、美しい人も醜い人も色々いる。目ざわりの人が一人や二人いたって、見逃がしておけばいい。余計なところまで来てしまった。

要するにここでは、柏崎に街路樹など必要がないと、それだけいえばそれでよい。それだけの余裕があったら、寺社や容易に開けそうもない空地に樹木の林を作ればいい。決して松やモッコク、楓に限らないのである。

（「越後タイムス」昭和五十四年十二月九日）

年賀状

私は何時か年賀状について何かに書いた覚えがある。何にどう書いたか忘れたが、それがもっけの幸い、臆面もなくまた書くことにした。

黒船館ギャラリーでは今月十五日から二十日まで明治から大正・昭和に及ぶ年賀状の展覧会をした。兄が保存していたものを主として親戚故桑山太市朗氏と私宛のもので見ばえのするものを列べたが割に好評であったらしい。

玄人すじのものを挙げれば、会津八一、石井柏亭、小川千甕、宮本憲吉、芹沢銈介、棟方志功、与謝野晶子、宮尾しげを、川上澄生、勝田忘庵等々のものがあり、玄人筋のものは、さすがに見ばえがした。

会場で年賀状とは何時頃始まったものかと聞かれたが、生憎それは知らなかったが多分明治二十年前後のことであろう。一寸前宮中で行われる年賀の儀式について新聞で読んでいたが、これとそれとは性質がちがい、知ったかぶりをしないですんだ。写真のやりとり（写真屋で写真をとって友人にくばる）のや互いに水彩で絵を書いて交換するのは明治二、三十年頃流行ったようだから、多分その頃だろう。私は某氏の日記を見て写真会を催すとあったのを今のめいめいカメラを持ってお互いに写真をとりあうのかと思ったら、日を決めて写真屋に集まりめいめい写真をとって交換するのだと聞いて驚いたことがあった。

とにかく近頃郵政省で発行する年賀郵便は日本総人口の十倍以上発行されるのだから豪気なものだ。人口一億といっても赤坊もいるし、それでは誰が一体消化するのだろう。多分選挙を控えた代議士や商店の広告用になるのだろう。

この年賀状について、虚飾だとか何とかいう人がある。それにも拘らず年々ふえている。私は虚飾でも何でも、悪い習慣ではないと思っている。それは先の戦争の後、友人、知人の消息が全く解らなくなった。人めいめい賀状を出す枚数は違う筈だが、従って困り方も違うだろう。端的にいって私は、出す方に賛成である。強制でないから出したくない人はそれでいい。一年タッタ一度出してその人の顔を思いだすのはよいことである。それで色々知恵をしぼって、紙面に自分を出すがいいだろう。昔は謹賀新年というのは少なくて大抵、恭賀新年と書き、決ったように「併せて平素の疎遠を謝し、猶将来の万福を祈る」と書いたものだ。

絵葉書を出すにしても出来合いのものを求め、それに筆で表書きをする。松とか竹とか鶴とか亀のような目出たいものとされていて、日の出、松原など、無愛想のものであった。それが明治二、三十年の絵葉書流行の時代になると写真のふちに金銀を盛り上げたり、とにかく自分で三宅克己や丸山晩霞のような緻密な写生画などがよくあった。近頃の自製版画の絵葉書が目につく。いや味のものもないではないが、ただ賀正とか謹賀新年と印刷したものより、どれほど良いか知れない。ただ文化人ともいえそうな人が、エトの申や寅のゴム印、それにまたおかしな文字のゴム印ぺたぺた、このゴム印の安っぽさが気にかかる。

また葉書いっぱい細字びっしり読まない先から食傷しそうな文字かぎっしり組んである、近頃殊に耳が遠く目がしょぼしょぼして来たので読むのがつらい。過去一年間の出来事、将来の希望など、その人にとっては大切なことに違いないが読む身になると辛い。

とにかく一年に一度、賀状をくれた人のことを思うのはよいことだと私は思っている。もう一つ、印刷した年賀状の中に特に二、三行、直筆で書いてあるのが好もしい。私もその真似がしたいと思うが多すぎて、出来ないのが残念である。年賀状の多いのを誇る気はないし、何とか整理したいと思うが、それがなかなか思うに任せない。

一時こう思ったことがあった。一枚の葉書を見てすぐその人の顔を思い出せないようなのは省くことにするか。さてまた考える。我々学校の教師をした者には、直接教えた訳でないが、何十年からせっかく毎年賀状をくれるのに、それを怠っては申訳ない。殊に子供の親がせめて感謝のシルシにくれるのもある。これも省いて知らん顔をしている訳には行かない。殊に私が勤めた学校の小使さん給仕さんから貰うのに対しては、なお省けない。
去年の年賀郵便はストライキのために元日から二十日頃までちょびちょびと配達され、整理に困ったが、今年は幸いに元日どかっと配られ、それから少しずつ毎日配達されて来る。その今配達が遅れてくる差出しの心理を考えるのに、止めておこうかと思うのに、吉田から来た、それ返事とばかりに追加する。また住所の変更で（住所変更だけで二十何通がある）これを機会に止めにしようと考えるのだ。それはそれでいいだろう。タカが年賀状一枚のことだから。

（「越後タイムス」　昭和五十五年二月三日）

あの頃の正月

一

こちらがあの頃といえば、相手は必ず何時の頃と聞き返すに違いない。少年の頃、明治も辛うじて末期と答えよう。それでも私は明治三十五年生れだから十年、七月改元大正となっても、明治の尻尾は相当長く続く訳である。

私は八人同胞の一番ビリだが、両親はもちろん、周りの人皆から可愛いがられた。今父の日記を見ても、私が特別扱いされていたのによく外が黙っていたと思えるくらいである。すべてが「おと子（末っ子）」だからというので目をつぶっていたのかも知れない。

田舎の盆暮は一年中で一番嬉しい時だろう。お盆のことはさておいて、お正月はそれより嬉しい。一年タッタ一度、お爺さんお婆さんも赤ん坊も皆一緒に一つ年をとる。今のように理屈っぽい、十二月生れの子が一月もたたない中に満二歳になるのをおかしいてな理屈をこねて年を満で数えることにしてしまった。どうせ白髪が生え耳が遠くなる時分になれば一つや二つはどうでもいい、七十六や八十七になると自分から一つ年を加えて早くあの世へ行かぬ中に喜の字だの米寿だのといって、満年合理説をひっくり返すようなことをする。

実は今年の正月がすむと、もう来年の正月を待つのであるが十二月の声を聞くと、待ちきれないような気になる。土蔵は幾つもあって（実は六つ）正月用の品物がしまってある土蔵が三つある。もうその頃になると新米の糯米《もちごめ》が土蔵横の板の間に積みあげてある。愈々餅をつく前の日になると長年出入の百姓達がその糯米の約三分ノ一くらいを大きな盥《たらい》に水をはってならしておく。三分ノ二は、年があけて二度目の餅つきに備える。さて十二月三十日が餅つき、前の晩、大釜を据えた上に蒸籠が六段くらい積みあげられ、その中には荒麻の布の中の糯米が吹きだす騒ぎになる。

無論私達子供はまだ眠っている時だ。広い台所がざわざわして子供も目を覚して一直線に餅つき場へ走り、百姓のおじさんたちが、つくのを見る。台所のその辺には電燈がないから、大蠟燭が赤々と清親の版画のようにめいめいの顔の半面を輝している。餅をつくといっても、東京のあたりで見る、一杵ごとに餅に水をつけてペタリ、あんな暢気なものではない。五、六人がポンポンポンポンとつく。一臼つけると足のついた広い板の上に米の粉がまいてあり、その粉を手につけないと、手にくっついて、どうしようもないからである。その板の上につきあがった餅をペタリとおき十分粉を撒いて、一メートルもあろうかと思える丸太棒でだましだまし引きのばし、あるいはのし餅としあるいは稲の穂に両手を合せるようにして繭玉を作る。それより神棚かお仏壇、座敷、土蔵の戸前にかざる飾り餅（柏崎地方ではおけそくという）。

餅をつく人に近づくと危いといって禁じられ、その代りに糯米のふけ上った熱い御飯のかたまりや、大根をおろしたのに醤油を入れたから味餅をもらって食べるのが嬉しかった。

二十五日の朝になると、年中ウチにいて雑用をする（新田のとっつあんといっていた）このとっつあんが土蔵の中から箱入りの天神様を出して来て、布で包んである綿をそっと天神様の顔、衣裳などからとり出してこれを仏間の左手隅に雛段のように、多分四段におさめて、山からとって来た大木の枝の沢山ある木、広がりが二メートルもある木を天神様の上、天井に釘づけにする。その木の枝には最中の皮のような食べても味のない、人形や鍵や小判や蔵や蝦、鯛の形をしたものをぶらさげる。その間に所々例の繭玉がぶらさがり、また木の枝の先には餅で作った梅の花がつく。（これは餅がつけて粉でまぶしたオデソの何というか、棒のようにした餅に箸を五本丸くそえ、乾くのを待つ。半乾きのを半センチ位に切ると丁度梅の花の形になる）これが枯枝の先々につくと偉いにぎやかになる。段の上にはお菓子や果物がいっぱいならぶ。（家によっては、この部屋へ書初を飾ったりする）とにかく賑やかである。

家の者は母から女中さん皆で神棚から仏壇から座敷から隅々まで掃除にかかる。新年になってあわてるのは、ノメシ者（怠け者）の節句働きといって笑われるという。

翌日は愈々大晦日である。みんなが万遍なく年をとる日である。この日になれば皆正月の晴着を着てそわそわしている。夕方になる。みんな殊に子供はそれを待っているのである。

店のかげの中の間も座敷も茶の間も間の戸を取りはらって、そこへコの字型にお膳が据えられる。一年タッタ一度家の者、店の小僧から番頭が一堂に会する日である。家の者のお膳と店の人のお膳は違う。食器もみな違う。家の者のは少し上等なのである。

店のきまりがつかないと、この席につくことが出来ないのである。父、母、それにつづいて私達同胞、私は末の子で私の隣に一番番頭である。

二

三十一日つまり大晦日の夕も遅くなって、全家族一同食膳につく、間の戸障子をとりはらった大きな長い座敷にコの字の型に膳が並んでいる。私は、ビリだから、家族のどん尻で、私の左は、店の一番番頭である。今から考えて見ると母は全部の総司令官だから席はあっても、そこに姿をあらわさなかったように思う。私のすぐ右は兄四郎、次は三郎、鉄治、姉節子、いし、正太郎と順になるが、正太郎は東京の学校（慶應義塾普通部）へ行っていて留守であり、姉の花は養子をもらって別家していた。姉の花とは私は二十も年が違うのだから、花の分家、兄の学校卒業、年代をよく考えないと人の出入があって、間違いがおこる。また、その後鉄治は二十代、三郎、四郎は十代で早く亡くなっている。従ってこの辺はおおざっぱにしておく。なお女子衆（女中）は別である。当時店の番頭も小僧も店の二階や方々に住んでいる。だから、その食事雑事のために、今とちがって女子衆は大勢いた。小僧番頭が十四五人。みんなが席につくと、めいめいのお膳の左上の隅に、紙の小袋がつけてある。当時それを「歳暮」といってつまりこれが一年の終りの祝儀である。私どもきょうだいから番頭、小僧にいたるまで皆につく。これが一番嬉しいのである。普段の二銭、五銭、十銭と小遣を貰うけれど、この歳暮の時が一番多いのである。とにかく円単位の金が小袋に入っている。その額も年を重ねるにつれて年々ふえて行く。早く明けてみたいけれどもそれもならず、番頭から小僧にいたるまで皆そうにちがいない。

今日は田舎でも、暮も新年も引きつづいて大売出しが続くけれど、私どもの子供の頃は暮の売出しはなく、新年の大売りだしのみ。我々はもらった歳暮で大枚をふんぱつして普段買いたくて買えなかったものを買うのである。これを「二日の買い初め」という。無論、大番頭、番頭にはお酒が出る。

一日の四方拝には子供は学校に式があるから良い着物をきせてもらって、学校へ行く。先ず式があり、校長はフロックコート、以外の先生方は全部詰衿、雨天体操場に並んで校長先生の話を聞く。学校には明治十一年東北巡回の砌《みぎ》りに明治天皇柏崎ご滞在の砌りお泊りになった行在所があり、小学校の各組交代でそこに安置してある御真影に最敬礼をして、そこでやっと家へ帰れるのである。当時、いつも不思議に思ったのは、本屋の店に少年雑誌（幼年雑誌もあった筈だけれどあまり売っていなかったようである）の表紙や折込の絵を見ると男の子は凧を揚げ女の子は羽をついている。毎日毎日雪がふってふぶいているのに東京では日がさして戸外で遊んでいる、本当だろうかと思った。

言い落したけれど、暮の二十九日か三十日になると植木屋が来て店の前の二ヶ所に門松を立てる。私の店のに限って村田聴泉という鋳金家が意匠をこらして年々新奇なものを作って人をあっといわせ、これは一種の花田屋の名物になった。

私の家は店屋で呉服屋だけれど、二日三日四日五日の売り出しをする。恐らく田舎の小さな店屋としても一年中一番の売上げのある日であったのだろう。〝景品〟に福袋というものを売り出す。袋は半ぱ物やキズ物を新聞紙を二つ折にした位の大きさで、確か一袋一円、普段買えば二、三円、四、五円のものが入っているのであろう。その袋といえども自家製の手刷りである。丸の中に福と書いた版木で小僧が印刷するのである。今でも素人々々した袋の緑や赤の絵具がきっちり刷れずおかしなものであったが、それが今まざまざと目の前にある。近在の百姓さんたちが夫婦連れで、ケットを冠ったり、マントを着たり、時にツンツルテンのインバネスを着たり、中にはオコソズキンをかぶっている婦人がいる。あの福袋欲しさに前日から寒い中を待ち合せ、夜中の二時三時頃大戸をたたき「起きろ起きろ」というものがある。五時開店というのが四時から起きだして店を開く。店はこの日、子供をのぞき家内総出で客の相手をする。嘗て店に勤めた男衆やまた女子衆として勤めたことのある者、また、尼寺の尼さんまで手伝に来る。所々に火鉢、平らべったい足あぶりがおいてあるが人いきれでむんむんしそうで、飯を食べている暇がない。それで炊き出しといって土蔵の中にひつに入れた握り飯とおこうこうなどで急いでほうばり、代り合ってまた職場につく。なお書きおとしてならないのは、ゴム長のなかった当時、ワラ靴で来るもの雪下駄でくるものは、裏の店土蔵の前におくどと称する一種の囲戸裡に長々と足をのばしてお弁当など使う。朝の五時からマルで戦争だ。

その間をウロウロする子供は何て嬉しかったことか。待ちに待った朝飯をすませて我々子供は買物に出かけるのである。鉛筆とか絵の具とか、ネジのかかる玩具とか、はっきり形が浮んで来る。凧や羽子板やコマを買わなかったことだけは確かである。

私は私の少年時代の正月のことを思い出して書いてみた。人や自分の動きが出ず、綴方のむずかしさを痛感した。また行在所の建物は近年まであったけれど、今は取壊したままになっているという。これは問題である。

三

あの頃の正月を語るにはもう一つ言っておかなければならないことがある。当時柏崎には花田屋の外にもう一軒呉服屋があって、それを二見屋といった。姓は二宮《にのみや》だけれど屋号は二見屋といっていた。万事二見屋の方がグンと上で、花田屋は到底二見屋の敵ではなかった。財産然り家の構え然り、店員の数然り、生活様式また然りであった。第一、二見屋には飾窓があって、高価の品物が飾られ、殊に新年の売初には店の前に素晴らしく高い丸太が立てられ、そこにアーク燈なるものが釣され、辺り一面を昼のように明るくした。（アーク燈、明治十年頃、東京銀座の某銀行にあらわれたもので、この方は清親の版画にも残っている）万事が花田屋の方が下で、私達子供でさえ卑屈な思いをした。その二見屋と花田屋が正に向いあっているのである。二見屋一族の生活は貴族趣味で、そこの長男某氏などは身の回りの品一切東京の丸善から取りよせているという噂であった。その二見屋がどういう訳かつぶれ、下位の花田屋が自然にその後をついだ。その外に大掛布袋屋という呉服屋があった。今どうなっているか、栄えているかどうか知らない。

花田屋の大晦日を先にかいた。当時ガラス戸の中は店で、店には畳がしかれ冬になると、二メートルおきくらいに小さな回転椅子と火鉢がおかれ、屋根は木端葺きで板の上に所々漬物石くらいの石がおいてあったが、もう瓦葺きになっていたかよく覚えていない。ケットにくるまり蓑を着たお客がその中にいるのである。（明治四十二年かの本町通りの写真を見ると確か木端葺きの石屋根であったようだ）今その写真を見れば余りにも見すぼらしく、マア原始時代の店のように思い出せる。

大晦日以来子供は紺絣のええきもん（着物）を着せられ外へ出るには小さな雪下駄をはいた。二日から四日まで（五日までだったか）が売り出しでこれから二十五日まで五日、十日、十五日と夜の正月遊びがつづくのである。高級な百人一首は姉達が母を相手にやっていたようであり、またこのカルタで坊主めくりをした。たしか坊主が出ると自分の札を皆出し、台（註：繧《うん》繝縁《げんべり》）にのった人物が出ると皆自分のものにする。小学校一年生の頃からいろはカルタ、それに新案の忠臣蔵カルタというようなのがあった。それに家族合せ、陸軍歩兵大尉の妻ちょうだいとか、名医鼻輪高しの何とかちょうだいなんて、細長い家族合せをした。めいめいが家族を合せるのである。それに十六ムサシ、麻の葉のように印刷された紙の上の線を持駒で奥へ攻めて行く。またいつ頃からか闘球盤という遊び道具が入った。チャブ台ほどの四角な台の上に丸く線でかこって、四人が各個の場所から大根を輪切にしたような木の駒、互いに敵をはじいて我が球を点数のいい処へ入れ、終りに数を数えて勝負を決める。お茶が出て餅や煎餅が出て、この日は店の衆と子供、時に女子衆みんなで勝負に入るのである。

もう一つ針煎餅という遊びがあった。これは他の地方ではあまり聞かなかったが、最中の皮みたいな直径七、八センチの丸いいわゆる針煎餅に使う煎餅が菓子屋へ行くと売っていた。砂糖も何も入っていないから、食べてもウマくも何ともない。これを各人に、五枚とか八枚と人数に応じて等分に分け、初め五枚ずつなり三枚ずつ出し合って積み重ねる。そこで針に糸を十五センチか二十センチつけ、積んだ煎餅の上から突き力いっぱい押し通すのである。四、五枚通せて糸をもって釣り上げると力の強い人は五、七枚か八枚も針がとおっている。さて糸で煎餅を釣り上げようとすると、せっかくのが一枚二枚離れて行く。こうして数多いのが勝ち。この競技はなかなか面白い。また復活したらどうか。

五日正月、七日正月、十日正月、十五日正月、二十日正月、二十五日正月で終りになるのであるが、十日くらいになると第二の餅つきが始まる。暮についた餅は正月用で皆正月中に食べてしまい、十日くらいにつくのは、これから何ヶ月かのおやつになる。かたもち（かきもち）、あなれ（あられ）になって、二月三月、五、六月頃までカンに入れ当分のおやつになる。餅網でかたもちを焼いたり、鉄鍋でいって醤油をつけて、ふだんのおやつといえば季節の果物（殊にみかん）と餅菓子が多い。

遊びとしては柏崎地方は豪雪でないから、秋田地方の「かまくら」というような遊びはないが、柏崎地方でバンバコ、高田や長岡ではコスキといったような雪かきの道具（今はどこでもショベルになった）この板で作りシャモジを大きくしたような道具で雪をかき、雪ダルマを作る。目や鼻は木炭と決まった。

また雪下駄というものがあった。足駄の歯をとってとにかく真前から見ると三角に見え、その三角の頂点のような処へ今のスケートの何というか鉄の平べったい棒の先を曲げたのを下駄の裏に打ちつけ、スケートのようにして走り、道がつるつるになって、よく人がすべって転ぶ。やんやといって騒ぐのである。

次いで確か明治四十二年に高田師団にノルウェーからレルヒ少佐が迎えられ、本式のスキーを始めた。私は中学に進み、冬になると体操の時間にスキーをやらされた。杖は今の両手で持つ（ストックでなく）二メートル程の竹竿であった。ヤマー（山）左というと、竹竿を右の方へ、ヤマー（山）右というと竿を左に持ちかえるのである。これは中学だから少年時代の正月ではない。

（「越後タイムス」　昭和五十五年二月十七日、三月二日、三月十六日）

吉田小五郎（よしだ　こごろう）
1902（明治35）年新潟県柏崎に生まれる。1924（大正13）年慶應義塾大学文学部史学科卒業。卒業後幼稚舎教員となり多くの子どもたちから慕われ、尊敬を集める。戦時中、空襲激化による幼稚舎生の疎開にあたり、疎開学園の責任者として尽力。戦後、9年間幼稚舎長を務める。キリシタン史研究者としても業績がある。民藝運動にも関わり、古美術・石版画などの蒐集家としても著名。1983（昭和58）年、故郷柏崎で没、享年81。
主な著作として随筆集に『犬・花・人間』（慶友社、1956年）、『私の小便小僧たち』（コスモポリタン社、1959年）、『柏崎だより』（港北、1978年）。キリシタン史研究書に『日本切支丹宗門史（上・中・下）』（訳、岩波書店、1938、1940年）等がある。

吉田小五郎随筆選　第二巻　立春大吉

2013年11月15日　初版第1刷発行

著　者――――吉田小五郎
発行者――――坂上弘
発行所――――慶應義塾大学出版会株式会社
〒108-8346　東京都港区三田2-19-30
TEL〔編集部〕03-3451-0931
〔営業部〕03-3451-3584〈ご注文〉
〃　03-3451-6926
FAX〔営業部〕03-3451-3122
振替　00190-8-155497
URL　http://www.keio-up.co.jp/
装　丁――――中島かほる
印刷・製本――萩原印刷株式会社

Printed in Japan ISBN 978-4-7664-2057-9（セット）